U0911158

·冰·心·奖·得·主·力·作·

魔界系列 1

魔书重现

汤 萍/著

作家出版社

罗西：本书主人公，书虫儿村庄的一名孤儿，拥有锋利的蓝星宝剑和神奇的红石护身符，勇敢正直，坚强善良。

小龙女蓝琦：来自龙人世界的龙人族女孩，罗西的好朋友，既能化身为龙，又能变身为人，她穿有永不沾染灰尘的银衣，还有一根厉害的金色带刺的长鞭。小龙女性格开朗，天不怕地不怕。

银箭精灵阿布：一名天生的神箭手银箭精灵，而且他还拥有坚硬的铁头，罗西的好朋友，他长着金色的翅膀，身背银箭筒，阿布害怕虫子。

桑多斯：会占卜的水晶球小妖，罗西的好朋友。他有三百岁了，拥有一个美丽奇特的水晶球。桑多斯是个财迷，但是关键时刻总会帮助别人。

西莫多爷爷：书虫儿村庄原来的老村长，他收养了罗西。慈祥正直，村庄里的孩子都很爱戴他。

狄摩·达伦：被关闭了300年的黑魔头，从书虫儿村庄禁地跑出来的恶魔。

黑影人：黑魔头附身在神秘的黑衣人身上后，变成的新的邪恶力量。

魔法姐姐给读者们的一封信
我要带领你们自由地飞

亲爱的读者：

当你翻开这本书的时候，我们的心灵已经在沟通和交流了，而最亲爱的小朋友们，当你们在某一天发现这本书的时候，你的心灵也将开始一场奇妙的旅行了，我要让这本书中的故事让你们的心灵长出神奇的想象的翅膀，带领着你们自由地飞翔。

这本书是一个关于梦想的故事。

在成人的世界，梦想往往是奢侈的，单薄而缺乏生命力，因为在强悍而庞大的现实面前，梦想往往难以实现，有时甚至不堪一击。

可是在孩子的世界里，梦想是美丽的，它以自己独特的方式净化和升华孩子的心灵，使他们得到快乐，让他们在成长的迷惘中始终葆有美好的憧憬。

优秀的儿童文学就为孩子们制造了梦想。《魔界系列》无疑给孩子们带来了一个瑰丽的想象天空，让孩子们可以无拘无束地在绮丽的想象世界里自由地翱翔。

孤儿罗西因为无意中放出了禁地里被关押的黑魔头，从此，就陷入了与黑暗力量的斗争中，《魔书重现》、《神奇的护身符》、《黑魔字》、《永生之水》，演绎出了一个个奇幻惊险、曲折离奇的故事，让孩子们在故事中自由地放飞自己，跟着主人公一起去经历喜怒哀乐，一起面对挫折和危难。

《魔界系列》作品具有很强的画面感，作品节奏快，故事扣人心弦。这个系列故事除了那丰富绚丽的想象外，更重要的是故事中同时充满了现实和梦想的种种冲突。在这几部作品中，有邪恶的欲望，贪婪的野心，对权力的争夺，对欲念的放纵，这也如同现实社会一样，假丑恶潜伏着想侵吞和自我膨胀，但是，同时，梦想的光辉也照临在故事中：比如爱的力量，勇敢正直的品质，宽容博大的胸怀，对战胜黑暗力量的信心和勇气，这所有的一切终究升华，使得几个小主人公能够一次次以自己并不算强大的力量战胜了邪恶。这就使我们看后，成就了一个梦想：美好的东西并不因为它的美丽而柔弱，相反，它以一种平和，创造出了伟大的力量。在这个故事中，现实中存在的种种其实都在梦想暗藏的潜流中成就着梦想的美好，这时候，梦想才是本质的。

我想，故事中梦想美丽和伟大的地方，就是在于作品在梦想中成就了一种信念。人生而无知，因而人生来是残缺的，所以生命是一个需要不断完善的过程。对于孩子的成长也是一样的。这个完善的过程是艰辛的，在完善中，我们不断地成长，而这就需要一种坚定的信念，在这个心灵日益物化的世界，真的需要给我们的心灵一些坚定的信念。一个真正有力量的人，一定是心灵有执著信念和守望的人。对于孩子也是一样的道理。所以，我想让孩子们在我的故事的梦想中成长，让他们在梦想中超越，进行自我的完善；让他们的心灵可以随着书中的人物一起飞翔。

有人问我，为什么要写幻想小说？因为我希望我的作品能影响到中国孩子的成长。由于文化传统的缘故，中国人实用主义的观念很强，对孩子的想象力、幻想力方面的培养很缺乏，正因为如此，缺乏创新精神和创造力。可是，中国的教育和中国的文化、中国的家长都不鼓励孩子去想象，去创造，只是让孩子一味地因循守旧。一个心灵受到太多束缚的人是没有创造力的，更重要的是，他对生活的感受力也缺乏想象和创造，对生活也没有敏锐度，这样的人，生活中都不容易感受到幸福。我希望中国人的精神世界不要只有实用主义，只有物质的追逐和享乐，还要有点浪漫主义，还要留有精神的空间，还要有大胆的冒险精神，即使现实那么实际，也让心里充满力量和勇气去创造奇迹，而这一切，就让我们先从孩子们的培养做起吧。因为只有有了精神力量，面对这个纷繁而日益物质化的社会，人才能拥有一种定力。在我看来，智慧就是一种坚韧，一种为了追求永恒奋斗的勇气，不因危险和磨难而放弃，也不因繁华诱惑而迷失。而只有一个真正有心灵空间和力量的人，才能做到真正拥有智慧。

我的心灵让我选择了写作。写作，能够让我为孩子们做有意义的事，尽一点点微薄的力量。一个快乐的童年对于一个人来说，真的是一笔非常宝贵的财富，它会让人乐观、自信、积极……如果我的作品能给孩子们带来快乐，让他们的童年充满乐趣，这对于我来说就是最大的快乐。对于孩子们来说，成长是快乐的，但也会充满艰辛，我始终认为，一个有爱心、追求真善美、有优秀品质的人才更容易获得幸福，即使他（她）会遇到挫折和坎坷，但是因为他（她）有着良好的品格，就能以很好的心态战胜和超越困难，并且获得智慧。所以，我希望我的作品能帮助孩子们成长，让他们相信并追求真善美，让他们充满爱心，让他们更坚强，更勇敢，更有追求……每当孩子们来信告诉我他（她）喜欢我的作品的时候，我的心里都非常高兴，虽然写作有时候是艰苦而孤独的，这时，所有的辛劳都得到了补偿，因为，这样有意义的事让我的生命也更有价值了。所以，有辛苦，有痛，更有快乐。

衷心感谢我的读者，带领着你们自由地飞翔，我的心灵也将更强大，更自由！

魔法姐姐：魔幻汤

目　录

第一章 两个黑衣人 ★ 1
第二章 书虫儿村庄 ★ 9
第三章 加那亚瀑布中的骷髅圆石 ★ 23
第四章 禁地 ★ 30
第五章 小龙女蓝琦和银箭精灵 ★ 44
第六章 毁灭的村庄 ★ 52
第七章 黑影人 ★ 62
第八章 银匣子里的迷离幻境 ★ 70
第九章 神秘的追杀者 ★ 89
第十章 奇怪的拯救者 ★ 106
第十一章 牧猪人 ★ 117
第十二章 哭泣的画像 ★ 127
第十三章 树精的指引 ★ 143
第十四章 百鸟锦衣 ★ 162
第十五章 遭魔咒的护身符 ★ 191
第十六章 魔书城堡 ★ 206
第十七章 被拯救的幸福村庄 ★ 224

第一章 两个黑衣人

森林的夜晚，寂静而安恬。夜风拂过，发出轻轻的呜呜声。

突然，树丛中出现了一点微弱的亮光，缓缓移动着，是一盏又破又烂的油灯。

拿油灯的是一个穿着黑长袍的男子，头上戴着宽大的帽兜，遮住了脸，只露出一双鸷猛阴冷的眼睛。

在风中，火焰明明灭灭地闪烁着，黑衣人伸出一块黑布挡住了风，微弱的灯光下，他的眼睛射出了一道寒光。

这时，月亮越升越高，呜——呜——，风声变得越来越猛烈，乌云从天际飘过来，向月亮慢慢靠近。

“哗”，骤然间，森林深处，一道阴森的绿光划破夜空，飞鸟惊得四散逃去……

似乎有一种隐秘的危险，就潜伏在密林中。

夜，不再宁静。

一个声音响了起来，恐惧而恶毒：“来吧，到黑夜里，黑暗属于我……死亡、欲望，要抓住……没有人，能躲过我……”

天，更加阴沉，乌云遮蔽住了月亮，森林陷入了黑暗。

黑衣人朝着声音响起的地方走去。

“哈哈哈，欢迎，到这黑暗的世界……”那个阴森森的声音飘了过来。

两只秃鹰突然从天空斜插下来，飞到黑衣人的上空，猛然扇动翅膀，扇起的劲风掀起了黑衣人的帽兜，他脸色苍白，油灯

"哐当"落在了地上，灯熄了。

"很好，我喜欢这样，黑暗是我的王国……你害怕了，我知道，人类都害怕黑暗的世界……"那声音在森林里回响。

"你是谁？你、你不是人？"黑衣人颤抖地问。他想跑，两只秃鹰拦住了他，凶猛的眼睛闪着寒光，黑衣人吓得往后倒退，颓然摔倒在地上。

"黑暗，我早已经习惯了，三百年了……"声音充满了仇恨，"来到我的世界，就要遵守我的规矩，点火……"

随着一阵恐怖的响声，一群凶残的野狼飞奔而来，一瞬间，无数蓝幽幽的眼睛在密林里闪着诡异的光。

"来，欢迎我们的客人，唱起美妙的歌……"

"嗷——嗷——"，野狼凄厉的嚎叫响起，它们贪婪地紧盯着黑衣人。黑衣人倒在地上，不能动弹，尖叫着："救命！救命……"

"退回去，野狼，这是我们的朋友，新的同盟者……"

野狼驯服地退隐到树林中。

树木随风摇晃，投下一个个诡谲的黑影，却不见任何人。

"你究竟是谁？为什么带我到这里？"黑衣人惊恐地张望着。

"我是谁？哈哈哈，我是邪恶的主宰……我在召唤你，我们是同伴，因为只有邪恶的心灵才能听到我的召唤……至于我是谁，这是一个秘密，你只需要知道我们要做一个交易，以你为赌注……"

"我不明白你的意思。"黑衣人狐疑地问。

"出卖给我你的灵魂、你的身体……这就是我要求的。"

"出卖……"黑衣人低声念叨着，沉吟了一会儿，他好像打定了主意，壮着胆子问，"我能得到什么好处？"

"哈哈哈哈！我果然没有看错你，恐惧也不能阻拦你的贪婪，这正是我需要的……为了贪婪，你什么都可以出卖。"那个声音发出一阵放肆狡黠的狂笑。

"我需要知道自己的报偿。"黑衣人从惊惧中恢复过来，眼中射出凌厉的光。

"很好，金钱，权力，控制一切的魔力……一切由你主

宰，你需要什么，你可以提出要求……”

“你能给我的所有一切！”黑衣人迫不及待地说。

“可以……我对你的表现非常满意，一个真正的恶棍。”

“你要我做什么？”

“出卖你自己，做我的仆人，我就让你拥有你想要的东西……有一天你将失去你自己，你永远不能背叛我，否则，你会看到……”

骤然，蛇形的电光划过天空，劈在一棵大树上，烈焰蹿起，焰火舔舐着树枝，一会儿，就只剩下焦黑枯干的树干。

狼群一阵狂嚎，秃鹰飞速地盘旋，黑鸦“嘎嘎嘎”尖叫着乱窜。

黑衣人脸“刷”地变得青紫，但是惊骇的眼中仍然闪现着贪婪和欲望。

“好的，我的意思是说，我们成交了。”

黑衣人站在那里一动不动。

“你在等待什么？你的报偿？”

“是的。”黑衣人在黑夜中搜寻着。

“预料中的事，正是我所盼望的。是的，一切都需要代价，你会得到你想要的东西的。现在你一直向前走，你右边的第九棵树下有你想要的东西。”

黑衣人停在了第九棵树前。

“就在你的脚下，埋藏着巨大的财富，现在它们属于你了……以后你会获得更多，黑衣人，只要你忠实于我。”

黑衣人扑向地面，目光疯狂。

“挖出财宝……”那声音命令野狼。

狼群聚集在树下，用尖利的爪子刨着地面，树林中顿时掀起了浓密的灰尘。

被灰尘呛得直咳嗽的黑衣人连忙趴在坑旁，向里面张望。

大坑里有一个巨大的铜箱子，雕刻着奇异精美的花纹。黑衣人急切地跳入坑中，掀开了箱盖，耀眼的光芒迸射而出，灿烂辉煌。

箱子里是无数光芒四射、璀璨夺目的珍宝！

红宝石、蓝宝石、绿宝石、碧绿的玉、黄玉，还有无数红

珊瑚、猫眼石、玛瑙、翡翠、珍珠、金子，闪现出灿烂的光芒，美丽无比。

“我的天哪！”黑衣人难以相信眼前的一切，他惊呆了。

“巨大的财富，你每天想得发狂的财宝。”声音再次神秘地响了起来，“记住，是我给了你这一切，我希望你有所表示……”

“是的，主人。”黑衣人向着夜色深深地鞠了一个躬，“我将是您永远忠实的仆人，愿意为您效劳。”

“很好，聪明的选择，一桩完美的交易，签上你的名字，我们就成交了……”

天空中晃晃悠悠飞来一件东西，落到了黑衣人的面前，是一张微微卷曲的羊皮纸，密密麻麻地写满奇形怪状的字。夜色中，一支黑色的羽毛笔“嗖”地飞出，落在了黑衣人的手中。

黑衣人毫不犹豫地签上了自己的名字。

羊皮纸和羽毛笔升起，缓缓飘向森林深处。

“黑衣人，我的仆人，你必须服从我的命令……从现在开始！”神秘的声音陡然严厉起来，“埋上财宝！我要你去寻找一个标记。”

野狼转过身，用后爪将泥土扒进了坑里，不一会儿大坑就填平了，丝毫没有被挖掘过的痕迹。接着，它们又聚在一起，幽蓝的狼眼睛组成了一个硕大的图案，是一个闪着寒光的骷髅头！

黑衣人不由自主地向后倒退了几步。

“黑衣人，记住你说的话，你是我的仆人，你的灵魂已经出卖给我……照我说的去做。”

“是的，主人。”黑衣人战战兢兢。

“今天的事不要向任何人说起，记住……这是我们的一个秘密……”

黑衣人连连点头。

森林中刮起了猛烈的旋风，一瞬间，野狼消失了，秃鹰向树林深处飞去。

森林又恢复了一片黑暗，寂静而阴郁。

黑衣人摸索着走回原路，颤抖着点燃了油灯，灯光下，他的脸苍白而贪婪。

他快速穿梭在林中，走向了一个小村庄。

与此同时，在森林的另一条小路上，另一个身影急匆匆走着，走向深浓的夜幕。

那是一个身材高大却瘦削的中年男子，穿宽大的黑袍。他长着黑色络腮胡，那胡须几乎遮住了他的一半脸，只露出一双凌厉的眼睛、两道浓黑的眉毛和一个鹰钩鼻。

他脸色苍白，看起来满腹心事。他急速向着密林走去。

黑黝黝的森林，像充满诱惑和危险的黑洞，瞬间吞没了他的身影。

森林的黑夜显得很寂静。

许久，在一幢树木和藤蔓掩映的小木屋前，黑衣人显了出来。

咯吱，木门被打开了，他飞快地闪进了小木屋。

啪啪！他拍了拍手，只见小屋里墙上镶嵌的烛台全都“嘭”的一声燃起了烛火，绿色的火焰跳跃起来，像蛇在扭动着。

屋里很凌乱，放着许多杂物：破椅子、烂靴子、麻绳、脏脏的餐桌和沾满油迹的餐具……黑衣人警惕地看了看，走到一架小破木床前，用劲挪开，地上是一个巨大的狮子头。黑衣人把金属棒插入了狮子口，狮子立刻张开了血盆大口，露出了一个深不见底的黑洞。黑衣人一挥黑袍，就向黑洞跳了下去。

狮子随即闭上了嘴，烛火立即熄灭了，一切恢复了平静。

黑衣人飘落在一间密室里。密室的一面墙上挂着一个棕褐色老古木做成的钟，钟摆晃来晃去。

黑衣人点燃了房子中间那个巨大的火炉。

他掀起一块蓝色的薄纱，下面是一个水晶球。

此时，古钟当当当地敲了十二下。已是子夜十二点。

密室顶上突然洒下了一抹天光，照在水晶球上。天空倒映在了里面。

七颗星星在水晶球里不停地抖动着，摇晃着，忽然，一股黑色的旋风猛烈地袭来，星星全都变得晦暗无光，左右乱晃。

黑衣人脸色大变。星象预示，将有灾难来临。

黑风飞旋着，瞬间变成了巨大的黑手向地面抓来，地上矗立着一座古老的城堡。

黑衣人惊恐地想看个究竟，“砰”的一声巨响，水晶球里的景象晃动起来，烟雾升起，星象消失了。

“啊——”一声尖利的叫声骤然响起。

黑衣人吓得倒退了两步。

“哦，这可不太好，打扰了我的好梦。”一个睡意蒙眬的声音响了起来，“扑通”一声，从水晶球里跳出了一个小人儿。

小人儿个子不高，一头鬈发，胖乎乎的脸，圆鼓鼓的肚子，穿着一身银蓝色镶银边的衣服，头戴绣满星星的蓝帽子，帽顶上有一个小绒球，一双小巧玲珑的银靴子套在脚上，他的手里还托着一个沾着油污和灰尘的空盘子。

小人儿用劲地伸了个懒腰，揉揉眼睛，嘟囔着：“我的美味，刚要吃就给吵醒了！唉！真可惜！”随即伸出一只脚，很不高兴地用银靴子使劲地在地上敲。

“桑多斯！”黑衣人看到小人儿，这才平静了下来。

“啊哈，原来是您！见到您真是荣幸！迪诺村长！我们已经十年没有见面了。”小人儿发出怪声怪气的腔调，很滑稽地把背后的蓝披风一抖，把空盘子高高举过头顶，行了一个礼，脸上却是玩世不恭的表情。

“桑多斯，告诉我，刚才是怎么回事？”黑衣人急切地问。

“迪诺村长，您无所不知，怎么会问我，一个被您囚禁了十年的囚徒？我只不过是个小小的水晶球小妖。”小人儿不紧不慢地说，一边掏出一根蓝色的棒子，把空盘子放在棒子上旋转起来。

“我命令你，马上告诉我。”黑衣人语气严厉起来，他的眼睛紧盯着小人儿。

“尊贵的先生，您知道这十年来我是怎么过的吗？”小人儿并不理会黑衣人的呵斥，“我被关在这间黑屋子里，没有朋友，没有亲人，哦，天哪，真不敢想象，我已经十年没有吃到芝麻烤饼了，还有嗞嗞冒油的烤乳鸽……啧，啧，我不得不整天拿着这只空盘子用美梦来填满它，幻想着它们就是我的美

食……”

小人儿絮絮叨叨，不时斜眼偷看脸色青灰的迪诺村长。

黑衣人冷冷地问：“那么，你要怎样才肯说？”

“这可不好说，先生。我想说的是，现在无论什么东西都不能弥补我的损失，所以……”小人儿说到这，一脸狡黠，“所以，如果您要我说什么，我就偏不说什么！”他得意洋洋地晃着脑袋，尖帽子在头顶摇摆，空盘子也转得飞快。

一抹阴云在黑衣人眼中掠过，但他并没有露出痕迹。

小人儿在屋里踱来踱去，不断地将空盘子抛上抛下，前扔后甩，不停地跑来跑去接住，银靴子踢得地上的灰尘四处飞扬，他挺挺肚子说：“除非你剃掉你那可怕的乱七八糟的胡子和头发，再把鼻子涂白，搽上胭脂，穿上草裙衣为我跳三天草裙舞，我就告诉你！”说着，小人儿还做着鬼脸一边跳舞一边唱歌。

黑衣人看着桑多斯又唱又跳，不动声色。突然，他大声地说：“桑多斯，我对刚才的事已经没兴趣了，你不许再提起！”

小人儿立刻停了下来，他噘着嘴说：“什么，你现在让我不说？你以为我必须听你的命令吗？不，偏不！我就是要说，我就是要说！”

小人儿“噔噔噔”地跑到水晶球旁，“噌”地跳到了上面坐着。“如果你不听，我就偏要说！刚才的星象预示着，一场灾难即将来临，沉睡的黑暗力量已经苏醒，正在寻找一切机会重新获得力量。”

“他是谁？”黑衣人紧张得瞪大眼睛。

“这我可不知道，总之，会有很多灾难发生。”小人儿一脸惊恐，“哦，太可怕了，我的头又开始眩晕了，我该躲在哪里，躲在哪里？”他惊慌地从水晶球上摔了下来，一屁股坐在地上，“哦，还是这间黑屋子里比较安全！他一定不会找到这里！天哪，难道我又得待在这间黑屋子里？”

黑衣人嘴角微微一撇，说：“桑多斯，你还是和以前一样笨。”

小人儿一怔，突然醒悟过来，他蹿了起来，跺着脚嚷嚷道：“什么？你又骗我！要知道我已经是一个三百岁的老人了！欺骗一个老人，多么不礼貌！”

“黑暗力量？”黑衣人不顾桑多斯又叫又闹，在一旁沉吟。

小人儿一听这话，脸变得苍白，他一边拍打着身上的灰尘，一边嘟囔：“我得躲起来！我得躲起来！”随即一头扎进了水晶球里。

黑衣人把蓝纱盖在水晶球上，熄灭了炉火。

密室里一片黑暗。

过了一会儿，从小木屋门后闪出了黑衣人。他走向浓浓夜色中的一个小村庄。

没有任何人知道这一切，只有夜风呼啸着飞掠而过。

这时，乌云渐渐散去，月光清亮如水，森林里静谧宁和，似乎什么都没有发生过。

第二章 书虫儿村庄

太阳升起来了。朦胧的晨曦笼罩着一个宁静的小村庄。

这就是书虫儿村庄，依山傍水，绿阴环抱。在这个村庄里人们都爱读书。

这里的建筑十分独特，从外形看，房屋如同一本本巨大的书，上面还刻着各种各样的文字和特别的图案。有的是蓝地烫金字的“书”，歪歪斜斜地写着“历史”两个字；有的是桃红色嵌银灰字的“美食书”，画着各式各样美味的烧饼、蛋糕、烤全羊、银餐具盛着的鲜美的汤……有的房子是翠绿色的“森林大全”，各种小鹿、飞鸟、雄鹰、老虎在墙上活蹦乱跳……

总之，村庄里遍布各种图书，颜色和图案各不相同，如同一座拥有无数藏书的巨大的图书馆。

这些房子还有一点特别，因为房屋外面的文字和图案会告诉你主人的职业、爱好或特长，只要看看“书屋”封面的内容、陈设的物品也就知道主人是做什么的，有什么爱好也就很清楚了。

所以，如果谁想学做一手好菜，只要跑到桃红色的“美食书”那里，主人家—— 一位远近闻名的厨师就会让你先尝尝他拿手的鲜果冻冰、直冒热气的烤饼和面包，接着再抱出厚厚一摞烹饪书开始教你，等告辞时，你已经吃得走不动路，手里还拿着许多让人嘴馋的点心；如果谁想了解各种森林里的动物，进“森林城”书屋，各种动物书、动物标本或活蹦乱跳的动物就在等着你……

最特别的是，每本“书”墙上都用烫金字刻着101条村规。第一条村规赫然写着：“严禁任何人到禁地！”此外，还有很多稀奇古怪的村规，在阳光下闪耀着明亮的金光。

村庄旁，一条清澈的小河流过，像碧绿的玉带环绕着村庄，四周是高大的绿树，静谧祥和。阳光穿过树丛，照耀着村庄，“书屋”发出奇异的光芒，尤其是那些村规，金光熠熠，仿佛是一个梦幻仙国。

一群绿色的翠鸟飞来，停在了一个高大的穹门上。这是个巨大的弧形拱门，一个胖乎乎的小精灵站在上面，它有一双金色的眼睛，戴红边的方框眼镜，头上长着一对蓝色的犄角，脸上有一个翘起的长鼻子，这就是村庄的标志——一个据说在千年古书里发现的书精灵。它名字叫皮卡，是村庄的守护神。一块巨大的门楣上，写着“书虫儿村庄”。

阳光下，皮卡神采奕奕，眼里射出两道金光。一只顽皮的翠鸟飞到它面前，想看个清楚。忽然，皮卡对着翠鸟调皮地眨了眨眼，翠鸟大吃一惊，啾——啾——尖叫着，慌慌张张地飞跑了。

得意的笑意从皮卡的嘴角漾起。

当当当——，洪亮的钟声响起。书虫儿村庄的一天开始了。这一天似乎不平常。钟声一响，人们就开始忙碌起来，纷纷走到屋外悬挂起皮卡形状的灯具。

村庄里有一幢书屋，上面绘满鲜花，四周是一个环形花园，里面盛开着许多奇花异草，香气弥漫。窗户推开了，一位老奶奶伸出头来，对着对面的一幢书屋喊道：“皮卡狂欢节快乐！杰瑞！”

对面那幢书屋，画满许多小猫。一位老先生也探出头来，惊喜地回应：“皮卡狂欢节快乐！基妮！你终于原谅我了！那三只猫闯进你的花园根本未经我同意……”

“哦，杰瑞，这已经不是第一次了！可今天是皮卡狂欢节，谁还会计较这些。”老奶奶笑着说。

老先生也笑了：“真得感谢这个节日，你已经很久没有和我说话了！”

人们在互相快乐地问候着。

“皮卡狂欢节快乐！丹尼！你的皮卡灯真漂亮！”

“也祝你快乐！达西！你的手艺更不错！”

“狂欢节快乐！基姆！”

“狂欢节快乐！”

……

忽然，小路上一阵喧闹。

一个男孩在狂奔，手里提着一个银制小提篮，里面是几只小白鼠。

他一头凌乱的黑发，有一双亮闪闪、顽皮的眼睛，翘翘的鼻子倔强地挺着，脸颊红扑扑的，头发被风吹得在身后竖起来。

他一边跑一边大声叫喊着：“快让开！快让开！”

他身后，紧追着另一个男孩，圆滚滚，长着冲天鼻，上面有一块白斑，肥壮又野蛮。他是医生纳罗尔的儿子纳恩。

纳恩迈着肥腿边追边喊：“罗西，把小白鼠还我！我要抓到你，狠狠揍你！”

小白鼠被吓得乱蹦乱窜，惊恐地“吱吱吱”叫着。

男孩轻轻说：“不要怕，我会放你们出去，你们会找到妈妈的。”

小白鼠好像听懂了他的话，不乱动了，静静地在小提篮里挨个坐好，对着男孩感激地眨着眼睛。

这时，一个中年男子抱着许多木棒走了过来。纳恩追上来，对中年男子说：“爸爸，快捉住他！罗西要放走小白鼠！”

“什么！”中年男子凶恶地吼了起来，“又发生了！”立刻向罗西追去。他卷起衣袖，露出了一个蓝黑色的斑点。

他就是医生纳罗尔，高大肥壮，紫红色的胖脸看起来很凶恶。

纳罗尔一边追赶，一边怒气冲天地诅咒。他和纳恩吼叫着：“快站住！罗西！否则，我们要向村长报告了！你一定会受到惩罚！”

罗西可顾不了这么多，因为他知道只要他被抓住，这几只小白鼠就会被纳罗尔父子捉回去——这可不是个好结果，小白鼠将看不到它们的妈妈了，而它们的妈妈一定会很伤心——罗西是

孤儿，他没有妈妈，所以，他不愿意让小白鼠失去妈妈。

罗西很快就跑到了一个小巷口。这是书虫儿村庄里最窄的小巷，旁边是更多的纵横交错的小巷，每一条小巷通向不同的房屋，而只有这条小巷通向树林，到了树林，小白鼠才能安全。

纳罗尔和纳恩越逼越近了。

小白鼠们似乎知道自己处境危险，不安地凑在一起窃窃私语，紧张地窜来窜去。

罗西感到很累，纳罗尔的手已经要抓住罗西的衣襟了……

突然，左边的最后一个巷口里出其不意地蹿出了一个人，直愣愣地向罗西撞了过来。罗西机灵地向右一闪，而这个时候，纳罗尔和纳恩已经毫无控制地向前冲去，与那个人狠狠地相撞，于是，“砰”的一声巨响，三个人轰然倒地。

罗西来不及看清眼前的这一幕，就向树林奔去，他必须把小白鼠们放走！

身后，传来纳罗尔气急败坏的吼声：“上帝！怎么又是你！迪克！真是一个倒霉的日子！”

罗西把小提篮放在地上，小白鼠们充满渴望地凝视着他，罗西毫不犹豫地打开了锁门，小白鼠们蹦跳着蹿出小提篮，在他面前排成整齐的一行，一齐低头鞠了个躬，齐声说：“谢谢你救了我们，罗西！祝你快乐！我们还会再见的！”

说完，小白鼠们排成队，向树林跑去。不一会儿，就消失得无影无踪。

“怎么，老鼠会说话？我听错了吗？”罗西大吃一惊，呆呆地站着。

这时，一个黑影扑了过来，一双巨手落在了罗西的衣领上，“走，跟我去见村长！我已经对你忍无可忍了！”

“迪诺村长，这件事您一定得管管！”刚走进村长办公室，纳罗尔就吼了起来。

屋里只有一个人，这个人缓缓抬起头——竟然是森林夜晚走进密室的黑衣人！

迪诺村长直视着纳罗尔，威严而平静。纳罗尔收起了他的大嗓门。

迪诺村长瘦高个，年近五旬，有一双鹰一样锐利的棕色眼睛。骨骼十分突出，颧骨突起，高高的鹰钩鼻，络腮胡遮住了他的半张脸。

“有什么事，纳罗尔？”他放下手中的笔，淡淡地问。

“迪诺村长，罗西放走了我做研究的小白鼠，我今天要做的实验不得不取消了。”看到村长，纳罗尔很明显地收敛了很多。

“你是说你在做研究？”迪诺村长问。

“是的，我爸爸在做一个恐怖的实验，他在寻找一种强大的力量……”纳恩摇头晃脑地说。

“哎哟！”不等他说完，纳罗尔的大手重重地落在了纳恩的肩上。

“迪诺村长，不要听小孩子的乱说，我只不过做个小小的实验而已……”纳罗尔回避着迪诺村长犀利的目光。

迪诺村长没有说话，似乎并没有放在心上。

“还有迪克……”纳罗尔急忙转移话题。

“迪克？”迪诺村长皱皱眉头，看着满身泥土的迪克。

迪克是迪诺村长的儿子，瘦瘦小小，蓬松柔软的头发，棕色的眼睛，性格温顺善良，戴着一副圆镜片的金边眼镜。他聪明过人，特别喜欢看书，小小年纪就很博学。

他和罗西是好朋友，所以，每次罗西放走纳罗尔的各种动物时，他总会帮忙。

“迪诺村长，您知道迪克是个不错的小伙子，可是，最好不要让他和罗西这样没爹没娘的野小子混在一起。”一说到迪克，纳罗尔的口气就变得谄媚起来。

一听到这番话，罗西的脸“刷”地涨红了，拳头捏得“咯咯”作响，他冲向纳罗尔，那肥大身躯投下的黑影一下子就罩住了他。

“我不许你污辱我的爹娘！”

“你的爹娘？你的爹娘是谁？你只不过是一个被抛弃的野小子！”

罗西一头向纳罗尔撞去！

一双大手抱住了他——是迪诺村长。

迪诺村长锐利地看着罗西和迪克："我相信你们是有理由的，现在我希望你们能给我一个充分的理由，否则，根据村规，你们将受到严厉的处罚。"

迪诺村长的话语威严，纳罗尔和纳恩停止了叫嚷。

"罗西，你先说。"

罗西抬起头，认真地说："我在解救它们。每一种小动物都和我们一样，有家庭，有爸爸，有妈妈，还有它们的兄弟姐妹，如果我们把它们带走，它们的亲人一定会很伤心……"

不等罗西说完，纳罗尔怒冲冲地喊起来："我告诉你很多遍了，动物决不会像人一样，它们不会伤心，也不会痛苦！你让我必须为这件事伤脑筋，才让我感到痛苦！"

罗西说："我知道，它们一定会伤心的。"

"你知道？"纳罗尔嘲讽地问，"你只不过是一个孤儿，没爹没娘，你怎么会知道这种伤心？"

"哈哈哈！"纳罗尔发出一阵狂笑。

迪诺村长冷冷地看着纳罗尔，纳罗尔得意的笑立即凝固了。

"罗西，你真是个好孩子。可是以后这样的事不要再发生了，因为动物和人是不一样的……"

"不！是一样的！我知道！它们还会说话！刚才我放走的小白鼠就对我说了谢谢！"

"哈哈哈哈！这样的谎话你都敢说！"纳罗尔和纳恩大声狂笑起来。

一丝讶异掠过了迪诺的灰眼睛，瞬间，深处似乎燃起了两团火焰……

他不再说话，神色凝重地思索着。

纳罗尔和纳恩齐声问："迪诺村长，您打算怎么处罚罗西？"

迪诺村长沉思了一会儿，随即站起来说："好了，孩子们，今天是个欢庆的日子，我不想给你们任何惩处，你们就开开心心地过皮卡狂欢节吧！也许西莫多爷爷的故事已经开场了，正等着你们呢！"

罗西和迪克欢呼着冲出了门。

纳罗尔看着他们的背影，恶狠狠地说：“好啊，小子，自从你进了我舅舅西莫多的家里，就断了我的财路，你等着瞧！”

“罗西，西莫多爷爷今天会讲什么故事呢？”迪克边跑边问。

“我想知道书精灵皮卡的故事，还有魔书城堡！”罗西激动地说，“西莫多爷爷答应过我，我十岁的时候就告诉我！今天是我十岁的生日！”

“他会告诉我们吗？要知道，我爸爸从来不许我问魔书城堡的事，或许……”迪克有些不安。

“或许，你们可以问西莫多爷爷……”一个洪亮的声音在他们身后响起。

“西莫多爷爷！”罗西和迪克转过身，不由张大了嘴。

一位老人站在了他们面前，他就是书虫儿村庄原来的老村长西莫多。他已经七十多岁了，银白色的头发和胡须长长垂下来，黑眼睛深邃有神，戴着一副已经磨掉了光泽的老花眼镜，脸上是密密的皱纹，看上去很慈祥。

就是西莫多爷爷收养了罗西，并且抚养他。

他凑近罗西，绽出一个和蔼的微笑：“孩子，看，这是什么？”西莫多爷爷掏出了一件东西——一把宝剑。棕褐色的铜剑鞘，镶着银边，雕着精致的图案。“你的生日礼物蓝星宝剑！”

罗西抽出宝剑，一道蓝光骤然闪过。宝剑很锋利，剑把上镶着亮闪闪的蓝星，剑刃也隐隐透出一股蓝光。

风，吹来几片树叶，罗西挥舞着宝剑迎上去，树叶一碰到剑刃，顿时就成为细碎的碎片。

“谢谢您！西莫多爷爷！”罗西小心地收好了宝剑。

“孩子们，你们想知道皮卡和魔书城堡的事？”西莫多轻轻抚弄着长胡须，一双黑眼睛似乎洞悉一切。

“是的，您答应过我，当我十岁的时候告诉我。”罗西急切地说。

“当然，孩子们，你们已经长大了，的确应该知道更多的事。”西莫多似乎有些犹豫，“只是，这只是一个传说，一个从

没有人见到或证实过的传说。”

西莫多爷爷缓缓说起了一个古老的故事。

“很早很早以前，书虫儿村庄是一个无名的小村庄，村民们过着宁静安详的生活，和其他的小村庄一样。唯一不同的地方，就是这里的人们十分爱看书，所以，许多爱读书的人也就纷纷来到这里居住。

“后来，村庄里来了一个双目失明的艺人。他带着一把奇妙的竖琴，能弹奏出世上最美妙的音乐。他一直弹了三天三夜。这美妙的音乐吸引了无数人，也唤醒了在古书里沉睡的书精灵皮卡，皮卡循着音乐到了这里，就成为了这个小村庄的守护神，因此这个村庄就命名为书虫儿村庄。”

“您见过皮卡吗？”罗西忍不住问。

“没有，没有任何人见过他。这是从祖辈流传下来的说法。”

西莫多爷爷注视着远方：“据说，皮卡是世界上看书最多的‘人’，他看管着一所神奇的魔书城堡，城堡里有无数具有魔力的千年古书，其中一本魔书更是所有魔书的统领。谁能拥有这些魔书，就会成为最有智慧的人，而且，那本统领的魔书具有巨大的魔力。皮卡是这所有魔书的掌管者，如果有谁能到魔书城堡，将有可能得到一本魔书。魔书巨大的魔力能给世界带来幸福，也能带来灾难，没有人能预料它究竟能带来什么，所以，皮卡一直都在看守着城堡，从不外出。”

“魔书城堡在哪里呢？”罗西和迪克齐声问。

“也没有人知道。这一切似乎只是一个古老的传说。”西莫多微笑着说，“可是，作为一些爱书如命的人，书虫儿村庄的人谁都希望能见到皮卡，也希望能看到魔书城堡。所以，尽管这像一个梦，书虫儿村庄的人们仍然按照祖辈的习俗，每年在传说中书精灵皮卡的诞生日这天举行盛大的庆祝活动，并且，期待着某一天能见到皮卡。”

一听这话，罗西的眼睛亮了：“今天不是书精灵皮卡的诞生日吗？西莫多爷爷，不是说所有的精灵在诞生日这一天都会出来吗？也许我们能找到皮卡，他可是书虫儿村庄的守护神！也许他就在我们这个村庄！”

这时，村庄弧形拱门上的皮卡顽皮地眨了眨眼，露出一抹意味深长的微笑。

西莫多爷爷沉吟着没有说话。

“西莫多爷爷，西莫多爷爷……”一阵清脆欢快的叫声响了起来，一群书虫儿村庄的小孩连蹦带跳地向西莫多爷爷跑过来。有双胞胎姐妹尼波、尼兰，有霍斯家的孩子霍奇，基妮奶奶的小孙子基洛……他们有的戴着书精灵皮卡的头套，有的用油彩在脸上绘出皮卡的模样，有的手里抱着一大本厚厚的、陈旧的羊皮书……

“西莫多爷爷，您给我们讲故事吧！”小孩子们围住了西莫多，恳求着。

西莫多眼里漾满笑意，和蔼地说：“好的，孩子们，你们想听什么故事呢？在皮卡狂欢节，西莫多爷爷是不会让那么多可爱的小鬼失望的。”

“我要知道龙人的故事！”尼兰扑闪着眼睛。

“精灵的故事……”总爱打扮得像个公主一样的尼波急切地说。

“野、野狼的秃头，能、能再长出头发吗？我、我爷爷的头发，也、也掉光了，我可不想他像、像野狼一样……”霍奇着急得都结巴了。

……

罗西和迪克悄悄挤出了人群。“我们应该去找到皮卡。”罗西说。

“迪克、罗西，你们要去哪里？”西莫多爷爷高声叫住他们。

“我们准备参加狂欢节。”迪克连忙回答。

“孩子们，我想告诉你们，刚才我所说的一切，只是一个传说，今天是个狂欢的日子，你们就开开心心地玩吧，不要想太多。”西莫多神色凝重地说。

罗西和迪克感觉到西莫多的语气很严肃。

“你们去吧。狂欢节快乐，孩子们！”西莫多转过身继续讲故事。

“迪克，你发现没有，西莫多爷爷好像在隐瞒什么？”

“我也觉得，我爸爸也不愿意让我知道魔书城堡的事。”

“你知道吗，他从没有这么严肃过，他似乎在给我们一个暗示。这一定和传说中的书精灵和魔书城堡有关。”

“不要让别人知道这一切，我们自己去找出这个秘密。我知道西莫多爷爷有一间藏书室，他从不让我进去，也许我们能够找到一些线索。”罗西拔腿就跑。

在一本巨大的“书屋”前，两个人气喘吁吁地停了下来。

这是一本金棕色的“书屋”，绘有各种古老的图案。有头戴羽毛、脸上画着彩纹、身穿兽皮的棕色人种；有许多由高大石柱架起的各种形状的宫殿；有许多跳舞的怪人和猛兽；还有一些奇怪弯曲的文字……书上写着几个金字“神秘书屋”。“书屋”上有两道门，一道在下面，一道在上面，旁边还有四个窗户。一个环形的楼梯围绕着“书屋”盘旋而上，并且像树枝一样分了很多杈通往各道门和窗户，青翠的藤蔓缠在楼梯的扶手上，长长地垂下来。

“书屋”前面有长长的石阶梯。周围是矮矮的绿篱，开满白色的小花。

“时间不多了，西莫多爷爷马上就会回来。”罗西向“书屋”走去。

茂密的绿篱紧绕着“书屋”，从外面看没有入口，可是罗西一走过去，树枝立刻缩到两旁，让出一条小路，他们走进去后，树枝又伸展着连成一片。

“你是谁？”一个声音响起。

“罗西和迪克。”

门“吱呀”一声打开了。

“你好，小主人。”一只蓝头、绿身、红嘴的鹦鹉叼着门闩的银链子点了点头，这是西莫多家看门的鹦鹉。

书虫儿村庄每户人家都有一只看门的鹦鹉。

“你好，虎皮儿。”两个人急匆匆地往里走。

“去地下室。”罗西轻声对迪克说，随手拿了一支蜡烛。

他们走进客厅右边一个又窄又长的通道，尽头是一把左右摇晃的木楼梯，通向一片黑暗。

“下面是地下室，有一间屋子就是藏书室。”

木楼梯踩上去发出“咯吱”、“咯吱”的响声，在黑黢黢、空荡荡的地下室里回旋，蜡烛的光幽暗昏黄，火焰跳动着。

地下室里有四间房子。罗西指着最里面的房间说：“就是这间。”

这间房间与众不同。其他三间房门是长方形的，棕褐色的木门，而这间的房门却是圆形的，褐红色，上面有许多锈斑，陈旧而古老。

罗西把蜡烛凑近门，仔细搜寻着：“这道门用钥匙打不开，它有一个开门的咒语，只有说对，才能打开。”

迪克这才发现门上的锈斑是一些奇形怪状的文字：“这些字我都不懂。”

“我知道，这是一种古老的文字，叫斯拉文字，村里只有西莫多爷爷懂，他教过我。但是我不知道哪句是开门的咒语。”

“不要碰我，我是一扇会咬人的门！——不是！”

“我是疯狂之门，我喜欢跳舞！——不是！”

“我是打不开的门！别想打开我！——也不是！”

……

罗西找了很久，依然没有找到咒语。就在他几乎失望的时候，看到门边有一行很小的字：只有智慧和心才能打开我，我是一扇聪明的木门，如果你懂，你就能进来，如果你不懂，你就别想进来！——“对，就是这一句！太好了！”

罗西对着锁眼用一种奇怪的语言说出了这一句话，圆木门“砰”地弹开了，一股强大的力量把他们吸了进去，门又立刻在他们身后“砰”地关上了。

这是一间圆形的房间，放满了大小形状不同的书柜：圆形的、方形的、三角形的、长的、窄的……书柜上贴着标签，放着各种书：有大到天花板高的巨书、小到只有指甲盖大的小书，羊皮纸的、木头的、竹片的、树叶的、铁制的、银制的……在两个烛台上燃着几支蜡烛。

“哦，我从来没有看到过这么多奇怪的书。”迪克惊叹道。

“我也没有看到过，也许有我们想要的东西。快开始找

吧！”

两个人就在书堆里翻找起来，但是找了许久都毫无踪迹。

“看！这个书柜！”迪克指着一个银柜子，上面用刀刻着几个字：书虫儿村庄古老的历史。旁边刻着书精灵。柜子上放着许多破旧泛黄、残缺不全的书。“就是这里！”罗西和迪克拿起书翻找着。

一会儿，书柜上的书都被他们找遍了，但是依然什么都没有——没有一本书提到皮卡和魔书城堡。

迪克累得直喘气：“什么都没有，也许这真的只是个传说，我们还是走吧。”

“不，我觉得这本书是被故意藏起来了。你想，书虫儿村庄的历史怎么可能不说皮卡呢，即使是个传说，书里也应该提到。”罗西摇晃着站起来，

突然，他绊倒了一本巨大的铁书，书砸在了墙上挂着的猫头鹰，猫头鹰发出一声尖叫，一阵“隆隆”的响声后，墙壁移动，一间书形的小屋出现在他们面前。里面空荡荡的，只放着一本薄薄的、破旧的书和一个护身符，还有一个和外面墙上一模一样的猫头鹰。

罗西一看到护身符，心里升起一种难以说清的情绪，有快乐，有悲伤，有惊讶——那是一个石块、羽毛和银线做成的护身符，美丽无比。石块火红，一根银线把三根闪着金光和绿光的羽毛，紧紧扎在了石块上，石块上刻着一些金色字符——它似乎是他很熟悉的东西，尽管他从来没有见过这个护身符。

罗西不由拿着护身符发呆。

“罗西，就是这本书。”迪克看到罗西拿着护身符出神，用胳膊捅了捅他。

罗西仿佛才醒过来。

这正是他们想找的书。泛黄残破的纸页，说明它有很长的历史了。

封面上写着几个黑字：不要看我！

罗西和迪克翻开了扉页，上面有一段话，黑红色，像干了的血渍。

“死亡与生存同在，希望与绝望共生，灾难和幸福，毁灭

和再生——世界在你的手中。”罗西轻声读了出来。

“一幅图！”迪克叫了起来。书的第一页是一个破败荒芜的村庄，村庄的房屋和书虫儿村庄一样，也是一些书形建筑。村庄里浓烟弥漫。

“三百年前，书虫儿村庄曾经被毁灭。一股强大的黑暗力量控制了它，这一切都源于魔书。黑暗力量夺得了魔书，得到巨大的魔力，他要征服整个世界……”罗西急切地往下看。

“听，脚步声！”迪克拍了拍他。

一阵沉重的脚步声在木楼梯上响起。

“一定是西莫多爷爷回来了，我们得赶快离开。”罗西连忙合起了书。

脚步声已在门外不远处。

“来不及了！快！进来！”罗西拉住迪克，闪进了秘密书屋，快速拍了拍屋里的猫头鹰，墙壁缓缓合在了一起。

秘密书屋的门刚关上，圆木门就“砰”的一下弹开了，有两个人的脚步声。

“迪诺村长，请坐。”西莫多爷爷的声音很沉重。

罗西惊讶地睁大眼睛，十年来，他从没有看见过西莫多爷爷带人到藏书室。

“我爸爸！”迪克也大吃一惊。

“西莫多老村长，是该解决这件事的时候了！”迪诺村长的声音透出寒意。

两道光射了进来，原来猫头鹰的眼睛可以看到外面，罗西凑近小洞向外看。

迪诺村长没有坐在椅子上，他站在书桌前，两只手支撑在桌面，耸着肩膀，身子前倾，眼里射出凌厉冷峻的光，逼视着西莫多爷爷。

西莫多爷爷皱着眉头，陷入了沉思。

“西莫多，这将是一场可怕的灾难，所以，罗西必须马上离开书虫儿村庄！”

罗西和迪克惊讶地对视了一眼。

“事情也许没有这么糟糕，迪诺。”

“星象已经显示黑暗力量已经苏醒！罗西是会给我们带来

危险的人！他居然会听懂白鼠说话！这不是个普通人能做到的事！十年前他就该离开了，要不是当时你把村长的位子让给我，我是不会让他留在这里的！”

“没有人能证实那个可怕而古老的预言是真的，罗西的家人已经为此付出了代价，他还是个孩子，我答应过布莱克要照顾他的。”

“你不愿意让他走？你会后悔的！”

“是的，我的主意已定。”西莫多很平静。

迪诺沉默了一会儿，说：“那好，我需要一点报偿。”

“什么东西？”

“桑多斯，水晶球小妖，我要他真的为我服务。虽然你把水晶球给了我，但是他并不服从我，尽管我囚禁了他十年。你可以让他听话一些。”迪诺阴森森地说。

“好吧，我答应你，只要你遵守我们十年前的约定。”西莫多爷爷疲倦地说。

罗西和迪克吃惊地僵立着。

“告辞了。”迪诺村长戴起高高的黑色礼帽，大步走出了圆木门。

“我得去拿点葡萄酒，今天可真不像个好日子。”西莫多爷爷自言自语地走了出去。

罗西还在发愣，迪克推了推他：“我们得赶快离开！”

迪克拉动猫头鹰上的圆环，墙壁移开了。“只有一会儿时间。”

他们关上了秘密书屋，飞快地冲出圆木门，罗西拉着迪克进入地下室的另一间房子，从窗口爬出，沿着环形楼梯跑下去，越过绿篱，向村外飞奔。

第三章 加那亚瀑布中的骷髅圆石

一路上，罗西和迪克心事重重，罗西沉默着……

“为什么我爸爸要让你离开书虫儿村庄？”迪克困惑地问，“我爸爸说你很危险，必须立刻离开村庄。我不明白，他说的可怕的灾难是什么？还有黑暗力量苏醒，是不是就是秘密书屋里那本书上所说的？”

“我也不知道，西莫多爷爷从未对我说过。”

路边的树林里，两个人影忽隐忽现，紧跟着他们——是纳罗尔和纳恩，他们看到了罗西和迪克一反常态，满面愁容，就悄悄跟了来。

“爸爸，看起来他们有点麻烦了。”纳恩说。

“不错，也许我们可以报仇了。”纳罗尔恶狠狠地说，眼中闪出可怕的凶光。

“我爸爸和西莫多爷爷好像知道你家里人的情况。”

“我只知道，我是个孤儿，西莫多爷爷有一次外出，在森林中发现了我，所以他不知道我的父母是谁。没有人知道我的身世。我觉得藏书室里的东西可能和我有关。”

“书和护身符？”

“是的。那个护身符，当我看到它时，就有一种很奇怪的感觉。那仿佛是一个我很熟悉的东西，很亲切，很温暖，就像阳光照在了身上……”

“一个古老而可怕的预言？是什么？和我有什么关系？为什么十年前我就应该离开书虫儿村庄？”罗西看着清澈的河水若

有所思。

这一天，对罗西来说实在太不寻常了。他喜爱这个村庄，可是却得知自己是个危险的人，必须要离开这里；还有他的亲人，似乎也因为某种可怕而奇怪的事遇到了不幸。

小村庄里到底隐藏着什么样的秘密？

“书里提到了魔书，也许你的事和魔书有关。”迪克沉不住气了。

一听到魔书，纳罗尔的眼中燃起了贪婪的火焰……

这时，哗哗的水声传来，清凉的风，迎面拂过。

“加那亚瀑布！”迪克一下子高兴起来。

一道银白色的水帘飞流直下，穿过黑褐色的山石，被扯成许多绺急流，沿着石壁倾泻而下，两边，是郁郁葱葱的绿树。瀑布升起腾腾雨雾，晶莹的水珠如千万颗碎玉飞溅出去，飞瀑注入了下面的碧潭。

这就是美丽的加那亚瀑布，也是他们最喜爱的地方。不开心的时候，只要来到这里，什么烦恼都会忘掉，所以他们叫它“快乐山谷”。

“罗西，‘快乐山谷’！”迪克向瀑布奔去。

清风拂动，细密的水珠飞落到罗西的脸上，罗西也情不自禁地奔向瀑布。

纳罗尔和纳恩悄悄躲到了瀑布旁的树林里。

“看！彩虹！”迪克抬起头指着瀑布。

一道七彩长虹悬挂在瀑布中间，绚丽斑斓。

“我们已经好久没来看‘金尾’了，它一定很想我们。”迪克走近碧潭。

金尾是一条金色尾巴的鱼，罗西和迪克每次到瀑布玩总要看看它。

罗西跪在潭水旁，用手在水里画了三个圈，又吹起了口哨——这是他们和金尾的暗号，每次口哨响过，金尾就会高高兴兴、摇头摆尾地游到水面来。

迪克急忙在兜里翻找吃的：“真糟糕，今天忘了带吃的，金尾会失望的。”

纳恩想钻出树林，纳罗尔一把抓住了他。

水面很平静，金尾没有出现。

“金尾！金尾！”迪克大声地喊，仍然只见一潭碧水。

“怪事！金尾去哪了？这可从来没发生过。”迪克在潭水边寻找着。

罗西没有说话，专注地注视着潭水。

潭水澄清，深不见底，仿佛无瑕的翡翠。

碧潭很平静，似乎没有什么异样，倒映着罗西和迪克的影子。

可是，潭水太平静了！竟然没有一条鱼儿在里面游动！

“怎么一条鱼都没有？”迪克皱起了眉头，“今天什么事都有点怪！”

罗西仍然一动不动地注视着潭水，他感觉到平静中蕴藏着某种危机。

一股暗流在水底深处涌动，有许多巨大的水花在潭水深处翻腾着。暗黑色的浊流向上升腾，扩散，“咕嘟”、“咕嘟”地翻滚出带着白沫的黑色水花，水底发出了一阵巨大的轰鸣声，水面的平静被打破了，碧潭开始剧烈地晃动。渐渐地，潭水的颜色开始变化，由碧绿变成墨绿，黑绿，最后完全成了一片乌黑。

彩虹也变成了深深浅浅的黑色，像一座黑桥悬挂着，诡异，阴森。

纳罗尔和纳恩瞪大眼睛紧盯着潭水。罗西震惊地看着潭水。

“快跑，罗西！”迪克连忙催促罗西。

罗西想拔腿就跑，可是有一股强大的力量紧紧拉住了他，他不能动了！迪克跑过来拉罗西，但是却不能拉动他。

水中忽然闪现出一个影子，模糊不清，不停晃动着，骤然，它射出银灰色的光，把周围照得一片惨白。影子越来越清晰，竟是一个面目狰狞的骷髅头！

骷髅头抖动着，摇晃着，碧潭开始剧烈地摇晃。

纳恩发出“啊”的一声尖叫，转身想跑，纳罗尔捂住了他的嘴。

忽然，骷髅头张开了巨嘴，发出一声惊天动地的嚎叫“嗷——”地面被震得上下抖动，树木也左右摇晃，一股粗大的

黑色水柱猛然从深处喷射出来，直冲天空！空中的几只飞鸟被击中，被水柱卷入潭中，转瞬，就已无影无踪。

骷髅头仍然大张着嘴，那里面涌现出一股急流，碧潭水突然开始旋转，越转越快，成为一个巨大的漩涡，仿佛随时都可以把一切吞没！

罗西感到从漩涡里射出一股强大的力量，把他往水里拽，拽到骷髅的口中！他的身体越来越往前倾。骷髅发出嘶哑的吼叫，漩涡飞旋着钻出水面，直扑向罗西！就在漩涡袭来的一瞬间，罗西使出全身的力气一把推开了迪克！

黑色漩涡席卷着罗西向潭水深处冲去，直冲向骷髅的巨口！

罗西只隐约听到迪克不停地呼喊着他的名字……

纳罗尔和纳恩完全被惊呆了，眼里充满了恐惧。

罗西在水里不停地旋转着，旋转着……他睁开眼睛想看清楚一些，可是除了黑乎乎的水流和远处那个银灰色、大张着的骷髅口，什么也看不见。

罗西很惊慌，他感到自己在不停地往下沉……潭水冰冷，寒意在扩散，他的意识模糊了，眼前一片黑暗……骷髅口吞没了他，里面，阴冷无比。

突然，骷髅口开始飞快地收缩，越变越小，似乎要把罗西紧裹在里面。

恍恍惚惚间，他的脑海中闪现出一件东西，闪着灿烂的光芒，清晰，明亮——是秘密书屋里的护身符！

一个温柔的声音响起：快醒过来，孩子……

一股热流从罗西的心中升起，仿佛被温暖和煦的阳光包围，寒意在隐退。

他努力睁开眼睛，看到骷髅的嘴正在一点点关闭，他就要被困在里面了！罗西茫然不知所措。

“勇敢一些，孩子，你能行，你一定能行……”温柔的声音又响起。

一种力量在他心底升腾。罗西环顾四周，只有骷髅口可以出去。他奋力向那里游去。但是巨大迅猛的水流不断把他往后推，要游出去几乎不可能。

罗西被纳罗尔带着恶狗追赶，他无意间掉进了一个地洞，在那里，他遇到了龙人女孩小龙女蓝琦化身变成的银龙和在七彩蛋里的银箭精灵阿布。罗西从蝎子和蜈蚣的手下救了小龙女蓝琦，小龙女蓝琦由银龙变成了龙人女孩。

他的手无意间触到腰间的宝剑，他突然明白该怎么做了。罗西拔出了宝剑，宝剑寒光闪闪，锋利无比。他顺着水流游到骷髅的骨壁，猛然插进了宝剑！

“啊——”骷髅发出嘶哑的低吼，颤抖着，扭动着，停止了收缩，黑色的浊流呼啸着翻腾起伏，把罗西冲得东倒西歪，他连忙紧紧握住插进骷髅的宝剑。等到浊流稍缓，他拔出宝剑，用一只手抓住剑凿下的小洞，另一只手往前移动再次把宝剑插进去，身子再慢慢前移。

每当宝剑刺入骷髅，它就会发出可怕恐怖的嚎叫，疼痛得不断痉挛，停止收缩。罗西趁机一点点往骷髅口移去。

骷髅明白了罗西的意图，挣扎着，更快地收缩着。就在罗西移到它嘴边时，它一下子闭紧了嘴。

骷髅已几乎紧裹住了罗西，罗西感到阵阵眩晕，他咬紧牙对着骷髅狠狠刺下去，骷髅张开嘴，发出一声惨叫，罗西两腿一蹬，趁机飞快地射出去，逃离了骷髅口。他的身后，骷髅恶狠狠地一口咬了下来！

罗西用力往上游，恼羞成怒的骷髅并不放过他，紧追在后面，并且又开始不断膨胀，想要吞没他。就在骷髅快要咬住他时，罗西往旁边一闪，他忽然看到宝剑寒光一闪，直指骷髅的眉心。

“眉心可能是骷髅的命脉，只有刺中它才能逃出去。”罗西手举宝剑毫不犹豫地直向骷髅游去，骷髅似乎没有想到罗西会这样做，当它反应过来时，罗西的利剑已深深刺入了眉心！

一股黏黏的、黑乎乎的东西从骷髅眉心喷射出来。骷髅哀号着，扭动着，越缩越小，最后成为一块只有手掌心大的东西。

罗西顾不得多看，抓起宝剑和这块东西往岸上游。当他刚刚冒出水面，就听到了迪克的尖叫：“罗西！你没有死！太好了！”迪克很激动，他用一根树枝把罗西拉上了岸。

树林里纳罗尔和纳恩看得目瞪口呆。

湿漉漉的罗西瘫在了岸边，精疲力竭。

“你看！”迪克指着潭水惊讶地说。

碧潭又在慢慢地变颜色，由乌黑变成黑绿，墨绿，渐渐地成为碧绿色……

不一会儿，潭水清澈透亮，又恢复了平静。瀑布上的黑虹也渐渐褪去黑色，呈现出绚丽的七彩。加那亚瀑布又恢复了以往的动人风景。

“这是什么？”迪克指着罗西手里紧紧攥住的东西问。

罗西慢慢伸开手掌，迪克发出一声惊呼。

那是一块粗粝的圆石，上面赫然是个骷髅头！骷髅的脸上有些斑斑点点的小洞！两个黑黑的眼洞凶恶地瞪视着他们，狰狞而凶残。

纳罗尔和纳恩伸长脖子想看清罗西手里的东西。

“是它吗？刚才发生的一切都是它引起的吗？”迪克心有余悸。

“我想是它，我看见那个骷髅最后缩到了这块石头上。”罗西说。

“太可怕了，这是什么东西？”迪克声音有些颤抖。

“不知道，可能是一种有魔力的东西。它有很强的力量。”罗西把他在水底的经历详细地说了一遍，迪克听得许久说不出话。

碧潭很寂静，只听得到哗哗的水声。

“今天的一切都有些不寻常，‘快乐山谷’从来没有发生过这样的事。难道……”罗西紧盯着圆石。

“什么？”迪克有些紧张。

“难道和书上说的黑暗力量有关？在藏书室里，你爸爸也提到过。”

迪克倒退了两步：“我们怎么办？这块圆石？它看起来那么邪恶。”

“毁灭的村庄，黑暗力量苏醒……”罗西若有所思。

“我们只有毁了它！”迪克猛然拔出罗西的宝剑，向着圆石劈去。

“不！快住手！”突然从树林中蹿出一个人拉住了迪克的手——是纳罗尔。

“不，孩子们，这可不是一个好办法。”纳罗尔脸上露出诡异的笑。

“你怎么会在这里？刚才你都看到了？”罗西和迪克齐声

问。

“是的，我看到了。”纳罗尔略一思索，再次浮现出那个诡异的笑容，“刚才我看你们心事重重，以为你们有麻烦，所以就跟着你们到这里来了。”

“我们的麻烦你也知道了？”迪克问。

“是的，的确很难有人能帮你们，但是——我能，我可以教你们解决它。”纳罗尔脸上仍是那一抹诡异。

“真的吗？太好了，我们该怎么做？”罗西急切地问。

“禁——地——”纳罗尔拖长声音，一字一顿地说。

“啊！”罗西、迪克和纳恩不约而同发出一声惊呼。

纳罗尔却很平静：“那里有你们想找的秘密！禁地就是答案！”

“可、可是，爸爸，”纳恩吓得结结巴巴地说，“禁地从来都不许人去……”不等纳恩说完，纳罗尔狠狠地瞪视着他，纳恩连忙把没说完的话咽了回去。

“村规的第一条就是严禁任何人到禁地。听我爸爸说，这是个传下来几百年的规矩，从没有人敢违反。”迪克显然不赞成这个提议。

“为什么禁地就有我们想找的秘密？”罗西问。

“为什么禁地从不许人去？很显然，那里藏着一个巨大的秘密！黑暗力量的秘密也许就在那里！为什么你们不去看看？”纳罗尔的眼睛露出诡异的光。

罗西和迪克面面相觑，犹豫不决。

“怎么？你们害怕了？罗西，你被刚才的事吓着了？”纳罗尔逼近他们。

“西莫多爷爷……”罗西沉吟着。

“我爸爸……”迪克在犹豫。

“我很遗憾，我看错了你们。”纳罗尔嘲讽地说，“经历了刚才的一切，你们的勇气已经用光了，即使黑暗力量会给书虫儿村庄带来灾难，你们也不管了。”

罗西和迪克只觉得一股热血涌了上来：“谁说不管了！我们现在就去禁地！”

纳罗尔的脸上浮现出一个得意阴险的笑。

第四章 禁　地

密林里，曲折的小径上，罗西和迪克沉默地走着。

“不知道去禁地对不对，我爸爸告诫过我，不许到那里。”迪克担心地说。

“西莫多爷爷也从不让我去那里，但是我们真的不能不管。”罗西举起骷髅圆石，狰狞的骷髅恶狠狠地瞪着他们，“也许我们真的能够找到一些线索。”

“三百年前，黑暗力量曾经毁灭了村庄……”罗西沉吟着，若有所思。

“要是我们把秘密书屋里的那本书看完就好了，也许会找到答案。”迪克有些不甘心。

“我们可以先察看禁地。我感到这块圆石可能和它有关。”

夏日，阳光穿过树丛，洒下金灿灿的光芒，树叶闪烁着明亮的绿光，小鸟飞来飞去，树丛里不时蹿出几只野兔或是几只松鼠，追逐嬉闹着，宁静明朗。

罗西和迪克心情沉重，沉默着低头前行。

小路越来越窄，曲折幽寂，树木也越来越稀少。陡然间，一块巨大的阴影直逼下来罩住了他们——是一道非常高大的篱笆。

这是一个巨大的环形篱笆，无数棕黑色的、又粗又硬的荆棘交错着，盘结着，蔓延着，编结成一堵厚厚的墙，严密地围了起来，仿佛包裹住了什么东西。

罗西和迪克对视了一眼——禁地到了。

这时，一只野兔跑到了阴影里，它立刻尖叫着转身狂奔，飞快地蹿进了树丛。

风呜呜呼啸，一片死寂。禁地阴森森的，让人顿生寒意。

“我明白为什么不让我们来这里了，这里太可怕了。”迪克打了个冷战。

“这里好像动物都不敢靠近，就连植物也不生长了。”罗西仔细观察着。

迪克环顾四周，果然，小鸟一飞到这里，就会惊恐地叫着绕开；林中的动物一跑到这里，也会惊惶失措地飞奔逃离；就连刚才茂密的树木一到这里也骤然停止了生长，而不远处，有一棵老树仿佛被火烧焦了。

“进去看看，里面到底是什么东西。”罗西握紧了骷髅圆石。

他们绕着荆棘篱笆寻找入口，但是荆棘密布，根本没有入口。

罗西“刷”地拔出了蓝星宝剑。“我们把荆棘砍开，钻进去。”

罗西挥起了蓝星宝剑向荆棘砍去。

荆棘很粗，像巨蟒交缠盘结在一起，上面长满了长而尖利的刺，所以，尽管蓝星宝剑很锋利，还是费了好大劲才把篱笆劈出了一个小洞。

“我先进去。”罗西先钻了进去。当他站起来时，愣住了。

里面是一片宽阔的空地，中间是一幢刻着红色符咒的黑书屋，高耸入云。

“黑色书屋？”刚钻进来的迪克很惊讶，“要知道书虫儿村庄是严禁盖黑色书屋的。而且这也是一个有好几百年历史的规矩。这是谁盖的呢？”

“这幢房子很老，可能是很早以前建的。你看，墙上的漆已经剥落了。”

迪克仔细一看，陈旧的黑书屋上，黑地和红符咒已经脱落了许多，上面覆盖着厚厚的灰尘，房屋很潮湿，墙上遍布苔藓，

挂着无数沾满灰尘的蜘蛛网。

“黑蜘蛛！”迪克指着墙上一些爬来爬去的黑虫惊呼起来，“我从书上看到，白脚黑蜘蛛是非常可怕的动物，它们总是与这世界上最邪恶的东西为伴，你看！”

“难道这里面真的藏着一种可怕的东西？”罗西警觉地握紧了宝剑。

突然，一种不祥的感觉在他心里升起，他感到手里的骷髅圆石在蠢蠢欲动，它慢慢地升温，变得越来越灼热……

罗西连忙张开紧握的手，圆石上，骷髅头黑洞般的眼睛喷出了红色的火焰。

“天哪，它要复活了！我们怎么办？”迪克惊恐地叫起来。

“黑蜘蛛袭来了！”罗西大叫着，手里握紧了蓝星宝剑。只见，在他们身后，无数硕大的黑蜘蛛扭动着，快速向他们爬来，眼里闪着凶狠贪婪的光。

“快跑！”罗西拉住迪克向洞口狂奔。

黑蜘蛛甩开无数长脚紧追不舍，转眼就要赶上他们了。

“迪克，你快跑！”罗西握紧蓝星宝剑转过身抵挡。

黑蜘蛛掀起滚滚灰尘，狰狞地扑来。

领头的是一只巨大的黑蜘蛛，它冲上来，突然从嘴里喷出一股长长的白丝，像箭一样射出，猛然缠住了迪克的腿。黑蜘蛛往后一拉，迪克狠狠摔倒在地上。黑蜘蛛不断往嘴里吸收白丝，迪克在地上被飞快地往回拖，搅得灰尘飞扬！

后面，无数黑蜘蛛狞笑着步步逼近。

“迪克，快抓住那块树根！”罗西手举蓝星宝剑紧追过来。

迪克勉强睁开眼睛，透过灰尘，果然看到一块突起的树根，他急忙伸出手紧紧抓住。黑蜘蛛拖不动他了，恼怒地拼命往回拽，树根被一点点拔了起来！

罗西冲到迪克面前，毫不犹豫地挥起蓝星宝剑，一剑砍在了白丝上。断了的白丝往回一弹，正在用力的黑蜘蛛失去平衡，四脚朝天摔翻在地上，后面的黑蜘蛛纷纷撞在它的身上。罗西一把扶起迪克，向洞口冲去！

黑蜘蛛翻过身，发出阵阵“嘶嘶嘶”粗哑的低吼，更加恼怒，紧追而来。

终于跑到了洞口。

“迪克，你快跑！”罗西大声地叫道。

迪克飞快地钻出了洞口。而此时，黑蜘蛛已经冲到了罗西的面前。

黑蜘蛛伸出长脚来抓罗西的腿，罗西脚向后一缩，挥剑砍去，黑蜘蛛的两条长脚“嗖”的一声高高飞起，又重重落在地上。

一股浓血喷了出来。黑蜘蛛发出凄厉的哀号。

罗西趁机往洞里钻，而剩下的黑蜘蛛又潮涌而至，向罗西扑来。黑蜘蛛的长脚已探了过来。罗西一剑砍了下去，几只黑蜘蛛的脚落在了洞外，血流如注……

罗西和迪克站起来，疲惫不堪。

幸运的是，黑蜘蛛没有再追来，从洞里传来它们恼怒疯狂的号叫——似乎荆棘篱笆外面也是它们的禁地。

“我希望从来没有到过这里！太可怕了！”迪克的声音听起来很虚弱。

“至少，证明这里有不寻常的东西。”罗西紧握着宝剑说，他回头望向高高的荆棘篱笆，那里显得阴森而诡异。

“这个树林里我从未见过这种黑蜘蛛，它们为什么会在禁地里？”迪克开始剧烈地咳嗽——刚才他被呛了一嘴的灰。

“黑暗力量也许和它们有关。看看骷髅圆石，它可能会给我们一些提示。”

罗西掏出了骷髅圆石，骷髅眼里喷出的火焰渐渐隐去，热度也在逐渐消退。

“在禁地里，这块石头在复活，好像有什么东西在召唤它。”罗西很忧虑。

“今天的一切实在太古怪了……”迪克心情很沉重。

“今天？狂欢节庆典！”罗西和迪克一齐惊呼起来。

“天哪！我们怎么忘了！”

“皮卡狂欢节的庆典从来没有人缺席过，我们必须马上赶回去！”迪克很紧张，当他看到自己的衣服时，不由皱紧了眉

头。他的衣服已是又脏又破，被荆棘剐破了无数道口子，裤子上还有一个大洞。脸上、手上和腿上还有道道伤痕。

罗西也同样狼狈不堪。

“顾不了这么多了，先赶上庆典再说！”罗西抽腿就跑。

“进禁地的事怎么办？要知道我们违反村规了。”迪克焦虑地问。

“现在什么都没有查出来，只有暂时保密。”罗西语气坚定地说。

“好的，一言为定！”

两个人伸出手，“啪”的一声击掌为誓。奔跑的身影隐没在了密林中。

书虫儿村庄的大礼堂里，村民正在欢度一年一度的书精灵皮卡狂欢节。

礼堂是巨大的圆形建筑，鲜艳如火的红椅子整齐地排列着，椅子前面是绿色的小圆桌。顶上悬着无数彩带和气球，火红的灯笼里燃烧着金色的烛火。

主席台上，书堆积如山。有的书大得足有一人高，有的则小得只有手掌心大，有的是硬纸书，有的是丝绸书，有的是竹片书……另外，还放着三尊雕塑，是金制、银制、铜制的皮卡——这是用来奖励村庄里每年读书的优秀者。

村民不断拥进礼堂，小孩们扮成皮卡的模样又蹦又跳，穿着美丽衣裙的女孩们则忙忙碌碌地在大礼堂里穿梭，把芝麻小馅饼、辣味烤乳猪、荷叶熏香肠、香甜玉米浓汤、鲜奶油蛋糕等等美味可口的东西端上来。

空气里顿时弥漫着浓郁的香气。大礼堂里充满了杯盘相撞的清脆响声，以及啧啧的赞美声。

当罗西和迪克在村庄的小路上飞奔的时候，一阵响亮的鼓声敲响了。那是庆典活动的开幕音乐。

“咚咚、咚咚咚咚、咚咚咚……”响亮的鼓点在村庄里回响。紧跟着，雄壮的音乐也响了起来。

随着音乐，迪诺村长、西莫多爷爷笑盈盈地走进了大礼堂。大礼堂里掌声雷动。

迪诺村长大步走上主席台，高声说：“村民们，皮卡狂欢节快乐！”

顿时，无数闪光的彩带和气球飘落下来，人群发出了欢呼。

“狂欢起来吧！皮卡狂欢节……”迪诺村长准备宣布庆典开始。

“等等！”一个嘶哑的声音尖叫着，“庆典还有人没到！”——是纳罗尔。

“谁？”迪诺村长脸色阴沉了下来——他从来不喜欢别人打断他的话。

“罗西和迪克。”纳恩抢着说了。

礼堂里一片寂静——从来没有这样的事发生过，皮卡狂欢节是一个神圣的日子，每个人都必须参加！101条村规里早已做了规定！可是竟然会有人……而且，是村长迪诺和老村长西莫多的孩子！

空气似乎凝固了。

迪诺村长的脸变得铁青，西莫多爷爷和蔼的笑容也消失了。“按照101条村规的规定，他们将受到惩罚！被赶出书虫儿村庄！”纳罗尔咄咄逼人，他转向西莫多爷爷，装模作样地鞠了一个躬，“您说呢，我亲爱的舅舅？”

迪诺沉默着，眼中的一抹阴云越集越浓。

“是的……”西莫多爷爷语气沉重地说，“但是，在古钟没有敲完七下之前，就不能施行惩罚。”

“的确如此，我们将很乐意等待这个时刻的到来。”纳罗尔抬头看了看古钟，说，“还有一分钟，也许他们能够飞到这里，但是这需要奇迹，尽管在这个日子里，有奇迹发生将会更有意思……”纳罗尔油腔滑调地说。

礼堂里静得只听到古钟“滴答、滴答”的响声，气氛十分紧张。

小路上，罗西和迪克在不顾一切地奔跑着……

59秒，58秒……30秒……12秒……5秒……2秒，1秒，古钟“当”地敲响了，许多人脸上都很焦急，而纳罗尔一脸得意……

大礼堂的门“砰”地撞开了——是罗西和迪克。

“罗西……”

“迪克……”

礼堂里骤然爆发出响亮的欢呼声：“太好了！赶回来了！”

迪诺村长转向纳罗尔：“果然是个奇迹，纳罗尔，尽管和你期待的不一样。”

纳罗尔得意的笑僵在脸上，看起来很古怪。

“皮卡狂欢节开始了！”迪诺村长高声宣布。

西莫多爷爷举起一根拐杖，从拐杖里迸射出一道灿烂的金光，直射向屋顶，一阵“隆隆”声响起，屋顶像一朵鲜花一样缓缓绽开了！蓝色的天幕呈现在眼前，星星在空中闪着明亮耀眼的光。

“燃起来！焰火！奏起来！音乐！跳起来！村民们！”西莫多爷爷高声喊道。

顿时，无数道缤纷的焰火升上天空，照亮了整个村庄。

这些焰火有的像金色的星星窜来窜去，有的是蓝色的火焰在熊熊燃烧，有的成了一只只蝴蝶翩翩起舞，有的是做着鬼脸、吐着舌头的面具……

欢快的舞曲骤然响起，人群随着音乐跳起了快乐的舞蹈！

“这个快乐的节日，送书仪式就要开始了。”迪诺村长高声说。

西莫多爷爷用拐杖对着那堆书一指，轻轻说：“去寻找你们的主人吧！”

一种奇异的景象发生了！所有书，大书、小书、铁书、纸书……呼啸着蹿到了空中，在空中拍打着封面飞翔着，天空全是翩翩飞翔的书本……

书好像在搜寻着，而地面的人们也在期待着……

忽然，这些书好像找到了目标，直向地面俯冲下来，人群纷纷张开双臂，等着书扑到自己的怀中。原来，这些书会寻找自己的主人！

“当！”一本巨大的书跌跌撞撞地砸到了小胖子福尼的怀里，把他撞倒在地，书张开封面盖住了他。福尼挣扎着从书下面爬了出来，晕头转向，他愁眉苦脸地说：“天哪！我一直希望书有羽毛那么轻，不要让我太费劲，可是现在我却得抬这么大的书看！”

双胞胎姐妹尼波得到了一本精美的画册，她迫不及待地打开看，画册里是无数美丽的女孩，穿着飘逸的纱裙，尼波恼怒地把书“啪”地合了起来，尖叫道：“我不允许别人比我漂亮！”

纳恩得到了一本破破烂烂的竹片书，封面上写着“谁是这世界上最蠢的人”几个字，下面是一行歪歪扭扭的、俏皮的小字：“当然是你！”纳恩气得嘴都歪了。

厨师巴多得到了一本面包做的书，又焦又黄，上面用各种颜色的果酱写着“吃我”，散发出诱人的香味，刚接到书，他就忍不住几口吃光了。“上帝！这是我吃过的最鲜美的面包！真是美味啊！”巴多惊叹道。

迪克如愿以偿得到了一本哈维尔的传记，哈维尔是村庄里最有智慧的人。

罗西拿到了一本封面写着“最危险的冒险”的游记。

罗西的小狗波比看到一本书向它飞过来时，它“噌”地跃起，叼住了书，躲到了一个角落里用舌头翻舔着。书上是许多美味的狗食，看得它直流口水。

……

音乐越来越欢快，舞蹈越来越热烈，狂欢的人群热情高涨。

而这时，迪诺村长却悄悄离开了人群，向森林深处走去。

夜色渐浓，西莫多爷爷高举拐杖向三座皮卡雕像一指，高声宣布：“让书精灵寻找它的朋友吧！”

人群欢呼起来，三座皮卡雕像“嗖”地蹿起来，直向人群飞去。

眉开眼笑的哈洛、惊喜不已的迪克和心平气和的西莫多爷爷的手里陡然间多了一座皮卡雕像，无数道美丽的彩光环绕着雕像飞旋。

鲜花、掌声、欢呼声，如浪涌起。

“狂欢节结束了！让快乐和智慧与我们同在！”西莫多爷爷又把拐杖一挥。

忽然，一道明亮的火光蹿上了天空，照得地面如同白昼，人群仰头注视着。

火光在天空飞旋着，幻化成一个巨大的身影，在天空闪烁着——是书精灵皮卡，它对人群眨着眼睛，露出了一个微笑，慢慢消失在天空中。

人们微笑着，抱着自己的书向四处散去。

“等一等！”一个声音划破夜空，骤然响起。

是迪诺村长，不知道他什么时候又回到了人群，他的脸色铁青，手里拿着一卷泛黄的羊皮纸。

人们停下脚步。迪诺村长分开人群，走上高高的台阶：“我要宣布一件事。”

他展开了羊皮纸，高声说：“这是书虫儿村庄三百年前就立下的村规，我再次宣布，任何人不许到禁地去！否则将永远被赶出书虫儿村庄！”

人群一片寂静，迪诺村长的声音在夜空中回响，严厉而冷酷。

罗西和迪克不安地对视了一眼。

迪诺村长走下了台阶，人群四散而去。

迪克凑近罗西，低声说：“禁地我们不能再去了，否则我们会被赶出村庄。”

罗西皱着眉头：“事情还没有查清楚。”

“不！我不会再去禁地了！我劝你也别去那个邪恶的地方！”迪克脸色苍白。

“迪克！”迪诺村长走过来，一脸严厉和狐疑，“走，我有话要问你！”

罗西呆立着。

“罗西，也许我们该好好谈谈！”纳罗尔鬼影一样钻了出来。

“你去了禁地，对吗？不用害怕，我不想伤害你，我只是想帮助你。”纳罗尔脸上又露出了诡异的笑容。

“是的，但是并没有找到答案。”罗西无奈地说。

“哦，那是自然，因为邪恶力量总是在夜里出现，罗西，如果你今天晚上去……”纳罗尔的眼睛在夜色中闪过一抹狡黠而诡异的光。

“迪诺村长刚才已经宣布过了，不许任何人到禁地……”罗西有些犹豫。

“那是一个借口，如果你能自己解开这个秘密，西莫多就不用为难了。至于村规，如果村庄也被毁灭了，还有什么用呢？”

“这……”罗西沉吟着。

“你好好想一想，罗西，难道你是个胆小鬼？你不想成为一个真正的英雄吗？你害怕了？你想躲起来？”纳罗尔一步步逼近。

“纳罗尔，你在做什么？”西莫多爷爷走了过来。

“哦，尊敬的舅舅，您不用担心，我只不过和罗西聊聊，希望他能继承您的哪怕是一点点勇气，能成为一个真正的英雄。”纳罗尔油腔滑调地说。

西莫多爷爷捋了捋胡须，很平静地说：“不用你费心，纳罗尔。”

“当然，当然，我知道他是不会让您失望的。”纳罗尔灰溜溜地走了。

“西莫多爷爷，我真的是个孤儿吗？”罗西急切地问。

“孩子，”西莫多爷爷慈祥地注视着罗西，“有许多事我都没有告诉你。但是有一天你会知道的。尽管你是个孤儿，但是我相信你会成为一个勇敢的人。”

罗西不由握紧了腰上的蓝星宝剑，他暗暗打定主意晚上再去一趟禁地，弄清黑暗力量的秘密。

夜深了，月凉如水。夜风轻拂着树枝，发出沙沙的响声。

书虫儿村庄闪出一个身影。月光照在了他的脸上，是罗西。他向禁地走去。

同时，另一个黑影躲在暗处窥视着，月光照在黑影的脸上，是纳罗尔。看着罗西走向禁地，得意阴险的笑浮现在他的脸上。他转身又轻轻地走回了村庄。

密林中，罗西点亮了油灯。他刚才查过书了，白脚黑蜘蛛是一种非常残忍的动物，专门与邪恶势力为伍，哪里出现黑蜘蛛，哪里就会潜伏着可怕的东西。

难道禁地里果然藏着什么秘密？

森林里静悄悄的，月光下投映出黑色的树影。偶尔，远远传来猫头鹰令人胆战的叫声。

罗西握紧腰间的蓝星宝剑，举着油灯快步在树丛间穿梭着。

树木越来越稀少，气氛越来越阴沉，巨大的暗影骤然扑下来紧紧罩住了罗西！

禁地到了！夜晚的禁地，高大的荆棘篱笆黑森森的，更加阴森恐怖！

罗西心中猛然一凛，他提着油灯轻轻走近洞口，往里一照，空荡荡的禁地，在黑暗中闪烁着点点可怖的白光，不时传来一阵恐怖的嘶叫声！

罗西小心翼翼地爬进去。昏暗的灯光下，才看清无数白光是黑蜘蛛的脚！

黑蜘蛛一看到灯光，纷纷调转头来恶狠狠地瞪视着，当发现入侵者是罗西，眼睛里骤然射出凶残阴冷的绿光，立刻就像潮水一般涌了过来！

罗西连忙从身后的背包里掏出一个瓶子，倒出许多黄色的粉末，是硫磺——他从书里看到，这种黑蜘蛛最怕的就是硫磺。

他把硫磺粉末撒在身上。果然，黑蜘蛛一跑到他的面前，立即就停住不动了，只是团团围住他，挥舞着脚，发出一阵阵“嘶嘶嘶”的暗哑的声音。罗西小心地往前移动着，黑蜘蛛也慢慢地往后退。渐渐地，竟到了黑书屋的阶梯下。

罗西想，如果跑上阶梯，冲进黑书屋的大门，就可以把黑蜘蛛挡在外面了。

他猛然拔腿就往阶梯上跑，狡猾的黑蜘蛛猜到了他的意图，突然间，它们的嘴里喷射出无数道又粗又长的白丝，牢牢地缠住了他的手脚和身体。罗西使劲挣扎着，却被裹得越来越紧，不能动弹。

黑蜘蛛想把他缠死在白丝里面！

黑蜘蛛不断收缩着蜘蛛丝，用力拉扯着白丝，罗西几乎难以呼吸，身体无力地往下倒，他眼前渐渐变得模糊了，蒙眬间，只听到黑蜘蛛得意地“嘶嘶”狂叫着。

“当！”罗西身后的背包被黑蜘蛛扯落在地上。

背包里滚出了一个圆圆的东西，如同燃烧的火炭，越来越红，突然从它上面喷射出两股烈焰，骤然照亮了禁地——是骷髅圆石！

令人惊讶的事发生了！黑蜘蛛看到骷髅圆石，立即停止嘶叫，恭恭敬敬地向两边散开，让出了一条道，缠在罗西身上的蜘蛛丝也被它们快速地吸了回去。

罗西顾不了想太多，挣扎着捡起骷髅圆石和背包，提着油灯飞快地冲向了黑书屋大门。大门隆隆响着打开了，从书屋里刮来一阵旋风，将罗西一把揪了进去，门在他身后“砰”的一声关上了。

这是一间高大空旷的大厅，有无数又粗又高的黑色大理石石柱，上面有些流水一样的水纹。墙壁上伸出一条条石蛇，蛇嘴里喷射着火焰。大厅里积满了厚厚的灰尘，从高高的顶上悬垂下许多布满灰尘的蛛网，挂着的帐幔破烂不堪。

看上去这里已经很久没有人来了。

罗西每迈一步，空荡荡的大厅里，都会有咚咚的脚步声在回响……

他环顾四周，大厅两侧各有一道门，左边的黑色，右边的红色。黑门头上有一个巨大的蛇头，吐着熊熊烈焰，红门上有一些金色的奇形怪状的字符。

罗西向红门一步步小心地走去。他手里的骷髅圆石不停地在抖动着，越靠近红门，抖动得越厉害。就在罗西刚要伸手去拉红门上的石锁时，从红门里突然射出一道金光猛然砸过来，罗西被砸得飞起来，狠狠撞在了黑门前的石柱上。

摔得鼻青脸肿、满脸灰尘的罗西从地上爬了起来，黑门就在他眼前，手里的骷髅圆石越来越炽热，门上巨蛇的眼中闪着诡异的绿光……

罗西去拉黑门上的石锁，黑门里卷出一股旋风，把他席卷了进去。

他的面前是一个巨大的黑瓶子，上面刻着一些暗红色的字。黑瓶子上布满灰尘和蛛网。有一个奇怪的、像扭曲的十字的符号封住了瓶口。

罗西感到骷髅圆石在急不可耐地蹿动着。也许这个黑瓶子里就藏着真正的秘密，罗西毫不犹豫地走过去揭开了黑瓶子上的十字符号。

——并没有什么发生，尽管骷髅圆石已经在他手里不停地跳动。

罗西举起油灯凑近黑瓶子，拂去灰尘，那些暗红色的字就清晰地出现在他面前——是斯拉文，村里只有西莫多爷爷懂的文字，罗西也学过。

“让黑暗延伸……死亡的疆土……唤醒我……永远的沉睡……狄摩·达伦……黑暗的力量……”罗西轻声读着。

突然，骷髅圆石从他的手里飞了出去，在空中盘旋着，不断地膨胀扩大，又在空中浮现出那个可怕阴森的骷髅头。

罗西不由“啊”的一声惊叫。

骷髅头“嗖”的一声钻进启了封的黑瓶子，黑瓶子开始剧烈地震荡，瓶上的字流动起来，就像一条条血河。整个房子也开始晃动。

“轰！”从黑瓶子里冒出了一股浓浓的黑雾，“哈哈哈”地发出一阵恐怖的狂笑，黑雾里一个阴森森的声音对罗西说：“你放了我，哈哈哈，预言实现了！我自由了！”接着只看到一个可怕的黑影子一下子蹿出了黑门。

罗西紧跟着跑了出去，在大厅里，他不由惊呆了：大厅里的所有石蛇都变成了真蛇，吐着信子，在大厅里窜动着。大理石石柱上的黑色水纹开始“哗哗”流动着，翻滚起黑色的浪花。

黑浪向罗西奔涌而来，蛇群竟然也随着浪花袭来，罗西连忙向大门奔去。

蛇群紧追在他身后，罗西奋力砍落了几个蛇头，黑浪却汹涌着吞没过来。

罗西纵身扑向大门，一条黑蛇飞起来紧跟在他身后，当罗西撞开大门的时候，他挥剑砍落蛇头，就在他刚刚滚落在台阶上的时候，黑浪淹没了大门。

当他看清周围时，他再次惊呆了。

刚才静谧晴朗的夜空乌云翻腾，大雨倾盆！震耳的雷声起伏不断，惨白的闪电一道道划过天空。

黑书屋上的红色符咒奔涌着，流动着，像血在流淌。

雨水冲去了他身上的硫磺，黑蜘蛛睁着贪婪的眼睛成群结队地向他逼近。

罗西一边向洞口跑，一边用蓝星宝剑驱赶着黑蜘蛛！

他把弹子球向地上一撒，黑蜘蛛纷纷滑倒在地上。罗西趁机靠近了洞口。

篱笆上的荆棘就像活过来似的，上下左右地蹿动着，当罗西钻过洞口的时候，利刺一个劲地往他身上戳，撕扯着他身上的衣服……

当他筋疲力尽地爬出洞口时，他看到面前有无数双脚，他抬起头，一大群人站在他面前。

第五章　小龙女蓝琦和银箭精灵

一道闪电划过，映照着许多苍白惊恐的脸——是书虫儿村庄的村民。

迪诺村长眼露寒光，纳罗尔和纳恩一脸得意的阴笑，两头凶猛的猎狗张着血盆大口蹲在一旁。迪克很不安地搓着衣角。后面有巴多、达西、柯里、丹尼、基姆……天空阴沉沉的，人群却沉默着。——气氛很沉闷，没有西莫多爷爷。

罗西有一种不祥的预感。

“罗西，你竟敢私自去禁地！”迪诺村长拿着湿漉漉的羊皮纸村规冷冷地说。

“我是想……”罗西想辩解。

“你想怎样？三百年的村规没有任何人可以违反！你给村庄带来了灾难！你早就应该离开！”

“迪诺村长，您可真明智！很早以前我就意识到了，可是没有人相信，直到今天发生了这么可怕的事。”纳罗尔一脸诡谲。

“你必须马上离开书虫儿村庄，永远不许回来！”迪诺冷酷地说。

“不，我不离开！”罗西昂起了头，“我要找西莫多爷爷！”

“西莫多爷爷也帮不了你！”纳罗尔冷笑着说。

罗西难以置信，他抬起头看着人群：“巴多叔叔！”

巴多垂下了头。

“基姆伯伯……”

基姆转过了身。

严厉的村规没人能反抗，骤然袭来的暴雨预示着不幸的开始……

这一切都是罗西造成的。眼泪顺着罗西的脸颊流了下来……

“从现在开始，你不能踏进书虫儿村庄！纳罗尔，把他赶出森林！”迪诺村长用力一挥手，带着其他人转身离开。

暴雨更猛烈了，乌云在天空翻腾着，雷声隆隆。

禁地前，站立着罗西、纳罗尔父子和两只猎狗。

“我终于可以把你赶出村庄了，罗西。”纳罗尔步步逼近罗西，“自从你被西莫多收养，我们父子继承他的财产就越来越不可能，我每天都在盘算怎样把你赶走，今天终于实现了！”纳罗尔仰头哈哈狂笑，“迪诺村长为什么会知道你来禁地了？罗西，是我告诉他的，一切都在我的掌控之中。”

罗西瞪大了眼睛，不敢相信。

“你以为你在拯救村庄，不，你被愚弄了，你毁了你自己，更可怕的是……”纳罗尔脸上露出了诡异的笑。

不等他说完，罗西扑上去，狠狠撞向他。

纳罗尔用力挥动手臂，恶狠狠地想把罗西甩在地上，罗西灵巧地躲开了。

两只猎狗黑脸和花头在一旁狂吠。

“咬他！咬他！”纳罗尔和纳恩的眼中射出一道凶光。

凶猛的猎狗向罗西逼近，罗西握紧了蓝星宝剑，一道电光划过，照亮了一条小路。罗西拔腿向小路冲去，黑脸和花头狂吠着紧追上来。

“把他赶出去！追他！”纳罗尔狂叫着。

电闪雷鸣，罗西向前狂奔，泪如雨下。

纳罗尔父子和猎狗一直在后面追，黑脸“噌”地跃起直扑向罗西！罗西猛然回头，黑脸露出了狰狞的利牙！他来不及躲了！就在这时，轰隆一声巨响，罗西只感到脚下一软，地上忽然出现了一个大洞，他的身体陡然往下沉。

地面又“轰”的一下封了起来，黑脸重重地砸在了地上。

罗西骤然间消失了！

纳罗尔父子顿时惊呆了！他们带着猎狗到处寻找他的踪迹，森林里却没有一个人影，他们只好悻悻地往回走。

罗西一直往下坠，往下坠……四周黑乎乎的，只听到风声在耳边呼啸着。

扑通！他重重地砸了下去，却不怎么疼，他摔在了地洞厚厚的草垛上。

地洞很潮湿，阵阵阴冷的风，在空洞的地洞里窜来窜去。地洞的一侧有一个土砌的高台，上面有一个铁油灯，燃着几点微弱的星火。

地洞里杂乱地放着东西，破烂的朽木、掉了把的铁斧头、已经腐烂的食物碎屑，还有横七竖八扔在各个角落里的一些骨头，地上来来回回地爬着一些拖着黏液的虫子，老鼠不时地窜来窜去……一股刺鼻难闻的腐臭味弥漫在地洞里。

罗西沿着地洞的墙壁寻找着出口，却没有发现。不知从什么地方传来一阵阵"乒乒乓乓"的声音，好像在进行着一场激烈的搏斗。

一只老鼠爬上高台，用尾巴扑扫着铁油灯里的火苗，眼看火就要被扑熄了，地洞里更加阴暗。罗西连忙扑向高台，驱赶那只可恶的老鼠。

蓝星宝剑刺在了铁油灯上，铁油灯立刻旋转起来，隆隆巨响中，高台后面的墙缓缓移开，另一个地洞出现在他眼前，里面正传出阵阵震耳的响声。

罗西闪身进了地洞。

他刚进去，头顶有一阵疾风袭过，一抬头，一只巨爪扑来，罗西急忙一缩身子，躲过了巨爪，而洞顶的无数碎石泥屑却落下来，砸在他身上。

罗西一看洞顶，顿时惊呆了——一条银龙，一只长有无数只脚的蜈蚣和一只硕大的蝎子正交缠在一起，激烈地拼斗着！

"龙！"罗西看着那条闪着熠熠银光的银龙十分吃惊——以前他不相信世上有龙。还有蜈蚣，竟然是百足蜈蚣！蝎子，竟然是九头蝎子！

罗西这才相信西莫多爷爷所讲过的精怪都是真的。

银龙与蜈蚣和蝎子斗得正厉害。蜈蚣的长脚不断伸缩，忽长忽短，千方百计想缠住银龙，蝎子的九个头追着银龙猛咬！银龙舞着龙爪，在地洞里扭动身子蹿上蹿下，躲避着，显然，银龙正处于下风。

当银龙从罗西眼前晃过时，罗西看到它的龙角才刚刚长出头顶——这是一条年幼的银龙。而蜈蚣是强壮的成年蜈蚣，红色的身体泛着黑光，背上有一条长长的黑线贯穿头尾。蝎子的青色中隐隐透出黑灰，尾巴是红棕色的——这也是一只壮年的蝎子。蝎子和蜈蚣越斗越凶猛，银龙只能飞来蹿去地躲避着。

“小龙妖，你斗不过我们的。”蜈蚣粗声粗气地说，“如果你现在乖乖地认输，留下那枚七彩蛋，我们就饶了你。”

“休想！”银龙发出清脆的长啸，“七彩蛋是我的，谁也别想从我手里夺走！”

蝎子不甘心：“凭什么说七彩蛋是你的？我们又不是从你手里偷来的！”

“我说是我的，就是我的！这七彩蛋里是我的儿子，这蛋自然就是我的！至于你们从哪里偷来这枚蛋的，根本和我无关！”银龙毫不示弱。

蜈蚣大怒：“小龙妖，你缠了我们七天七夜还不罢休！明明是故意作对！”

“我就是与你们作对，那又如何？蜈蚣和蝎子本来活在世上就是祸害！”银龙躲开蝎子的进攻，语气霸道地说。

罗西看到角落里放着一枚硕大的蛋。这枚蛋十分奇异，蛋壳是鲜艳的色彩。

“原来它们是在争夺这枚蛋。”罗西轻轻地向角落移去，想看个究竟。就在他伸出手要去抱那枚蛋时，蜈蚣发现了，它尖叫着：“有人！有人要偷我们的蛋！”

蝎子和蜈蚣立刻放开了银龙，直向地上的罗西扑了过来。

蜈蚣的脚骤然向他伸来，蝎子的九个头也都张大了嘴！

罗西一直向后退……

突然，空中的银龙猛然扑下来，一甩尾巴，狠狠地砸在了蜈蚣和蝎子的身上，打得它们翻了几个跟头。

“快跑！”银龙对罗西说。

恼怒的蜈蚣和蝎子又扑向了银龙。“小龙妖，我决饶不了你！”蜈蚣咆哮着。银龙一会儿被蜈蚣的长脚缠住，一会儿险些被蝎子的头咬住，险象环生。

罗西忽然听到一个微弱的声音：“快救救我妈妈！”是从七彩蛋里发出来的。

“果然是银龙的蛋，我得救她！”

罗西发现了一张巨大的蜘蛛网，结实的网丝交错编结着，似乎一粘上去就会被立刻牢牢地绑住。当他再看到百足蜈蚣的长脚时，立即有了主意。

罗西抱起七彩蛋向蜘蛛网跑去：“我得到彩蛋了！蜈蚣，你有胆量就来拿！”

蜈蚣发出一声愤怒嘶哑的叫声，向罗西疾扑。

蜈蚣凶狠地扑了过来，罗西灵巧地向旁边一闪，蜈蚣一头扎在了蜘蛛网上，蜘蛛网立刻收紧了，网丝缠住了蜈蚣的长脚，越缠越紧，即使蜈蚣奋力挣扎也无济于事，最后，疲惫不堪的蜈蚣只好趴在网上一动不动。

阴影里慢慢爬出一只巨大的蜘蛛。

蝎子见此情景，大吃一惊，抽身想逃，却被银龙紧紧缠住，无法脱身。

“有办法了！”罗西想起西莫多爷爷说这种蝎子最怕强光和炽热，他从草垛上抽出了几把草，用朽木和烂麻绳迅速地捆扎成火把，在铁油灯上点燃了，举着火把直冲向蝎子。

蝎子看到熊熊燃烧的火把，惊慌地想甩开银龙逃窜。

“怎么，就想跑了？我还没有玩够呢！”银龙嘲讽地说，“我可不会让你走！”

蝎子根本无心恋战：“你放了我，七彩蛋我就让给你。”

“什么叫让给我，七彩蛋本来就是我的！要我放你也不难，只要你把这些火吞下去，我就放你走！”银龙笑着说。

蝎子大怒，趁着银龙不注意，猛然蹿起来，向银龙后面突然袭击。罗西吃了一惊，飞快地把火把扔向了蝎子，火把砸到了蝎子的身上，火焰灼烫得它发出一声怪叫，蝎子蜷缩着身子从空中摔在了地上。

火焰熊熊，蝎子扭曲着身体发出阵阵尖叫，最后成为一团焦黑的灰。

一阵“劈啪”的响声，罗西一抬头，银龙翻滚着不断缩小，划出无数道银光，许多银色的小星星四处飞溅，地洞里银光晃晃，灿烂夺目。

突然，一道银光旋转着落了下来。落下的竟然是个美丽的女孩。

“这两个恶魔总算除掉了！谢谢你救了我！尽管我不习惯让别人救！”——是银龙的声音。

“你是银龙？”罗西惊讶地看着她。

女孩穿着一身美丽无比、熠熠闪光的银衣，银衣上装饰着各种光彩夺目的宝石和珍珠。她的头上长着两个小小的龙角，长发像波浪样起伏。她似笑非笑，眼睛透出慧黠，手里拿着一条金色带刺的长鞭，长鞭的顶端是一个金色的球，旋转着，闪烁着耀眼的光芒。

女孩眼睛一转：“难道我不像吗？”

“我不知道龙还可以变成人。”

“你错了，我不是龙，我是龙人，所以我既可以变成龙，又可以变成人。”女孩似笑非笑，“我来自东方的龙人王国，龙人有自己的世界，很少和人类打交道。你是我见过的第一个人。”女孩仔细地打量着罗西，翘翘的鼻子透出几分顽皮，“你叫什么名字？”

“罗西，你呢？”

“你叫我小龙女蓝琦就行了。”女孩把长鞭收起来插在腰间的银腰带上，双手叉腰说，“谢谢你救了我！从现在开始我就欠你一条龙命了，你要我怎样报答你？”说话的模样，倒好像是她救了罗西的命。

“不用了！帮助别人不是为了回报。”罗西说。

“怎么能就这样算了？龙人族是最讲信用、最重情义的，你救了我一命，如果我不回报，被其他龙人知道，必然会嘲笑我，你这不是让我丢脸吗？”小龙女蓝琦很不高兴，“从现在开始，你到哪里，我就到哪里！直到我还了你的情！我小龙女天不怕，地不怕，就怕欠人情！你最好不要说‘不’字！”

忽然，角落里的七彩蛋射出道道夺目的光芒，似乎有什么

在里面蠕动。

小龙女蓝琦急忙跑过去。

七彩蛋“砰”地裂开，里面“噌”地蹿出了一个小东西。

还不等他们看清楚，那小东西就直射向小龙女的怀里，叫着：“妈妈！妈妈！”

不等小龙女蓝琦反应过来，小东西又高声叫着爸爸冲向了罗西。

是个男孩。光着身子，长着一对金色的翅膀，身上背着一副银弓和一个装着银箭的银箭筒。一对亮眼睛顽皮机灵。

这竟然是传说中的银箭精灵！他长得像人，只是身上长有一双美丽的金翅膀，可以自由地飞翔。

小龙女蓝琦两眼一瞪，厉声问：“你是谁？”

男孩停止了扇翅膀，奇怪地问：“我是你的孩子呀，妈妈，你怎么了？”

“我的孩子？”小龙女蓝琦大吃一惊。

“是呀！我是从七彩蛋里出来的！”男孩高兴地说，“在里面多待了七天七夜，可把我憋坏了！现在终于可以出来了！”

“你凭什么说我是你妈妈？”小龙女蓝琦眉毛竖了起来。

“你自己说的呀！你刚才不是对蜈蚣和蝎子说七彩蛋里是你的儿子吗？”

小龙女蓝琦很失望：一点都不好玩！我还以为是稀奇的东西！早知道里面是个这样的小娃娃，我才不会来抢这个蛋的！她不乐意地说：“我只不过是随便说说！我根本不是你妈妈，我只是看着蜈蚣和蝎子贼头贼脑地抱着七彩蛋，以为里面有什么好玩的，才一直追着它们想抢过来。”

男孩一听，呆呆悬在空中：“什么？你不认我了吗？”哇的一声，他立刻惊天动地地哭了起来，“你们不要我了，我还活着有什么意思！”说着，一头往墙上撞了去。

小龙女蓝琦和罗西不由吓得“啊”地惊叫起来。

地洞“轰”地晃了一下。男孩摔在地上，一动不动。

小龙女蓝琦和罗西飞奔到男孩的身边：“你快醒醒！”两个人手足无措。

许久，男孩才缓缓睁开眼睛，“你们真的不要我了吗？”

罗西连忙说：“我们要，我们要。”

“哦，太好了！”男孩拍着翅膀蹿到半空中，随即得意地笑着说，“这点墙算什么？我的头很硬，什么东西都能撞。”说着，伸出一个指头戳了戳，墙上的泥块纷纷落了下来，不一会儿墙上就出现了一个大洞。

小龙女蓝琦刚要发怒，地洞突然轰隆轰隆地晃动起来。

“糟糕，地洞要塌了！”罗西惊呼。

“都怪我刚才撞得太重了。”男孩说。

“必须马上离开。跟我走！待会儿再找你算账！”小龙女蓝琦向小的那间地洞飞奔过去，罗西和男孩紧跟在后面。

他们刚跑进小地洞，大地洞的顶就砸了下来，发出阵阵可怕的巨响。滚滚的灰尘和泥土涌了过来，无数虫子和老鼠吓得直往小地洞钻。

小龙女蓝琦的金鞭陡然飞出，抓住了铁油灯一拉，两个地洞间的墙壁合了起来。

“这两个地洞是相连的，小地洞马上也会塌，我们只有出了地洞才安全。”小龙女蓝琦把铁油灯旋转了三圈，一道亮光从顶上照了下来。

地洞口打开了，地洞很深，爬出去是不可能的。

小龙女蓝琦把金鞭一抖，往洞口扔去，刚才那短短的金鞭骤然伸长，直向洞口飞去。她一只手抓住金鞭，一只手伸了出来：“拉住我。”

这时，小地洞开始摇摇欲坠，地面不断往下塌陷，灰尘飞舞，老鼠在地上惊恐地窜来窜去。

罗西和男孩急忙拉住小龙女。“快起！”小龙女蓝琦一抖金鞭，金鞭就像听懂了她的话似的，一下子向上收缩，他们刚离开地面，地洞就塌陷了，阵阵震耳欲聋的响声在洞中回响，他们拉着金鞭往上飞升，脚下滚滚尘土向上翻腾着，似乎想把他们吞没。罗西只感到身体在飞速地上升，眼前越来越亮。

“出来了！”小龙女蓝琦清脆的声音在耳旁响起。

一片阳光灿烂，他们已站在了地洞外面。

地面轰隆隆地慢慢合了起来。

第六章 毁灭的村庄

已是清晨。雨后，空气清新如洗，阳光从树缝间投射下来，温暖明亮。

经过了地洞里阴冷潮湿的一夜，这一切实在是太美好了。

“我该叫什么名字呢？”男孩苦恼地问，“好像出生后，人都会有名字的。”

“你就叫银箭精灵阿布吧！”罗西想起了有关精灵的故事。

沐浴着阳光，罗西却感到了忧伤，因为他已经无家可归了。

罗西看到自己的衣服破烂不堪，沾满了灰尘和泥土，可是小龙女蓝琦的银衣却在阳光下光芒四射，纤尘不染。

“龙人的银衣是从来不会沾上灰尘的，即使是在刚才那么脏的地洞里。”小龙女蓝琦有些得意。

“妈妈，我有没有这样的银衣？”银箭精灵阿布着急地问。

“你当然没有，你又不是龙人，我说过我不是你的妈妈。”小龙女蓝琦狡黠地笑着说。

“你们真的不是我的妈妈爸爸吗？”阿布失望地说。

“当然不是，而且，我还没见过不穿衣服的人呢！可真丢人啊。”小龙女蓝琦似笑非笑，“如果你听话，以后不认我做妈妈，只叫我小龙女蓝琦，我就为你做一件衣服。”

银箭精灵阿布无奈地点了点头。

小龙女蓝琦从身上拿出一根银线和银针，“刷刷刷”摘了许多树叶缝起了衣服，不一会儿一套树叶衣服就做成了。

银箭精灵穿上衣服高兴得直跳，可是转瞬间，又闷闷不乐地低头不语。

“怎么了？”罗西问道。

“我不知道自己该去哪里。”阿布发愁地说。

“既然你遇到我小龙女，自然是跟我走了。”小龙女似笑非笑地说。

说完，她站起身就往森林中走，那是通往书虫儿村庄的路。

“不！不能往那里走！”罗西大声叫了起来。

“为什么？”小龙女蓝琦回过头来，满脸疑惑。

“我不能去那里，那里是我的家。”罗西伤心地低下了头，“我已经被永远赶出来，无家可归了。”

罗西把书虫儿村庄的传说，自己在西莫多爷爷藏书室里找书，在加那亚瀑布拾到骷髅圆石，夜里到禁地的遭遇以及被逐出村庄的经过详细说了一遍。

小龙女蓝琦和银箭精灵阿布听得目瞪口呆。

“现在你怎么办？”蓝琦“噌”地跃上一棵大树上坐着，晃着腿问。

“我也不知道。我很想念书虫儿村庄。”罗西情不自禁拔出蓝星宝剑。

“为什么不回去看看呢？”蓝琦又“嗖”地从树上跳了下来，“他们不许你回去，你就不回去了吗？要是我，哼！”蓝琦“刷”地抽出腰间的金鞭向一棵树拦腰扫去，猛地将金鞭一收紧，那棵树就轰轰响着倒了下来。

罗西苦恼地摇了摇头：“村庄的村规很严，他们不会允许我再走进村庄的。”

小龙女蓝琦对书虫儿村庄充满了好奇，很想马上去看看，更重要的是，她想知道禁地里放出去的奇怪东西是否跑到了村庄里，至于那种东西是黑暗力量还是什么可怕的东西她可不在乎。但是，她知道强逼罗西带她去是不可能的，她暗暗思忖：先到那个地方，到时候再说。

她立即有了主意："罗西，你可以跟西莫多爷爷告别一下啊！西莫多爷爷每天都要在村外讲故事。村规不许你走进村庄，又没有说不许你在村外，只要你没有走进村庄，就是只离一步也没有违规。"

"是啊！我们回去看看吧！"阿布也恳求罗西。

罗西有些犹豫，蓝星宝剑在阳光下闪着美丽的蓝光。

蓝琦一直在一旁察言观色，当她看到罗西看着蓝星宝剑出神，就知道罗西惦记着西莫多爷爷，她装作漫不经心地说："其实，回不回书虫儿村庄倒也无所谓，只是你从禁地被赶出来，西莫多爷爷不在，他一定会很担心……"

小龙女蓝琦用眼角的余光偷看着罗西，罗西神色焦急。她知道时机已到，从空中往下飞跃，就势将金鞭一收，落在罗西面前说："不过不去更好一些，因为也许书虫儿村庄已有了灾祸，既然他们把你赶了出来，自然和你无关了……"

罗西心里一怔："不，我一定要回去一趟！"

蓝琦知道自己的计谋得逞，回转身露出了得意狡黠的笑。

罗西收起蓝星宝剑说："走吧！尽量在书虫儿村庄的午钟敲响前赶到。"

森林里罗西、小龙女蓝琦和银箭精灵阿布飞快地掠过树丛，朝着书虫儿村庄飞奔而去。

渐渐地，跑到了森林边缘，靠近了村庄。"到了！加那亚瀑布到了！"罗西高兴地说，他感到好像已经很久没有到这里了，心里荡漾着亲切温暖的喜悦。

但是，他却被眼前的景象惊呆了——加那亚瀑布已面目全非，丑陋无比！

高高的山崖上飞流而下的是乌黑的浊流！光滑的山石被浊流蚀出一个个巨大的窟窿，树木枝叶枯萎凋零了，飘落下一片片枯叶。

碧潭上笼罩着浓浓的黑雾，滚动升腾着……

"啊！这就是加那亚瀑布？"蓝琦和阿布难以置信，美丽无比的加那亚瀑布竟然会是这个模样。

罗西冲到碧潭边，黑雾飞旋着，翻腾着……他钻了进去。

他睁大眼睛，却只看到黑茫茫的一片，罗西连忙拔出了蓝星宝剑，宝剑上的蓝星射出耀眼的蓝光，黑色浑浊的水流在“咕嘟咕嘟”地冒出许多巨大的黑色水泡，一升到水面，就裂开，吐出一条僵硬的死鱼！

又升起一个水泡，一条金尾巴的鱼从黑水泡里吐了出来。

“金尾！”罗西惊叫着扑过去，伸手想抓起金尾。

所有的黑水泡突然汇聚在一起，变成硕大无比的黑水泡，吸住了罗西的手，想要把他拖到水里。

罗西挣扎着，想挣脱出来。

“罗西——罗西——”黑雾外面传来了小龙女和银箭精灵的叫声。

罗西就要被黑水吞没了！

罗西刚刚触到黑水时，突然，一道金光一闪，一股力量往回一拉，他“嗖”地腾空跃起，脱离了那正在张开巨口的黑水泡，穿越黑雾直往外面飞了出去。

砰！罗西重重地摔在了地上，手里还紧紧握着金尾。

他睁开眼睛，眼前是小龙女和银箭精灵。缠在腰上的是小龙女的金鞭，而笼罩着黑雾的碧潭已在几尺之外。

“这就是‘快乐山谷’，这就是金尾。”罗西摇摇晃晃地站了起来，伸开手给蓝琦和阿布看，“金尾死了，碧潭里的鱼全都死了。”

碧潭上诡异的黑雾弥漫着……

蓝琦眉头皱了起来：“刚才，金鞭挥进黑雾的时候，有一股力量用力把我往里面拉，就好像你在水里遇到骷髅一样。我想，这一切与骷髅圆石和禁地有关。”

罗西脸色变得苍白：“书虫儿村庄！如果禁地里跑出来的可怕东西已经到了这里，书虫儿村庄就会很危险！”

阿布紧张地问：“那可怕东西不会是一只虫子吧？我宁愿它是一个怪物，也不情愿它是一只虫子。那只蜈蚣和蝎子吓得我在彩蛋里躲了那么长时间，我想起虫子就感到害怕。”

“必须马上赶到村庄去看看！”蓝琦收缩起金鞭，插到她的银腰带上。

罗西心里充满了忧虑和痛苦：难道这一切真的与他违背村规到禁地有关？他胸中燃烧着痛苦的火焰，他默默地企盼着，能

看到西莫多爷爷在村外讲故事，一切都和往常一样，宁静，幸福，温暖，和睦……

然而，大青石旁空荡荡的，没有西莫多爷爷，也没有村里的小孩。

太安静了，安静得出奇。村庄里一片死寂。

“看！又有黑雾！”

一片又黑又浓的黑雾笼罩在书虫儿村庄的上空。

“这片黑雾看起来非常不祥。”小龙女蓝琦的金鞭已握在了手中。

“好可怕！快看！”银箭精灵阿布尖叫起来。

一个黑色的骷髅标志赫然出现在书虫儿村庄的大门上——和罗西拾到的圆石上的骷髅一模一样。

罗西心中一凛，顾不了不许他再走进书虫儿村庄的禁令，拔出蓝星宝剑就冲进了村庄。蓝琦和阿布紧跟在他后面。

“霍奇！”罗西看到前面小路上一个站立着的背影，大声地喊道。

背影没有回头，一动不动。

阿布生气地说：“怎么不理人呢？”说完拍着翅膀飞到了石像前面，“天哪！这是个石头人！”他尖叫起来。

果然，是一尊霍奇的石像。

他的表情十分惊恐，大张着嘴，小眼睛睁得又圆又大，流露出强烈的恐惧和惊慌，两只手伸出来挡在身体前方，好像慌乱中在阻挡什么东西……

霍奇的眉毛、眼睛、鼻子、脸、身子……所有的一切，包括他身上的衣服都完全变成了石头。

“霍奇！霍奇！”罗西大声地叫他，霍奇却一动不动。

“为什么，为什么会这样？”罗西痛苦地扑到霍奇身上，用力摇晃着他。

“这一定和骷髅圆石有关，你看！”小龙女蓝琦指着霍奇的额头。

在霍奇的眉心正中，有一个黑色的骷髅标志，狰狞而恐怖。

“不！”罗西痛苦地呻吟起来，“难道这一切都是我造成

的？”

“也许村庄里的人都遭遇到了不测，我们快进去看看！”小龙女蓝琦拉住罗西就走。

走在村庄里，他们再次惊呆了——村庄里的一切全都变成了石头：房屋、村民、树木……所有书屋全都失去了夺目的光彩，蒙着一层黑灰，书屋的门头上都有一个黑色的骷髅标志，村庄里没有一点动静，死气沉沉，只有那团巨大的黑雾压在他们的头顶，让他们喘不过气来……

阳光被黑雾挡住了，整个村庄陷落在一片灰暗阴沉中。

罗西拖着沉重的脚步在村庄里穿行，他不敢相信眼前的一切。

村庄里只听得到他们的脚步声，以往的欢声笑语荡然无存。

路边，基姆伯伯站在家门外，正在抽烟，他的眼睛瞪着前方，好像不相信看到的一切，他吐出的烟圈已凝固在空中，成为了一个个的石头圆圈。

丹尼的水壶扔在了地上，他用手捂住了脸，惊慌地倒在地上。水壶中溅出的水珠已经成为了一粒粒小圆石。

经过基妮奶奶的书屋，在她的花园里，杰瑞爷爷的一群小猫正在横冲直撞，愤怒的基妮奶奶正举着大棍子驱赶它们——他们全都变成了石头。

以往，基妮奶奶的花园里种满了各种各样的花：芬芳的玫瑰、优雅的紫罗兰、素淡的水仙、神秘的黑郁金香……可是现在全都成了硬邦邦的石头。

罗西冲出了基妮奶奶的花园，在街上大声地叫喊：“有人吗？有人吗？究竟发生了什么事？迪克！尼波！哈尔森……”

没有任何回应，只有罗西的声音在街上回响。

罗西不愿意相信这一切，他多想看到一个人，一个没有变成石像的人，即使是纳恩。

他冲进一间间书屋寻找着。

他推开尼波家的书屋，尼波正在一面大镜子前梳头，她似乎在镜子里看到了令她惊恐万分的东西，梳子掉在了地上，手却还举在空中……

厨师巴多的房间里，他那正在烤糕点的熊熊火焰已变成了又冷又硬的石块，那些曾经冒着热气的、香喷喷的点心也成了石头，就连那缕缕热气也化成了细碎的石粉，飘浮在空中。巴多则钻在椅子底下缩成一团……

“迪克，迪克。”罗西叫喊着迪克的名字跑进了村长迪诺的金书屋——这时它已经变成了一幢黑房子。

他被脚下的东西绊得差点摔倒，是迪克。迪克身子向下匍匐着，罗西费力地把他转过来，迪克的脸因为恐惧而扭曲了……

“他的身子下面压着什么东西。”阿布用力抽一块石板。

小龙女蓝琦拿了起来，是一张纸，已经变成了石头，沉甸甸的，上面写着一些字，看起来就像是刻上去的。

“好像是写给你的，有你的名字。”小龙女蓝琦递给了罗西。

字歪歪斜斜的，是匆匆写下来的。

“罗西……你害了我们……可怕的禁地……”罗西轻声念道。

他拿着石板呆立着——是迪克的笔迹，这一切灾难真的是自己的错？

小龙女蓝琦说：“也许藏书室里的那本书能帮助我们。”

“藏书室？”罗西念叨着，突然间从恍惚中清醒过来，“西莫多爷爷！我一定要找到他！”

他们飞快地向西莫多爷爷的那幢书屋跑去。

绿篱全都倒在了地上，满地枝叶，书屋的所有大门和窗户都大大地敞开着，环形楼梯残破不堪，很显然，这幢书屋在这场劫难中也没有幸免。

书屋的大厅里一片混乱，鹦鹉虎皮儿摔在地上，美丽的羽毛落了一地。

“西莫多爷爷！西莫多爷爷！”罗西高声叫喊着搜寻每一个房间，却并不见西莫多爷爷。

“走，去藏书室。”罗西飞奔下楼梯。

地下室里漆黑一片，火把全都变成石头，无法发光了。

小龙女蓝琦从腰间拿出一片银鳞，轻轻地擦了擦，银鳞闪烁出明亮的银光。

地下室里的房间门都是大开着，就连藏书室的门也一反常态地大大开着。

罗西和蓝琦跑进了藏书室。

藏书室里的书柜东倒西歪地倒在地上，书也撒得遍地都是，东西都乱七八糟的，似乎有人曾经在这里翻找过什么东西。

“哎——”藏书室里响起一声微弱的呻吟。

罗西、小龙女蓝琦和银箭精灵阿布都吃了一惊——突然在这座毁灭的村庄里听到人的声音太让人惊奇了。

“是谁？”罗西问道。

“是我！”秘密书屋的那堵墙缓缓移开了，里面斜躺着一个老人，是西莫多爷爷——西莫多爷爷没有变成石像，他的脸上毫无血色，银色的头发和胡子上沾满了黑灰，看起来很虚弱。

“快扶我出来。”西莫多爷爷轻声说。

罗西和蓝琦连忙把西莫多爷爷扶到了书桌后的椅子上坐着。

“孩子，我一直在等你。”

“西莫多爷爷，究竟发生了什么事？”罗西焦急地问。

“传说中的预言实现了，黑暗力量被放出来了，是他毁灭了村庄。”西莫多爷爷满脸忧虑。

“为什么迪诺村长说我给村庄带来了灾难，要把我赶出村庄？为什么迪克在纸上写着我害了大家？”罗西更加急切。

西莫多爷爷沉默了一会儿，终于缓缓地说：“是这样的，孩子。因为是你从禁地里放走了黑魔头狄摩·达伦，他就是黑暗力量。”

罗西震惊地站立着，几乎不相信自己的耳朵：“是我造成了这一切？是我给村庄带来了灾难？”

西莫多爷爷沉重地点了点头，没有说话。

“可是，迪诺村长说我十年前就该离开村庄了。这又是为什么？当时我并没有做这一切……”罗西的心中依然充满疑惑。

“那么说，你听到我和迪诺村长的谈话了，孩子。”西莫多爷爷剧烈地咳嗽起来，好久，他又缓缓地说，“是的，十年前迪诺村长就要我把你赶出村庄，那时你刚刚出生，因为你出生于预言中那个能够把黑魔头放出来的家族。只有我知道你的出身，

后来无意间被迪诺村长知道了，他就强迫我把你扔到森林里，除非我把村长的位置让给他。否则，他会把这一切告诉村民。我答应过布莱克我一定要照顾好你，所以，我把村长的位子让给了迪诺，而他为我保守这个秘密。”

小龙女蓝琦和银箭精灵阿布听得瞪大了眼睛。

“布莱克是谁？他为什么托您照顾我？”

“他是你的爷爷，也是我的好朋友。他曾经救过我，并且为了救我而去世了。临死前，他托付我照顾好他的后代。我答应了他，所以，我不能让别人伤害你……”

“咳咳咳！”西莫多爷爷又剧烈地咳嗽起来，一缕鲜血流了出来，“我就快要不行了，孩子，有些话我必须说完。”

“西莫多爷爷！”眼泪顺着罗西的脸颊滑落下来。

“别哭，孩子！你必须坚强起来，因为现在你有重担在肩。”西莫多爷爷慈祥却又严肃，“你必须拯救书虫儿村庄。”

“我怎么能？”

“你能放走黑魔头，就能够对付他，要相信自己。”

“我该怎么做？”

“黑魔头对村庄施了一个可怕的诅咒，要解除这个诅咒，必须找到千年魔书，读出魔书上的解咒语，村庄现在所受的灾难就会消除。”

“这本魔书在哪里？”

“在书精灵皮卡看守的魔书城堡里。”

“可是魔书城堡在哪里？不是说根本没有这么一个城堡吗？”

“是的，的确没人知道魔书城堡在哪里，它一直只是个传说；但是现在这是唯一的出路，你必须找到魔书城堡。”

“我不知道……”

“别说不知道，孩子，你一定能做到，时间只有一百天，如果超过了这个时间，村庄就会永远成为现在的样子，无法再拯救。要相信自己，我相信你会给我一个我想要的答复。”西莫多爷爷的眼中充满希望和信任。

罗西感到心底骤然升起一股勇气：“我愿意！我一定要找到魔书！”

“好孩子，我知道你会去做的，所以我一直在等你。只是这很危险，因为黑魔头受到了一个诅咒，为了解除这个诅咒，恢复他原来的魔力，他也在寻找这本魔书。”

“我不怕！”罗西握紧了蓝星宝剑。

西莫多爷爷的目光落在了蓝星宝剑上：“孩子，知道吗？这是你爸爸的宝剑。它会帮助你找到魔书的。”接着，西莫多爷爷展开紧握的手，是护身符，“这是你妈妈留给你的，就是它使我免遭了变成石像的噩运。它会保护你的。”西莫多爷爷把护身符挂在了罗西的脖子上。

西莫多爷爷又拿出一本破旧的书和一个银匣子递给罗西：“它们会告诉你一些事情的。”

西莫多爷爷挣扎着想站起来，却无力地跌落在椅子上，他轻轻地挥挥手说：“孩子，快去吧！”

“不，让我再陪您一会儿。”罗西哭着说。

“不用担心，孩子！你的责任很重大，又如此危险。”西莫多爷爷慈爱地说。

“我们会和他在一起。”蓝琦和阿布齐声说。

“他们是我的朋友：小龙女蓝琦和银箭精灵阿布。”罗西说。

西莫多爷爷微微笑了起来：“是龙人和天生的神箭手银箭精灵，对吗？我也以为这只是一个传说。见到你们可真让人愉快。可惜，我得走了……”

说着，笑容在西莫多爷爷的脸上凝固了——他也变成了一座石像。

第七章 黑影人

“西莫多爷爷！”罗西痛哭着扑到他的身上，西莫多爷爷的身体却变得冰冷而僵硬，罗西的泪水顺着那已经变成石头的衣褶滑落下来。

“你们可以离开了！这个村庄不欢迎你们！”一个冷漠凶恶的声音响起。

是纳罗尔和纳恩父子，旁边是那两只凶狠的猎狗。

小龙女蓝琦眉毛一竖，手已经握紧了腰间的金鞭：“你是什么人？凭什么赶我们走？若要让我们走，还要问问我手里的金鞭答不答应。”

“他必须走！是他给村庄带来了灾难！”纳罗尔眼露寒光，直逼罗西，“是你毁灭了村庄！就连西莫多也是你害死的！你这不祥的灾星！”

“如果不是去赶你出村庄，我们也早变成石像了！”纳恩面露惊恐地说。

蓝琦嘴角一翘，似笑非笑地说：“显然你觉得很幸运，不过我觉得更糟……”

“为什么？”纳恩一脸疑惑。

蓝琦头一歪，转过身去，咯咯笑着说：“因为看到你是石像远比看到你现在的蠢样要让人舒服些。”

纳恩大怒，猛然向小龙女蓝琦扑过来。

蓝琦并不转身，金鞭“嗖”地飞出，直卷纳恩的双手，纳恩吓呆了。就在金鞭要碰到纳恩的时候，纳罗尔伸出手一把把纳

恩抓了回去。

“你们究竟是谁？书虫儿村庄的事与你们无关。”纳罗尔冷冰冰地说。

小龙女蓝琦则转过身来，仍是似笑非笑地说：“是和我无关，可是我就是喜欢管和我无关的事。”

“黑脸！花头！”纳恩尖声叫了起来，“给我咬他们！”

两只猎狗蹿起来，张开血盆大口直扑而来。

蓝琦并不惊慌，当黑脸腾空扑来时，她轻轻一闪身让过黑脸，并顺势用金鞭抽了一下它的屁股。黑脸失去控制，直直地飞了出去，一头撞在墙上。

花头照准银箭精灵阿布扑过来，吓得他尖叫着飞蹿到半空中，阿布大叫：“救命！救命呀！”

蓝琦并不出手，高声说：“你可是天生的神射手银箭精灵。”

花头步步紧逼，阿布拔出身后的银弓和银箭，向花头的尾巴射去。

银箭“嗖”地飞出，在空中划出一道银光，穿进了花头的尾巴。

“汪！”花头发出一声嚎叫。银箭拖着花头向房顶蹿去。“噌”的一声，银箭把花头牢牢钉在了屋顶，身子在半空中晃来荡去，最后只能呜呜地叫着。

纳恩目瞪口呆地站着，直打哆嗦。

纳罗尔眼里掠过一抹阴影，但是他并不动声色，依然冷冰冰地说：“你们既然和书虫儿村庄无关，也就和我无关。”他转向罗西，“罗西，你已经被赶出村庄，为何又回来？村庄被毁灭了，这都是你的过错。”

罗西怔住了。

纳罗尔又逼近了一步：“你看看西莫多爷爷！他抚养了你，你却害死了他！还有迪克，他也不会原谅你！尼波、尼兰、霍奇……你的伙伴，都被你害死了！”

“不要说了！”罗西痛苦地叫喊着。

“这一切都是你造成的！”纳罗尔狰狞的脸骤然逼近罗西。

罗西步步后退。

“不要听他的！”蓝琦眉毛倒竖，“如果你不出去，我的金鞭可不长眼睛！”

“不，是我给村庄带来了灾难。”罗西伤心地点了点头，“我的确应该离开，如果我不能拯救村庄，我就不应该再回到这里。”说完，他向门口走去。

蓝琦气哼哼地跟在后面。

阿布摇了摇银箭筒叫道：“银箭，快回来！”银箭“嗖”地飞回到了箭筒中。

花头从天花板上重重地摔在地上，汪汪汪地一阵哀号。

纳恩抬起脚踢了花头几下，恨恨地骂道：“没用的家伙！”

看着罗西三人走出了藏书室，纳罗尔脸上浮起了阴险狡黠的笑，迫不及待地在藏书室里翻找起来。

纳恩奇怪地问道：“爸爸，你在找什么？”

纳罗尔叫道：“闭嘴！不要再问我这样愚蠢的问题！”

纳恩吓得一溜烟地跑了。

纳罗尔顾不了这么多，继续在石头堆里寻找着。

最终，他什么也没找到，他气哼哼地说：“老东西，一定是拿给那小子了！”

纳罗尔拍拍身上的灰，打算去找纳恩，他刚钻到门口，突然，一股黑色的旋风，卷着滚滚黑灰呼啸着直扑过来，巨大的力量把他从门口冲到墙壁。

纳罗尔被呛得直咳嗽，他跌跌撞撞地爬起来，眼前一团黑雾，什么也看不清，他用力驱赶着黑雾。黑雾散去了，他面前站立着一个硕大的黑影子怪物。

那怪物是黑色半透明的，只有上半身，下半身看起来是一股会流动的黑雾，它的脸狰狞凶恶，眼睛里闪着邪恶的光，一个巨大的骷髅头挂在胸口。

纳罗尔吓得两腿发软，颤声问：“你、你是谁？”

“哈哈哈……我是你的主人狄摩·达伦……”是森林夜晚里那可怕的声音！

纳罗尔哆哆嗦嗦鞠了一躬说：“你好，我的主人。”

原来，纳罗尔就是神秘夜晚里的黑衣人！

狄摩·达伦厉声问道：“你很怕我……是吗？是不是因为我长得很丑陋？”

纳罗尔吓得连连摇头：“不不不，主人，您并不丑陋，实际上，您十分英俊。”

“很好……我喜欢别人怕我……可恶的咒语和魔瓶……三百年了……”

狄摩·达伦飘到一面镜子前。

“啊！”他突然发出一声惨厉的尖叫，就像野兽受伤的哀号。

“我的脸……我要复仇……仇恨的火焰在燃烧……”狄摩·达伦眼睛射出疯狂的光。

凶恶的黑脸和花头只会站在一旁瑟瑟发抖。

“主人，我能为你做什么？”纳罗尔只要想起枯树下那一大箱财宝，就觉得无论做什么都是值得的。

“我很满意……是你帮助我逃出了禁地……”

“主人，您让我找的护身符、书和银匣子都没有找到，一定是被西莫多拿给那臭小子了。”纳罗尔一脸谄媚，急不可待地问，“那笔财宝……”

“既然你提到了那笔财宝……我们就来履行合约吧……”狄摩·达伦的话语阴森森的。

一张微微卷曲的羊皮纸晃晃悠悠地飘了进来，纳罗尔伸手接住，奇形怪状的文字下面是他的签名——这就是他与那个神秘声音签下的合约。

“看清楚……纳罗尔……你已经出卖给我了……”狄摩·达伦在屋子里飘荡着，恐怖而阴森。

“我看不懂这些字，它们太奇怪了。”

“这是黑魔字……只有黑魔头才能看懂……让我来告诉你……纳罗尔……出卖给我你的灵魂……你的肉体……你将彻底地失去自己……作为回报……你将得到那笔财宝……”狄摩·达伦伸出手抓住了纳罗尔。

“为什么我将会彻底失去自己？”纳罗尔颤抖着问。

“当我进入你的身体……你会永远忘记自己是谁……你只

知道你是我的仆人……我让你做什么你就做什么……这张合约会刻在你的身上……你永远是我的仆人……”狄摩·达伦狞笑着。

“不！等等！我还有个儿子，他怎么办？”纳罗尔挣扎着。

“我不会再等了……我已经等得太久了……我会安排他的……”狄摩·达伦松开纳罗尔，骤然间刮起一股黑风，围着纳罗尔旋转起来，纳罗尔也跟着黑风旋转着，他越缩越小，在黑风里挣扎嚎叫着，想逃出来，却根本无能为力，那张羊皮纸合约也随着黑风疯狂地旋转着……

另外两股黑风也卷起了那两只猎狗。

黑风停止了旋转，黑脸和花头变成了两具石像，而房间中站立着另一个人。

他走到了镜子前，镜子里映照出一张脸，那是张奸邪的脸，他对着镜子露出了阴冷狡黠的笑，那是一个奇怪的笑容——既像纳罗尔，又像狄摩·达伦。

这个人的身材异常高大，粗壮的腿像两个树桩，手臂却有别人的腿粗，他穿着一件宽大的黑色长袍，披着一个黑斗篷，腰间系着一条黑色骨头做的腰带。

他解开腰带，掀开身上的衣服，镜子里映照出他的胸部，那上面刻有许多黑色的奇形怪状的字符——和那张羊皮纸上的字符一模一样，而他的手臂上，则有一个圆环形的蓝黑色的斑——和纳罗尔手臂上的斑一样。

“这是一个永恒的印记，这些黑魔字证明你永远是我的仆人。”从这个人身上发出一种阴郁的声音。

“我是谁？我的主人，我不记得我是谁了。”另一个谦卑的声音又从这个人的身上冒了出来。

“你不必知道你是谁，你唯一需要记住的是你是我的仆人，在我面前你永远没有自己！以后再不许你问这个问题！”阴森的声音严厉地呵斥道。

“遵命，主人。”谦卑的声音小心翼翼地回答。

“以后你的名字就叫黑影人。”

“是，主人。”

“以后我不会轻易再单独出现了，我会在你的身体里，照我的旨意去做！”

“是的，主人，我永远是你的仆人。”

镜中的人露出了满意的笑——即使是一个愉快的笑，看起来也是那么邪恶，那笑容依然是既像纳罗尔，又像狄摩·达伦。

原来，他是狄摩·达伦在纳罗尔身上的附身！而纳罗尔根本已经不知道他自己是谁了！

“爸爸！爸爸！”这时，纳恩闯进了藏书室，顿时，一个铁塔般的黑影就笼罩住了他。纳恩立即被吓呆了。

“你是谁？小子？”黑影人的声音震得藏书室都在晃动。

“我在找我爸爸纳罗尔。”纳恩往后退着，转身就逃出藏书室。

“你现在才逃太晚了！”

黑影人伸出又黑又长的手指一挥，一道惨白的电光猛击在纳恩的身上。纳恩倒在地上，挣扎着，渐渐地，他的身上长出了又长又密的黑毛，手脚撑在了地上，人整个地趴伏着，脸上的五官也慢慢变化着，并且发出了一阵喵喵的叫声——纳恩变成了一只硕大肥胖的黑猫！

纳恩惊恐的眼睛紧盯着黑影人，转身发了疯般地跑。

“我可不会让你跑掉，以后你会有用处的。”黑影人说。

突然，他抖了一下手，从袖口飞出了一个小小的黑口袋向纳恩追去。

黑口袋一边飞一边膨胀得越来越大，它大张着口，一下子就把纳恩吞进了口袋里，并且自动挽了一个结，把袋口扎紧了，尽管纳恩在里面用力挣扎着。

黑口袋又飞回到了黑影人的手里。

纳恩叫喊着：“放开我！放开我！等我爸爸回来会找你算账的！”

黑影人露出了一个冷冷的笑。

“主人，这小孩是谁？”那谦卑的声音又突然冒了出来。

“你为什么要问这个问题？”阴森的声音又再次响起。

“我觉得有什么东西，很熟悉，我不知道为什么会有这种感觉。”谦卑的声音疑惑地说。

“我说过，不许你再问这样的问题！”阴森的声音歇斯底里地吼叫道。

“是、是的，对不起，我尊贵的主人。”谦卑的声音战战兢兢地回答。

黑口袋在黑影人的手里越缩越小，最后只能听到纳恩像蚊子般微弱的叫声。

黑影人把黑口袋放到了袖子里，大步走出了藏书室。只有脚步声在空荡荡的地下室里回响。

罗西和蓝琦、阿布缓缓地走在村庄的大街上，罗西无限留恋地看着村庄里的一景一物，所有的一切，在昨天，还是那么美好幸福，可是……一夜之间，所有的一切都改变了，是他，是他造成的。

罗西真希望自己也变成一具石像，他觉得他应得到这样的惩罚。

蓝琦气愤地说：“为什么他们让你走你就走？是他们害你做这一切的。”

罗西说：“这并不重要了。现在这一切已经发生了，我不能老待在村庄里。我必须完成西莫多爷爷让我做的事。只有找到魔书，才能拯救村庄。”

“你现在怎么办？”当他们又向森林中走去时，小龙女蓝琦问。

“我要去找到魔书城堡！”罗西坚定地说。

“我们和你一起去！”蓝琦和阿布说。

“不！寻找魔书城堡太危险了！我不能让你们去冒险！”罗西摇了摇头。

阿布着急地叫了起来：“我是神射手银箭精灵！我一定能帮你的！”

蓝琦则头一歪，微微一笑说：“别忘了，在地洞里我就说过，你救了我的命，我就欠了你一条龙命，这个情我自然是要还的。”

“可是在地洞里你已经救过我了，你并不欠我的情了。”罗西仍然不同意。

蓝琦嘴角微翘，似笑非笑地说：“既然是我欠的情，什么时候还清自然是我说了算，若是我说还清了，你就是说我欠你，我也没有欠你，如若我说没还清，你不让我还，我还非得还。我已经说过，你去哪里，我就去哪里。至于危险，我小龙女蓝琦天不怕，地不怕，天生就喜欢什么危险玩什么。”

说完，小龙女蓝琦的金鞭已“嗖”地飞出，“啪”地抽在不远处的一块巨石上，巨石顿时四分五裂，碎块向四处飞溅开去。“你觉得是我会遇上危险，还是别人觉得我更危险呢？”蓝琦笑吟吟地问。

罗西只好点了点头。

银箭精灵阿布坚持说：“我也要去！”

“好吧。”罗西终于同意了，“谢谢你们！你们真是我的好朋友！”

他伸出手，蓝琦和阿布也伸出了手，三只手紧握在一起。

而这时，一个黑影在他们的身后闪现出来……

第八章 银匣子里的迷离幻境

罗西、小龙女蓝琦和银箭精灵阿布穿过密林，来到一片果树林，吃了一些美味的野果，在山谷的一棵大树下，三个人环坐着。

在密林里，那个黑影也在潜伏着，眼里闪着诡异而寒冷的光……

罗西拿出了书：“我们先看书，也许，能找到一些关于魔书城堡的线索。”

书残缺不全，许多书页上的字迹已经模糊不清，只剩下一片片黑色的墨迹。

“这本书那么破，一定有很多年的历史了。”蓝琦说。

“是的，所以那些古老的传说和预言也许就记载在上面。”

罗西翻到了第一页，那张村庄毁灭的图画让他的心骤然收紧了。

“三百年前，书虫儿村庄曾经被毁灭。一股强大的黑暗力量控制了它，这一切都源于魔书。黑暗力量夺得了魔书，得到巨大的魔力，他要征服整个世界……”蓝琦轻声读着。

“这股黑暗力量就是黑魔头狄摩·达伦，他的心充满了邪恶，他怀有一个可怕而邪恶的企图，要获得无穷的魔力，让所有的人服从他，成为世界的主宰……”

“是的，是我亲手放走了他，那黑瓶子上的名字就是狄摩·达伦。”罗西痛苦地握紧了拳头。

“不要激动，先看下去再说。”蓝琦很冷静地说。

而银箭精灵阿布早在一旁快睡着了——这些字他什么都看不懂。

“那时，传说中的书精灵皮卡从很远的地方来到了书虫儿村庄，成了人们的保护神，给人们带来了快乐和智慧。狄摩·达伦追踪书精灵来到了书虫儿村庄，他想从书精灵手里得到一本奇特的古书。这本古书就是书精灵皮卡的栖身之所，据说，当年，人们就是在这本千年古书里发现了皮卡。这本古书在千年前，由数百名巫师亲自写下了无数神奇的咒语，装在一个银匣子里，它具有无穷的魔力，所以它也是一本魔书。为了不让这本魔书轻易落在任何人手中，那数百名巫师又制造出一个精灵，看管魔书——它就是书精灵皮卡。”

蓝琦看得震惊不已。

阿布却觉得很没趣，跑到一边拿着那只银匣子玩。

“从这本书上看来，书精灵皮卡只是一个传说。”罗西若有所思地说，“它既是书虫儿村庄的保护神，为什么从没人见过它呢？也许它并不存在……”

蓝琦却不这样看，她惊叹道：“太神奇了，幸亏我跑出来抢七彩蛋，也幸亏你掉进了地洞里，要不然，这么有趣的事被我错过了，岂不是可惜！”

夜幕降临了，书上的字迹已看不太清楚，蓝琦拿出她的银鳞擦了擦，银鳞发出明亮的银光，罗西借着银光又接着往下读。

“书精灵皮卡从数百名巫师点燃的火焰中诞生。它和这本魔书的命运息息相关。它看管着这本魔书，同时它又存在于这本魔书中。所以，谁要想得到魔书，必须得到书精灵皮卡的允许……”罗西一边在读着书上的内容，一边在怀疑这一切是否是真实的。

“这匣子会发光！”忽然，阿布惊呼起来，他正在摆弄那只银匣子，银匣子里隐隐射出一道道光芒。

“过去看看！”蓝琦和罗西也快步跑过去，接过银匣子仔细看了起来。

银匣子精致古朴，匣子的外面有一些凸起的、精美而奇异的图案，图案的周围则刻着一些凹下去的奇形怪状的文字。罗西凑近银鳞仔细地看那些字，他根本就不懂，可是奇怪的是他却觉得这些字有点熟悉，似乎在哪里见到过。他努力地回想，却想不起来。

“我看这匣子一定有什么名堂，要不西莫多爷爷也不会交给你。”

“不知道里面会有什么东西，可惜上了锁。”阿布有些失望地说。

“有钥匙吗？”蓝琦问。

罗西摇了摇头：“没有。”

“干脆撬开算了！也许这里面就藏着秘密。”蓝琦“刷”地拔出金鞭，用金鞭上的小软刺去捅锁眼。

可是从锁眼里猛然闪出一道白光，竟然把蓝琦推得倒退了好几步。

小龙女蓝琦大怒：“哼！我的金鞭还没有砸不碎的东西！我就不信小小一个锁就能难住我！”

说着，手里的金鞭骤然伸长，软刺也变得异常尖利，刷地直抽向银匣子，罗西想要阻拦却已经来不及了，心想金鞭一定会把银匣子砸碎——蓝琦的金鞭对付巨石都很容易，何况一个小小的银匣子。

“当！”金鞭被猛地反弹回去，把蓝琦震得几乎摔在地上——锁仍然牢牢地锁着，完好无损。

蓝琦脸都气白了，罗西拦住了她：“这可能是个有神力的银匣子，我看看有没有其他办法。”

罗西抱起银匣子仔细地寻找开口，可是除了那把锁，似乎并没有别的开口。

“也许只有找到钥匙才能打开它。”罗西无奈地放下银匣子，俯身想把它装进背包里——他担心蓝琦不甘心，再大动干戈。

奇迹发生了！

就在罗西俯身的时候，他挂在脖子上的护身符晃向了银匣子，护身符上的红石正好凑在了锁眼上。突然，红石上的金字闪射出灿烂的金光，飘动着，像一股金色的水流闪烁着流进了锁眼，随即飘出一阵美妙无比的歌声。

银匣子打开了！无数道银光从里面射出来，一些银色的火花跳跃着，在四周飞舞，歌声缭绕……

“太美了！”蓝琦惊叹道，她从来没有听过这么美妙的歌声，尽管她是龙人里拥有最美丽歌喉的歌手，但是她也不得不惊叹这声音的无与伦比。

三个人情不自禁地凑近了银匣子，想看看里面究竟有什么东西。

盒子里是空的。四面都是用银子打磨得亮闪闪的银镜。银镜上刻着许多稀奇古怪的文字，神秘异常。

“什么都没有？”蓝琦有点失望，她本来期望着找到那个美妙歌声的主人。

“银镜上刻着些什么东西？”阿布好奇地问罗西。

罗西摇了摇头：“这些字我都不认识。”

突然，一块银镜里面有一阵青烟袅袅升起。阿布想看个清楚，但是他刚把头凑到银镜面前，就有一股强大的吸力把他向里面拽，只一会儿，阿布的半个身子已经被吸到了银匣子里，只听到一阵“救命！”的呼救声隐隐约约地传出来。

蓝琦急忙抓住阿布，想把他从银匣子里拉出来，但是转眼之间，她也被吸进了银匣子，只剩下金鞭露在外面。

罗西毫不犹豫，用手抓紧了金鞭想往外拉，但是，瞬间，一股巨大的力量把他飞快地拉了进去。他们在一个全都是银光的光道里飞速前冲，有无数半透明的彩色的小人儿从他们身边急急忙忙地躲闪着，好像是怕被他们撞到，嘴里还发出叽叽咕咕的叫喊声……

这时，那个黑影看到他们都被吸到了银匣子里，立即就飘过来，想把银匣子拿走，然而，银匣子里射出道道红光，直刺向他。黑影诅咒着：“该死的红石护身符！”捂住脸飞快地逃离开了。

过了很久，眼前那晃眼的银光消失了，三个人已经躺在了一块空地上。

眼前是一座高大雄伟、巍峨华丽的城堡，而他们的身边有一个地洞——显然，刚才他们是从这个地洞里飞出来的。

地洞口慢慢地缩小，合起来，地洞里冒出一朵美丽的白花，覆盖住了洞口。

“这是哪里？”小龙女蓝琦看了一下四周，“为什么我们会到了这里？”

罗西惊讶地发现蓝琦的声音变得轻飘飘的，若有若无。

“也许是银匣子里的世界。”罗西听到自己的声音也是轻飘飘的。

“我们怎么办？”银箭精灵阿布的声音仿佛是很远地方传来的。

罗西抬头看着城堡：“我们先进到城堡里看看。”

“哎呀，为什么我们的声音都变成了这种样子？”阿布吃惊地问。

“别再多嘴了！”蓝琦不耐烦地说。

城堡周围空荡荡的，没有一个人，他们很快就跑到了城堡下面。城门紧紧关闭着，根本无法进去。

“怎么办？城门进不去。”罗西环顾周围，看到城堡的墙壁高处有许多又窄又长的窗户，其中有一扇开着，他轻声说，“只有从窗口进去了，可是这么高……”

“有我在，还用担心吗？”蓝琦挥了挥金鞭，“刚才那么没用，现在可不该丢我的脸了，跟我来。”蓝琦沿着城堡墙壁飞快地跑了起来。

窗子离地面很高，墙壁是用大块大块的方石垒成的，根本不可能爬上去。罗西有些担心地看着蓝琦。

蓝琦却胸有成竹地说：“我先爬上去，再用金鞭把你们拉上去。”

只见小龙女蓝琦飞身跃到空中，直扑向城堡墙壁。罗西不由“啊”地叫出了声，墙壁上面长满青苔，滑不唧溜，怎么可能……

蓝琦稳稳地落在了墙壁上。“别忘了，我是龙人，既是人，也是龙。”蓝琦回过头微微一笑。她沿着墙壁飞快地往上爬，不一会儿就到了窗口。

她趴在窗外，飞快地看了一下里面，没有人，随即轻轻地跃进了窗户，把金鞭从窗口扔了下去。金鞭就像一根藤蔓，快速地往下伸长，不一会儿就落到了罗西的脚边。

罗西和阿布抓紧了金鞭。小龙女蓝琦一抖金鞭，金鞭立即往上回缩，把两个人拉到了窗口。

这是一间很小的房间，除了一个柜子，里面什么都没有，正中有一个楼梯口。罗西向下看去，楼梯口下面是又高又陡的环形楼梯，旋转着直通地下，楼梯很窄。就在他要站起来时，他听到一阵沉重的脚步声，在微弱的光线下，一个穿着铠甲的人走了上来。

“有人来了，快躲起来。”他小声说。

三个人闪身躲进了柜子里。从柜子上的一个门洞里往外看去。

来人是一个穿着铠甲的士兵，面无表情。他一走上楼梯，就向柜子走来。

“该死！怎么躲到了这里。”蓝琦轻声说，同时握紧了手里的金鞭。

士兵“刷”地拉开了柜子，眼睛直直地盯着柜子里，却依然面无表情。

蓝琦一抖手，就要甩出她的金鞭。

“不，等等！”罗西觉得士兵的表情很奇怪——他仿佛并没有看到他们，罗西拉住了蓝琦，“再等等看。”

那士兵面对着这个柜子，毫无表情，就好像里面什么都没有。他看着柜子下面，那里有一把剑，罗西的脚踩在上面——士兵弯下腰去拿剑，仿佛并没有一只脚在剑上。罗西连忙把脚缩了回去。

他们几乎都不敢呼吸。

士兵拿了剑，关上柜子，又“噔噔噔”地下了楼梯。

三个人出了柜子，面面相觑。

“真奇怪，他好像没看见我们，也听不到我们的声音。”蓝琦诧异地说。

“是啊，我的眼睛对着他，可是他也没有看见我。”阿布一脸困惑。

罗西沉思了许久，迟疑着说：“也许是我们能隐身了。西莫多爷爷和我说过的故事中，提到过隐身，就是你能看见别人，可是别人却看不到你。”

“太棒了！那就是说，我们无论做什么别人都不知道了？”蓝琦高兴得跳到空中转了一个圈，“太有趣了！”

“哇，太好了！”阿布欢呼起来。

“我们可以趁机看看这个城堡里究竟有些什么。西莫多爷爷把银匣子拿给我一定是有原因的。”罗西说。

“那先下楼梯去看看。”蓝琦大步走向楼梯口。

他们沿着陡峭的楼梯小心翼翼地往下走。楼梯穿过了许多房间，可以看到穿着铠甲的士兵站岗或是忙碌着，可是士兵们却根本没看见他们，眼睛穿过了他们的身体，仿佛他们都是透明的。

终于来到了地面。他们轻手轻脚地穿过了一条狭窄的过道，眼前骤然出现了一道巨大的黑石门，上面刻着一行又黑又粗的字。

令他们惊讶的是，那上面的字他们能看懂：

严禁非巫师者入内 巫历纪元1000年

“我们现在在一千年前！”罗西轻声说。

“天哪，我们怎么跑到了这个时代！”蓝琦惊叹道。

“顾不了这么多了，先进去看看再说。”罗西说。

门很结实，也没有锁眼，不知道怎样才能打开。

这时，过道里传来了一阵沉重的脚步声。

一个一身黑袍、手里拿着一根手杖的高大男人大步走了过来。他的皮肤黧黑，嘴唇紧紧抿着，脸上毫无表情。罗西他们三人急忙闪到一旁，黑衣人大踏步地走过他们身边，举起手杖向那行字挥去，一道光射出，在字的周围旋转了一圈，最后“巫师”两个字闪烁出耀眼的红光，黑石门缓缓地打开了，黑衣人走了进去，黑石门又缓缓地关起来。

“快！快跟着进去！这门可能只有巫师才能打开，我们别错过机会。”罗西拉着蓝琦和阿布向黑石门飞奔过去。当他们刚刚侧身闪进去，黑石门又隆隆响着紧紧地关闭起来。

他们被眼前的情景惊呆了。

这是一个宽敞的大厅，四壁燃烧着无数的火把，里面挤满了数百名黑衣人。有的高大魁梧，有的矮小瘦弱，有的是圆滚滚的大胖子，有的则细瘦得像一根木棍，还有矮小的侏儒、头发蓬乱的老女人……

他们都穿着宽大的黑袍，手里都拿着一根手杖——这种手杖很奇特，手柄是一个蛇头，手杖头尖尖的，像一支笔尖，每个黑衣人的手杖颜色都不同，黑的、白的、红的、绿的、金的、银的、黑地有白圆点的、蓝绿相交的条纹的……

他们互相叽叽咕咕地说着什么，脸上的神情很紧张，似乎就要发生什么重大的事情。

“小心点，别让他们发现。”罗西小声地叮嘱蓝琦和阿布。

离门的不远处有一个阶梯，通向一个高台。蓝琦轻声说：“走，爬上高台去，可以看得更清楚一些。”他们蹑手蹑脚地往高台上走。

“格罗姆巫师，准备好了吗？”一个矮小的侏儒高声叫道。

“是的。一切都准备就绪了，城堡的大门已经关上，士兵在城堡里巡逻着，这一年的努力是不会白费的。”刚进门的黑衣人冷冷地说。

“我们现在就开始吧！制造我们伟大的魔书！”格罗姆突然高喊着，冷冰冰的眼睛突然冒出了一种狂热的神情。

大厅里顿时一片寂静。

“天哪！传说是真的！他们要制造魔书！”蓝琦惊呼起来。

罗西几乎不敢相信：“传说是真的？村庄真的有救了？”

他们趴在高台上，密切地注视着这群巫师的举动。

巫师们向大厅中间拥去，团团围住中间一个高高耸起的圆形高台。

“点燃这神圣的魔火吧！”格罗姆高声呼喊着，把双手高高地举向空中。

所有的黑衣巫师，全都高高地举起了手杖，将手柄上的蛇头对准那个圆形高台，蛇头突然张开了蛇嘴，从蛇嘴里喷出一道道火焰，直射向高台的中心。

“轰！”一股烈焰“腾”地蹿起，高台被点燃了。

“把无字书拿来！”格罗姆叫道。

两个黑衣巫师挤开人群，拿来了一本什么字都没有写的纸书——这是一本看起来很普通的书，格罗姆抓起纸书就向火中扔去。

“啊！”罗西、蓝琦和阿布发出了一声惊叫——纸书扔进火里，一定会被烧成灰烬的，那么，魔书……

“嘭！”火焰一下子蹿得更高了，奇怪的是纸书并没有被烧毁，它在火焰中放射出万道金光。

罗西三人睁大了眼睛。

“现在，刻上我们神圣而魔力无穷的咒语吧！这将是一本举世无双的魔书！它可以统领一切！一个我们创造的奇迹！”格罗姆的眼中倒映着熊熊的火光，闪出一种诡异的光。

“我不喜欢他。”罗西小声地说，“不知道为什么，我觉得看到他我的心里就会有一种奇怪的感觉，特别是他的眼睛……”

“管他喜欢不喜欢，只要他造成魔书，咱们抢了回去就行了。”蓝琦眼睛都不眨地说。

黑衣巫师们把手杖倒过来，露出了那尖尖的手杖头。

纸书翻开了，空白的纸页。

“把你们的咒语都刻上去吧！它会有永恒的魔力！”格罗姆的声音在大厅里回响。

黑衣巫师们依次举起了笔尖似的手杖头。

“嗖！”一名黑衣巫师手里的红手杖射出一道红光，落在火中的纸书上开始飞快地刻写着，纸书上立即现出了一行行奇特的红色的字，那红光刻在纸书上溅射出无数红色的火星……

接着，另一名黑衣巫师的绿手杖里又射出了一道绿光，那绿光又在纸书上快速地游走，一行行奇特的绿色的字显现了出来，旁边飞溅着无数绿色的火星……

白色的字，白色的火星；金色的字，金色的火星；黑色带圆点的字，黑色带圆点的火星；蓝绿色条纹的字，蓝绿色条纹的火星……无数个黑衣巫师用他们那奇怪的手杖在纸书上刻出了无数种颜色、图纹奇特的字……

空白的纸页飞速地翻动着，不一会儿翻到了最后一页。

所有黑衣巫师的目光落在了格罗姆巫师的手上——他手里

拿着一根很粗的黑色蛇头手杖。

格罗姆脸上露出一个奇怪的笑，眼睛在火光下闪着寒光。

他缓缓举起了手杖，一道黑光飞射而出，那黑光看起来充满了邪恶的力量，它像一条黑蛇在纸书上蹿动着，刻出了一串串奇怪的字符，黑色的火星四处飞射……

黑光熄灭了。

纸书合了起来——不，现在它已经不是一本普通的无字书了，而是一本充满魔力的魔书！

黑衣巫师们高声喊叫起来，挥舞着手里的手杖手舞足蹈，似乎在欢庆刚才的一切。

罗西、蓝琦和阿布激动得几乎想蹿上去把魔书抢到手里。

“等等！”有一个尖利刺耳的声音突然高声尖叫起来，“这里有外人！这里有不是巫师的人！”

所有的黑衣巫师都向这个声音看去——那是一个又老又丑、已经成为了秃顶的瞎眼黑衣巫师。

“萨恩斯！不要再说这样的蠢话了，这里根本没有别人！”其他黑衣巫师环顾四周，发现大厅里并没有陌生人，忍不住嘲笑起来，“你只是个瞎子，难道我们其他人的眼睛都是白长的吗？”

“不，等一等。”是格罗姆的声音，“我知道萨恩斯的眼睛瞎了，但是他的鼻子却非常灵敏，也许真的有入侵者。”格罗姆的声音阴森而威严，黑衣巫师们不再说话，看着瞎眼的萨恩斯要怎样指出所谓的“外人”。

瞎眼黑衣巫师恼怒地挥着手杖拨开人群，翕动着鼻子，向墙边的高台走了过来。

罗西、蓝琦和阿布紧张得几乎停止了呼吸，想往下逃，却已经被瞎眼巫师堵住了阶梯。

瞎眼巫师一步步地逼近了，他的鼻子翕动得更厉害了。

罗西、蓝琦和阿布也一步步地往后倒退着。高台的另一边没有阶梯，他们就要退到边缘了，可是瞎眼巫师仍然一步步地向他们逼近。

高台下的黑衣巫师们都目不转睛地瞪着高台上。

空气，紧张而沉默。

蓝琦后退着，脚突然碰到了一个个的铁杯子，里面散发出浓烈刺鼻的味道，她低头一看，铁杯子里盛放着许多奇奇怪怪的粉末。她立即有了主意。

蓝琦立刻从一个铁杯子里抓起一把粉末撒在了罗西、阿布和自己的身上，拉着他们快步地向铁杯子后藏了起来。

瞎眼巫师凑了过来，他的脚也碰到了铁杯子，吸入他鼻子的只有那些粉末浓烈的味道，他愣住了，不甘心地伸出手抓来抓去，一边嘴里叽里咕噜地嘀咕着："奇怪，到哪里去了呢？到哪里去了呢？"

高台下的黑衣巫师们纷纷嘲笑起瞎眼巫师："萨恩斯，那里是巫师们的魔药！你该不是以为那里藏着一些精灵吧！哈哈哈哈！"

萨恩斯的鼻子再闻不到任何人的气味，只有铁青着脸，一言不发，摸索着走下了阶梯。

躲在铁杯子后的罗西、蓝琦和阿布这才松了一口气。

蓝琦嗅着身上难闻的气味，恨恨地骂道："死瞎子，眼瞎了都不让人清静，被他害得撒了一身古里古怪的药粉，都快被熏死了。"

黑衣巫师们又围成了一团。

这时，一个眉清目秀、英俊挺拔的黑衣巫师闪了出来，他很年轻，两道剑眉下的黑眼睛炯炯有神。他的手里持一根金色的手杖。

"格罗姆巫师，我有点疑问要提出来。"大厅里响起他低沉却洪亮的声音。

所有黑衣巫师的目光移向了他。

"格里恩，有什么问题？"格罗姆眼里射出冷冷的寒光，显然，他不喜欢这个年轻的黑衣巫师，也不喜欢他要对他提的问题。

格里恩巫师环顾了一下四周，一字一句地说："我们知道我们现在创造的这本魔书，汇集了所有最有力量的巫师的咒语，这些咒语具有神奇而强大的力量，因此这本魔书威力无穷，但是它的威力可以创造幸福和智慧，也可能带来巨大的灾难……"

罗西和蓝琦不由得想起了西莫多爷爷给他的那本书上，那

第一页毁灭的村庄上的那些话："一股强大的黑暗力量控制了它，这一切都源于魔书……"蓝琦对罗西点了点头。

大厅里一片寂静，黑衣巫师们沉默着……

"格里恩，你的意思是说我们做的这一切是在制造灾难？"格罗姆巫师面带恼怒。

"格罗姆，你知道我不是这个意思。"格里恩很平静地回答道，"大家知道，魔书能统领一切，幸福、快乐、智慧、财富，但是也能带来灾难、疾病、痛苦、毁灭和死亡——如果这本魔书落在邪恶的人手中的话。"

黑衣巫师们面面相觑，大家都知道这是事实。

"那你要我们怎么做，难道毁灭这本魔书吗？"格罗姆高声吼叫起来，他的眼睛里燃烧着恼怒的火焰，"这是我们伟大魔力的证明！一个永恒的证明！这本书将是举世无双的！我们永远的荣誉！这是巫师的光荣！"

听到这些话，藏在高台上的罗西不由惊呼起来："不要！"

黑衣巫师们也低声议论起来。

"这本魔书可花了我一半的功力，如果毁了，我岂不是白白浪费了这些功力吗？"

"制造这本魔书是巫师们百年来的愿望，难道就这样放弃了？"

"是啊，我从出生以来，就被告知有一天要在魔书上留名，所以我花了所有的时间和精力练习魔力，如今终于被获准制造魔书，如果这一切都落空了，我终生的愿望就都落空了。"一名满头银发、十分苍老的巫师颤巍巍地说。

听到黑衣巫师们的议论，都是不想放弃魔书，格罗姆的脸上掠过一丝不易察觉的阴笑。

罗西、蓝琦和阿布也觉得心里一阵忧虑，如果魔书毁了，他们就不能拯救书虫儿村庄了。

"不，大家听我说。"格里恩那仍然很平静的声音又在大厅里响起，"我们没必要毁灭魔书，只要我们愿意，自然会有办法的。"

黑衣巫师们又都把目光集中在了格里恩的身上。

“你说，会有什么办法？”格罗姆的语气中充满挑衅。

“只要大家愿意再出一些功力。”格里恩好像并不在意格罗姆巫师的冷嘲热讽，淡淡地说，“我们可以为这本魔书制造一个看守它的精灵，这样任何人都不可以随意地得到魔书——因为这个精灵同样是汇集了所有巫师的力量的，这个精灵将打印上正义的烙印，这可以防止心存邪恶的人得到它，我们……”

“他们要制造书精灵皮卡！天哪！这也是真的！”罗西简直喜不自禁，如果这一切都是真的，那么魔书一定能拯救村庄。

“你难道要让我们所有巫师都失去功力，成为凡人吗？”格罗姆不等格里恩说完，已经急不可待地吼了起来。

蓝琦忍不住忽地站起来：“花不花功力，是别人的事，你这讨厌的黑脸，管那么多做什么？”

罗西急忙拉了她一把，尽管没有人会看到他们。

黑衣巫师们又陷入了沉默，他们看起来都很疲倦。

格里恩巫师不再那么温和了，他高声地喊了起来：“我们制造魔书是为了什么？是为了证明我们的荣誉和光荣，为了证明我们强大的魔力！但是，如果仅仅为了证明我们的强大，而让后人得到的是灾难，那么我们的荣誉和光荣将因此而被剥夺，我们的强大也因此而蒙尘。如果我们现在自私地保有自己的功力，而给后世留下隐患，那么我们当初谁都没有资格制造魔书！”

格里恩的声音掷地有声，在寂静的大厅里回荡着。他举起自己手中的金手杖，高声说：“我愿意为制造这个精灵献出我的功力，如果谁愿意，就和我一样，举起手中的手杖吧！”

一根，两根……十根，二十根……五十根，七十根……黑衣巫师们一个个举起了手杖，最后只剩下瞎眼巫师萨恩斯和格罗姆巫师。

所有人都看着他们俩，萨恩斯显然感觉到了，犹豫着，最终举起了手杖。

格罗姆巫师眼里冒出了一股怒火，他怒气冲冲地举起手杖：“好吧，格里恩巫师，你会知道，也许事情不会像你想象的那么好！”

“太好了！”躲在高台上的罗西、蓝琦和阿布不由得高兴得欢呼起来。

黑衣巫师们又重新围住了中间的高台。

格里恩把手中的金手杖一挥，高台烈焰中的魔书骤然翻开了，格里恩用金手杖在空中画了一个金色的字符，那金色的字符就飘向了魔书，悬在了魔书的上空。

“这就是防止邪恶的烙印，开始吧！”格里恩平静地说。

黑衣巫师们的蛇头手杖里骤然喷出无数各种颜色的火焰：紫色的、灰色的、青色的、翠绿色的、银色的……像无数道绚烂的霞光，直向魔书飞去。

顿时，圆形高台上闪烁着无数耀眼的火焰，在魔书周围窜来窜去……

罗西和蓝琦被这美丽的情景吸引住了，专注地注视着那些奇异的火焰。

阿布却嗅着自己身上魔药刺鼻的味道，十分不舒服，悄声嘟哝：“太难闻了，我受不了了，我快要晕倒了……”一边在那些装魔药的铁杯子里嗅来嗅去地翻找着……

那些美丽的火焰在魔书的上空旋转着，渐渐地，从魔书的纸页间钻出了一个模模糊糊的影子。多彩的火焰就在这个影子周围更加快速地旋转，于是，这个影子就越来越清晰地呈现了出来——是一个金色身体、长着两只金眼睛、头上有两个蓝色的犄角、戴一副红色方框眼镜的精灵——它就是传说中书虫儿村庄的保护神书精灵皮卡！

蓝琦激动地尖叫着：“天哪，这些都是真的！连精灵都是真的！”

阿布却依然在翻找着那些铁杯子，他凑到一个圆形的铁杯子前，里面的魔药发出阵阵馥郁的芳香，他高兴地把手伸进了铁杯子里：“好香啊，太好了，撒在身上就不会那么臭了……”

书精灵在烈焰中闪闪发光，那个金色的字符在它的头顶盘旋……

格里恩巫师的金手杖向那金字符一挥，高声说：“带上你的烙印吧！书精灵！一个正义的象征！”

金字符飘到了书精灵的头上，印在了它的额头，金光一闪，书精灵的身子突然扭动了起来！

蓝琦激动得把手里的金鞭在空中一挥：“啪！”

阿布则用手捧着一把有香味的魔药撒向了罗西和蓝琦，魔药在他们的身上闪烁着亮光……

就在这时，罗西忽然看到格罗姆巫师从他的黑袍里拿出了什么东西，塞到了蛇嘴里，向书精灵射去。

“不要！”罗西情不自禁地大叫起来，他想阻止格罗姆正在做的事，却忽然想起他们根本听不到他的声音。

但是他错了——因为所有的黑衣巫师都转过头来注视着方形高台，显然，他们都听见了他的声音。

“你们三个是什么人？”

三个人都怔住了，不知道为什么黑衣巫师会突然发现了他们，不由得打量了一下自己，这才发现身上正发出莹莹的绿光。

“我的显形魔药！这是我最珍贵的魔药！”一个头发乱蓬蓬的老女人尖叫起来，手不断地捶打着自己的胸脯，“我的小宝贝！这是我花了三十年才炼制出来的！你们竟敢动它……”老女人摇摇晃晃，站立不稳，似乎已经快要摔倒了。

格罗姆巫师怒视着他们高声吼道：“这是巫师的圣地，你们怎么进来的？”

蓝琦扬起眉毛，似笑非笑地说：“不是你放我们进来的吗？”

格罗姆大怒：“住嘴！把他们抓起来！”

黑衣巫师们都把手里的手杖举了起来。

“等一等！我有件事要说！”罗西高声喊道，他指着格罗姆说，“刚才他对书精灵做了手脚……”

大家不由得转过头去看圆形高台上的书精灵，书精灵完好无损，笑眯眯地朝方形高台上眨了眨眼睛说：“你们好！今天天气应该不错。”

“住嘴！”格罗姆恶狠狠地说，“这是谎言！大家都看到了书精灵好好的！抓住他们！闯入黑衣巫师的圣地者，就别想活着出去！这是我们的规矩！”

黑衣巫师们立即向方形高台扑了过来。瞎眼巫师萨恩斯冲在了最前面，嘴里骂着：“我早就说过这里面有外贼！让我来收拾他们！”

蓝琦把金鞭一挥，甩向了黑石门旁的一根柱子。“快拉住

我！”

罗西一把拉住阿布，又抓住了蓝琦的手，金鞭猛然一收，他们就紧擦着黑衣巫师们的头顶飞掠过去，落在了黑石门前。

“快！试试你的护身符能不能打开黑石门。”蓝琦说。

罗西把护身符凑近了黑石门，但是那些红石上的金字根本没有任何变化，黑石门上的字符也毫无反应，门仍然一动不动。

黑衣巫师们步步逼近，蓝琦把金鞭舞得上下翻飞，与冲在前面的黑衣巫师打得难分难解。金鞭形成了一个光圈，暂时保护住了他们，但是更多的黑衣巫师拥了上来，蓝琦一个人毕竟势单力薄，眼看就要抵挡不住了。

这时，冲在最前面的瞎眼巫师萨恩斯狂叫着：“小鬼，你们逃不了了！”

蓝琦一看到瞎眼的萨恩斯，眼睛一亮，计上心头，她回头对罗西轻声说：“快闪开，我有开门的办法了！”

蓝琦挡在黑石门的字符前，一边抵挡别的巫师的进攻，一边语带讥讽地笑着对萨恩斯说：“你这瞎子，不要说大话了！你连路都走不稳，还想收拾我？你如果真有本事，就来抓我！看你手里那条瞎眼蛇，恐怕也是唬唬人！能吐出火来？怕是水吧！我闷在里面热得很呢，快来让我凉快凉快！”

萨恩斯万分恼火，举起手杖直击向蓝琦，嘴里怒骂道：“好！小女贼！就让我的瞎眼蛇给你凉快凉快！”

那条花斑蛇头里喷出一股火焰，直扑向蓝琦。蓝琦微微一笑，轻盈地闪身让过，那火焰正好击中黑石门上的字符，火焰围绕着字符旋转起来，顿时，“巫师”两个字闪射出耀眼的红光，黑石门缓缓打开了。罗西、蓝琦和阿布趁机闪出了黑石门。

“上了这个小女贼的当了！”萨恩斯跺脚叹道。

黑石门外有三条狭窄的小道，三个人冲出门，不知道往哪条道走，正在犹豫之间，忽然听到一声“往右边！”——是书精灵的声音。

罗西几乎没有考虑，就拉着蓝琦和阿布向右边的小道飞奔而去。

黑衣巫师们拥出了黑石门，追了上来。

“快追！别让他们从地道里跑出去！跑出城堡就不好办

了！”格罗姆高声叫着。

罗西和蓝琦不由心中一喜：原来这条小道通向地道，而且还可以跑出城堡！

小道的尽头是一个宽敞的、燃烧着许多火把的地道。

他们三人刚冲进地道，就发现地道两边站着许多穿着铠甲的士兵，手里持着利剑，拿着盾牌，脸上戴着铜的脸罩。而后面黑衣巫师已经追了上来。

蓝琦不由暗暗叫苦。

罗西拔出了蓝星宝剑：“只有闯了！”

话音刚落，士兵们已经挥舞着利剑扑了上来。

黑衣巫师们也要往前冲，格罗姆制止住了：“对付他们，这几个士兵就足够了。”

罗西和蓝琦迎了上去，和士兵们斗成一团，罗西的宝剑锋利无比，而蓝琦的金鞭柔韧刚猛，士兵们一碰到就会剑折盾损，一时之间，那些士兵也不能抓住他们，但是士兵源源不断地拥来，把他们团团地围住……

阿布在士兵中间飞来蹿去，不断躲避着，一会儿从这个头上掠过，一会儿从那个两脚间蹿过，引得想追他的士兵互相拼斗起来，一个被惹恼的士兵举着剑对他穷追不舍，阿布只得不断地大叫：“你不要追我了！要不然我要放箭了！我可是个神箭手呢！”可是那个士兵根本不听，挥着剑对他一阵猛砍。

“阿布，快用你的银箭！”蓝琦见他情况危险，高声喊道。

阿布一愣，那士兵趁机挺剑向他刺去，他急忙一闪，但还是被士兵的剑刺破了他身上的一个小兜，一些亮晶晶的粉末漏了出来。

顿时，粉末撒在了士兵的身上，士兵突然一动不动了，仿佛一下子凝固了，他只能瞪着眼睛恶狠狠地瞅着阿布……

蓝琦正好看到了这一切，飞身蹿到阿布面前：“这是什么？”

“我、我从铁杯子里拿的。”阿布结结巴巴地回答。

“你总算拿对了一件东西。”蓝琦一把抢过小兜，“我们有办法出地道了。”

蓝琦把小兜里的粉末撒向不断拥来的士兵，士兵们一碰到粉末立即僵立在地上，不能动弹。

“我的魔药，我的定身魔粉！”一个呆头呆脑、鼻子歪到一边的黑衣巫师无力地哀号着，“当心，谁碰到谁就不能动！我又忘了带解药了！”

罗西、蓝琦和阿布趁机飞快地向地道口跑去。

“快追！不要让他们跑出城堡！”格罗姆阴森森的声音在后面响起。

三个人连忙跑出地道口。

抬头一看，他们竟然已经站在了城堡外面。

“不能放过他们，蛇杖飞身！”格罗姆的叫声歇斯底里。

他们一回头，只见黑衣巫师们手里的手杖全都飞出了手中，跃到空中身子一抖，顿时化为无数条各种颜色各种花纹的巨蛇，张着血盆大口向他们飞扑过来。最前面的就是格罗姆那根黑色手杖变成的黑蛇。

“蓝琦和阿布，你们快跑！我来对付它们！”罗西看到这种情景，对着蛇群握紧了手里的蓝星宝剑。

“要跑大家一起跑！这可吓不了我！”蓝琦并没有跑。

阿布取出银弓，抽出银箭：“对付这些怪物，我的银箭就可以派上用场了！”

眨眼间，阿布的银箭已经“嗖嗖嗖”地飞出了好几枝，射在了前面几条蛇的蛇头上。蛇扭曲着身子落在了地上，不断地挣扎着……许多蛇都畏缩着不敢再往前冲，可是那条黑蛇却凶猛异常，直向他们扑来。

“不许放过他们！”黑衣巫师们在后面对那些蛇号叫着。

听到主人的命令，蛇群又疯狂地扑了过来……

“我可已经玩够了，不想再陪你们了。”蓝琦微微一笑，把金鞭在头顶一挥，跃到半空中，高声叫道，“龙人显龙形！”

刹那间，无数道银光和星星在空中闪耀，一条美丽的银龙出现在空中。

“快上我背上！我背你们走！”银龙俯下身子，对罗西和阿布说。

当罗西和阿布刚跨上银龙的背，银龙骤然腾空而起，直向那覆盖着白花的地洞飞去。

蛇群飞在后面追赶着，还是那条又粗又壮的黑蛇冲在前面。地面上，黑衣巫师们一边狂奔一边怒吼着。

地洞到了，银龙降下地面。罗西把护身符对准了白花，白花立即缩回到洞里，地洞口不断扩大。银龙“嗖”地钻进了地洞，不甘心的黑蛇对着银龙的尾巴猛咬下去，银龙一缩身子，地洞口合了起来，黑蛇只啃到了一嘴的泥巴。

冲到地洞口的黑衣巫师们什么也没有找到。

第九章 神秘的追杀者

银龙载着罗西和银箭精灵阿布钻入了隧道。顿时，无数美丽的银光和火花扑面而来。

银龙在隧道里疾飞，罗西和阿布坐在银龙的背上，只感到风在耳旁呼啸，隧道里那些彩色半透明的小人儿慌慌张张地闪躲着，罗西看到他们惊讶地圆睁着眼睛，嘴里直嚷嚷：“龙！真的龙……还有人！长着翅膀……是怪物……”

阿布对着那些小人儿高声地尖叫：“我——不是——怪物！”

银龙飞快地在隧道里游走，过了一会儿，看到前面有一扇银门——是那面银镜。瞬间，银镜射出一道银光，将他们三人吸了过去。

“轰”的一声，伴随着一道银光和烟雾，他们被弹射了出来，不断地往下降落，降落，直到落在了一片草地上。

他们落在了银匣子的外面，已是另一个清晨。

罗西急忙扑向银匣子，想看清里面会有什么。

小龙女蓝琦飞跃到半空中，旋转着，伴随着四射的银光又恢复了人的模样。

“快来看银匣子！”罗西大声叫。蓝琦和阿布急忙赶了过去。

银镜上，在地洞旁，追赶他们的蛇群在空中身子一挺，变成了蛇头手杖，落到了地面黑衣巫师们的手中，黑衣巫师们执着手杖，向地洞合起来的地方用力地掘土……

他们紧盯着银镜，想看清还会发生什么事，但是，银匣子“咔嗒”关了起来，银锁也自动锁上了。

“那些黑衣巫师是在银镜里？”罗西喃喃地问。

阿布不相信地揉了揉眼睛：“我是在做梦吗？”

蓝琦耸了耸肩：“这可不是做梦，我得承认刚才经历的一切真不可思议，我还没有遇到过这么离奇的事。”

“那么我们刚才到底在哪里？”阿布问。

“在银匣子的世界里。”罗西很肯定地说，“银镜带我们回到了过去的时代。我们刚才看到的一切，证明关于魔书和书精灵的传说都是真的。一千年前果然有一群巫师制造了魔书和书精灵，拯救村庄我们就有希望了。”

“真可惜，我们本来可以找机会把魔书抢过来的。不知道怎么会被黑衣巫师们发现的。”蓝琦纳闷地说，“要知道我们是能隐形的呀！那些显形魔药不知怎么撒到身上的。”

阿布很紧张，蓝琦一眼瞥到他手中的小兜，眼光一凛：“这些魔药你是怎么来的？”

“我、我从铁杯子里拿的。”阿布小声地说。

“那么显形魔药呢？”蓝琦严厉地问。

“我、我闻着身、身上太臭了，铁杯子里有种魔、魔药很香，就、就把它撒、撒在身上了。”阿布结结巴巴地说。

小龙女蓝琦大怒：“又是你这个小鬼在搞破坏！”伸手就想抓住阿布。

“错过了机会，太可惜了……”罗西十分惋惜。

“我们还可以再进银匣子里的。”蓝琦拉住罗西的护身符往锁眼上凑。

“不，等一等！”罗西阻止住了她，“黑衣巫师还守在地洞口，我们现在去太危险了。我们应该先做好准备。再说，大家都很疲惫了，先休息一下再说。”

“好吧。”蓝琦点了点头，“你这么说，我也感到真的很累，自从和那蜈蚣蝎子缠上后，我的确已经很久没有休息了。”

这时候，阿布早就靠在旁边的大树上，呼噜噜地睡着了。等罗西回过头来，蓝琦也已沉沉睡去。疲倦顿时向罗西涌来，可是他心事重重，翻来覆去难以入眠，过了许久才恍惚进入了梦

罗西、小龙女蓝琦、银箭精灵阿布无意间被吸入了西莫多爷爷给他们的银匣子，他们来到了千年前的魔界，在一座城堡里，他们进到了黑衣巫师们聚集的大厅里，躲在高台上看到了数百名巫师制造了神奇的魔书和书精灵皮卡。

乡。

罗西忽然听到一个声音向他飘过来，那声音听起来很熟悉，是加那亚瀑布里呼唤他的声音。

“孩子……孩子……”那个声音很轻柔，罗西急忙爬了起来，四处寻找这个呼唤他的人。四周空荡荡的，除了阵阵呼啸的风，空无一人。

“你是谁？你为什么要叫我？”罗西高声地叫喊着。

“不要问我是谁，我是一直陪伴你的人，你只要叫我金色人像就行了。”

“你在哪里？我怎么看不到你？”

“我在这里……”那个声音从护身符里飘了出来，接着，一道金色的烟雾从护身符中缓缓地升腾出来，飘在空中，烟雾缭绕着，流动着，最后变成了一个模模糊糊的人形，金色的，半透明，只能隐隐约约看得清模样。

“你很焦虑，是吗？孩子。”金色人像轻声问他。

“是的，我不知道，我能否真的把魔书找到，都是我犯的错……我真怕自己辜负了西莫多爷爷的期望……”罗西担忧地回答。

“要相信你自己，孩子。”金色人像慈爱而温柔地说，罗西感到心里很温暖。

“你在护身符里？你是我的保护者？”罗西急切地问。

“是的，我是在护身符里，但是我不是你的保护者，你真正的保护者是你自己，孩子。”金色人像很坚定地说，“只有你自己去面对所有困难而不畏惧，你才能保护自己，也保护别人。”

她缓缓伸出了双手，顿时，无数道明亮灿烂的阳光笼罩着罗西，金色人像拥抱住了罗西。罗西幸福地沉浸在温暖中。

“我该走了，孩子。”金色人像飘离了罗西，“答应我，一定要做个坚强勇敢的孩子。”

罗西用力地点了点头。

金色人像飘动着，又变幻成了一股烟雾，飘进了护身符里。

“不要离开我！”罗西大声呼喊着。

“罗西，你怎么了？快醒醒！”罗西用力睁开眼睛，看到蓝琦和阿布正在摇晃着他，罗西一下子坐了起来，四处寻找着，山谷里依然是空无一人。

蓝琦和阿布莫名其妙地看着他。

“你到底怎么了？在梦里一会儿哭一会儿笑的？”蓝琦诧异地问。

罗西把刚才的梦境向蓝琦和阿布说了一遍。

“这不是一个普通的护身符。”蓝琦沉吟着说，“它既能打开银匣子，又能够在你遇到险境的时候帮助你，它也一定是有神力的。”

“金色人像是谁呢？”罗西紧握着护身符说。

“别想太多了，我们该想想怎样找到魔书。”蓝琦说。

罗西看看阿布身上破烂的树叶衣服，说：“我知道前面有一个小镇，名叫古怪镇，据说那里住着一些很奇怪的人，他们会出售一些有魔力的东西，也许我们会用得到。要再进银匣子里的城堡，黑衣巫师们一定会有防备，我们必须准备一些东西，只是我们没有钱……”

“这点小事不成问题。”蓝琦淡淡一笑，从身上抽出两片银鳞，用金鞭一点，银鳞顿时变成了两大块闪闪发光的银子，“难道这还不够用？”

罗西惊讶地说：“你竟然会点金术？”

“不是点金术，这只是一个小小的变形而已。”蓝琦耸了耸眉毛，显得毫不在乎，“过一会儿它就会变回原样的。”

“那怎么能行？”罗西摇了摇头，“我们不能用这种假银子去买东西。”

蓝琦眉头一皱，斜瞟了罗西一眼，一抹笑意在脸上浮起：“我只不过和你开个玩笑，你就相信了。刚才那不是变形，而是点金术，点金术变成的银子，自然不会再变回原样。既然它永远都不会变成原样，它实际上就是真银子，所以我们用它买东西，那又何妨？”

罗西犹豫了一会儿说：“好吧。我们先去古怪镇。只是那是一个奇怪的小镇，我们不要太引人注意。”

收拾了东西，三个人就向小镇走去。

熙熙攘攘的小镇上有一条街，正在进行热闹的交易。街道歪歪扭扭，盖着许多奇形怪状的房子，拥挤不堪，行人熙来攘往。兜售货物的小贩高声叫卖着，满街的行人高声喧哗，不时还有破旧的小车穿过人群，轧轧地颠簸着，发出刺耳的噪音。

阿布新奇地看着街上的一切，问："你到过这里吗？"

"没有，村里人从不允许我们到这个镇上来，因为据说这里常有一些邪魔的人。"罗西小声地说。

"这里邪魔的人很可怕吗？"阿布大声地问。引得街上的人纷纷转过头来瞪视着他们。

蓝琦很恼怒，凑近阿布的耳边说："的确很可怕，就像虫子一样可怕，因为这里邪魔的人都会变成虫子，追着小孩咬，所以你最好乖乖的，不要说话，否则到时候我们可管不了你了。"

阿布吓得脸色煞白，不敢出声了。

这条街很奇怪。街上的房子有的是斜的，有的是方的，有的一头大一头小，有的很霸道地伸出来……

街上的行人稀奇古怪。衣服有的是一条长长的布带裹在身上，有的则是各种兽皮缝制的，有的看起来像是用鸟的羽毛织成的，要不就是衣服上面印着古怪而恐怖的图案。显然，这里的人们钟爱这种风格，每当谁穿着最古怪的衣服走过，总是会引得街上的行人纷纷侧目，目光中流露出赞赏和钦佩，有时还能听到称赞声："哦，这是我见过的今年最美的衣服。""天哪，他就像位王子，只有王子才会穿这样美丽的衣服。"

罗西和蓝琦沿着街道挤来挤去，想看一看有什么他们需要的东西。

"啊！天哪！多么可爱的小男孩！"突然，一间屋子里冲出了一个圆滚滚的胖女人尖叫起来。她一头棕红色、乱蓬蓬的头发，用一根鲜绿色的绳子一小绺一小绺地绑扎着，十分滑稽怪异，她长着一个翘起来的冲天鼻，脸上密布着许多雀斑，她尖声尖气，装模作样地对阿布说："多可惜，你竟然没有一套合适的衣服，可是只要到我布妮的缝衣小店里，我保准你能打扮得像个天使！"

罗西、蓝琦和阿布抬头一看，矮小的黑屋子门上挂着店铺名称：疯狂的布妮缝衣店。

胖女人热情地招呼着他们：“哦，是的，是的，我有最奇异美丽的衣料，能做各式各样让人震惊、过目不忘的衣服，所以他们都叫我疯狂的布妮。你们不进去看看吗？”胖女人一边说，一边已经迫不及待地拉着他们往里走。

屋子里杂乱地挂满了衣服，罗西从来没有见过这么奇怪的衣服。有的衣服只有一个领口和两只袖子，有的衣服半边用带子系在身上，有的衣服的袖口竟然挂着一双鞋子，好像穿衣服的人是用手走路似的……

罗西、蓝琦和阿布简直不敢相信衣服会这样做。

“快来挑挑布料，保准你们满意。”布妮扭着胖屁股走到一个大箱子前。三个人只好硬着头皮跟了过去。

布妮打开大箱子。衣服的料子更是千奇百怪，烂渔网上挂着晒干的咸鱼做装饰，野猪的长毛在布料上竖起来；晒干的鱼眼睛做纽扣，甚至还有大蜘蛛吐出来的蛛丝织成的衣料……

三个人不约而同地一齐摇头。

“不，不，不，不要泄气，我相信你们总能找到一款合适的衣料。”布妮却不灰心，把大箱子里的衣料不断扔出来让他们挑选，可是当她累得头上冒出豆大的汗珠、气喘吁吁的时候，罗西他们依然没有点过一下头。

布妮沮丧地坐在地上一大堆衣料前说：“太让人失望了，现在我只有两块废料了。”

蓝琦正想拉着罗西和阿布走出去，罗西不忍心让她太失望，就说：“那我们再看看那两块废料吧。”

布妮没精打采地站了起来唠叨着：“我那些精美的衣料你们都没有看上，又怎么会要这些废料呢？”说着，布妮从箱底拿出了两块布料。

罗西、蓝琦和阿布顿时惊呆了，不由得在心里暗暗赞叹：“天哪！那是多么美丽的布料啊！”

布妮还在那里絮絮叨叨着：“要知道，这两块布料放了好多年了，却从来没有人愿意要。我本来想扔了，可是压在箱底就渐渐忘了……”

这两块布料一块是绿色的，一块是金色的，在阳光下闪闪发光，尤其特别的是，拿在手中又轻又软，仿佛没有重量。

蓝琦心中大喜，表面却不动声色，她装作很不经意地说：“店主既然为我们忙了这么久，不买什么东西我们也觉得过意不去，那就干脆买下这两块废料吧。”

老板娘布妮大喜，刚才还垂头丧气，顿时就笑逐颜开：“可以，可以，我现在就可以为你们把衣服做好。”

布妮又把她绘有各种衣服样式的图模拿给三个人看，不时指指点点告诉他们哪件衣服最时髦，哪件衣服是镇上最流行的款式，直看得三人张口结舌——真的，真的没有见过这样古怪丑陋的衣服样式。

蓝琦实在看不下去：“老板娘，我画好图样，你照着做怎样？”

“可以，可以。”布妮一迭声地答应。

蓝琦略一思索，转眼间就用笔画出了罗西和阿布的衣服。

布妮一接过图样，大吃一惊：“天哪！这样的衣服能穿出去吗？你们会被人嘲笑的！你们会被当作怪物！”

蓝琦说：“你只管照着做就行了。”

布妮一边做一边嘟囔着：“哦，这可不行，实在是太奇怪了，这是我做过的最古怪的衣服，太不可思议了……”

尽管布妮的衣服式样和衣料让人惊讶，但是不得不承认她很擅长缝纫，只不过一会儿工夫，两套衣服就做好了。

阿布的是一套绿衣服，罗西的是一套金衣服。阿布一看到衣服，高兴得蹦起来，急不可待地穿上衣服，飞到镜子前照来照去。罗西也穿上了他的金衣服。

布妮轻声嘟哝着：“我希望你们能满意，不要挑我的毛病，因为这可是你们自己要求这样做的。”

镜子里面，阿布和罗西的衣服闪闪发光，美丽极了，两个人忍不住赞叹道：“真是少见的美丽衣服！”阿布不住地扯扯衣角，在镜子前做出各种姿势。

看到他们很满意，布妮这才松了口气：“哦，当然，我知道有些顾客总是有奇怪特殊的要求，我能够理解。”

罗西、蓝琦和阿布忍不住相视大笑起来。

蓝琦递给布妮一块银子。就在他们要出门的时候，布妮叫住了他们：“等等，请等一等，我、我有一个小小的请求……”布妮结结巴巴地说。

“你说吧！我们十分感谢你为我们做了这么美丽的衣服。”罗西看她似乎不好意思说出来，连忙对她表示感谢。

布妮的脸涨得通红，手不安地搓弄着衣角，更加结结巴巴地说：“当然……这衣服是我做的，的确，可、可是，你们能不能不、不对别人说这衣服是我做的，如果大家知道疯狂的布妮做、做出这样的衣服，我以后就、就不会再有生意了，你们知道，生活这么艰辛……”

三个人都瞪大了眼睛。蓝琦淡淡一笑，说：“你放心，我们会说这衣服是我们自己做的。”

布妮感激地说：“谢谢！实在太谢谢了！你们是多么慷慨的人啊！”

当他们走出疯狂的布妮缝衣店的时候，布妮缩在屋子里，没有送他们出来。

走在街上，他们才明白了为什么布妮缝出这两件衣服时会如此紧张——街上几乎所有的人都在用惊异的眼光看着他们，尽管他们也在惊讶地看着街上那些稀奇古怪的人和衣着。

从他们身边走过的人都在议论着他们的衣服。

“天哪！这难道是衣服吗？”

“我敢确信只有怪物才会穿这样的衣服。”

“真无耻，竟然会有人穿这样的衣服。”

……

阿布刚开始还很为自己漂亮的衣服洋洋自得，但是听到那么多人的议论，脸涨得通红，悄悄地躲在罗西的身后，他甚至打算不要这身衣服了。

蓝琦却泰然自若，根本不理睬这些议论。

罗西终于明白村里人不让他们到这个小镇上来的原因了。

街上卖的东西也是稀奇古怪的。有成堆的动物骨头、发了霉的烂叶子、长着两个头的鱼……

街上有一个穿着干树叶做的衣服的老太婆，她的摊子上放着许多黑褐色的陶罐子，里面装着一些奇怪的粉末。她的摊子前挂着一块牌子，上面写着几个黑色的大字：可拉的药末。下面则是一行很小的字：不要问我这些药末是做什么的，我也不知道，有一天你会知道的，但是，别来问我。

罗西、蓝琦和阿布不由面面相觑——又是一个奇怪的老太婆。

“别理这个老太婆，她是个疯老婆子。”一个路过的人凑近他们悄声说。

蓝琦悄悄对罗西说：“越是奇怪的人，越可能藏着奇怪的东西。”

她撇了撇嘴，上前问道：“阿婆，你的药末怎么卖？”

老太婆头都没有抬，冷冰冰地说：“不要叫我阿婆，我还很年轻。”

罗西和阿布看着老太婆脸上一道道又深又长的皱纹，不知道说什么好。

蓝琦却眨眨眼睛，淡淡一笑说：“美丽的姑娘，你的药末怎么卖？”

老太婆缓缓抬起头来，一双浑浊的老眼盯着他们三个人，用一种嘶哑的声音说：“可拉的药末从来不卖。”

“这药末就像你一样神奇美丽。”蓝琦掏出一块银子说，“如果你愿意的话，我们想买一些。”

“我说过可拉的药末从来不卖。”老太婆依然是冷冰冰的。

“可是它们太可爱了，我们想得到一些。”老太婆越难缠，蓝琦越来了兴趣。

“可拉的药末只送人。”老太婆缓缓地说，“只有你们看出我是个美丽的姑娘，所以，我会送你们一些药末。”

蓝琦大喜：“我们可以都拿一些吗？”

老太婆冷冷地说：“由不得你们，要由药末来选择。伸出你们的手，放进陶罐子里，它们会选择的。”

蓝琦把手伸进身边的一个陶罐子里，立刻，陶罐子里发出一声刺耳的尖叫：“快滚开！”

老太婆又冷冷地说：“它不属于你，你试一试另外的。”

蓝琦不断地把手伸进陶罐子，陶罐子不断地发出“快滚开！”的尖叫。直到她的手伸进最后一个又破又烂的陶罐子，陶罐子里才发出一阵悦耳的声音："请带走我吧！我是属于你的。"

蓝琦抓出粉末一看，是一些闪着银光的药末。她拿出一个小兜，抓了一些粉末放进兜里，当她抓第四把的时候，陶罐子里又发出尖利刺耳的叫声："住手！不许再拿了！你得到的已经足够了！"

老太婆敲了敲陶罐子："安静一些。"她又转过头对蓝琦说，"不要多拿，否则你会后悔的。"

罗西和阿布也照着蓝琦的模样依次把手伸进了陶罐子，最后也得到了一些药末，阿布的是绿色的药末，罗西的是金色的药末，然后老太婆用三个小人儿帮他们拿着药末，阿布的本来是一个绿色的小老头，但他坚持要了一个看起来穿得破破烂烂、但是却很漂亮的小绿人女孩。

"我们怎么使用它？"罗西问老太婆。

老太婆瞪了他一眼，指了指那块牌子，恶狠狠地说："我说过不要来问我，你们可以走了！"接着，垂下头来，就打起了瞌睡。就连罗西、蓝琦和阿布向她道谢，辞别，她都没有再抬起头来。

他们三个人又继续在街上逛来逛去，当他们感到饿了的时候，只好在一个瘦老头那里买了几个干瘪瘪的果子，在一个壮汉那里买了几块烤得硬邦邦、黑乎乎的糕点充饥。

太阳渐渐往西沉了下去。

罗西、蓝琦和阿布都感到有些累了，就在他们商量着该找个地方先休息一下的时候，突然间一阵惊呼在他们耳旁响起："天哪！多么漂亮的衣服！简直就像天使！"

这种赞美真让三个人吃了一惊，要知道自从他们穿上那些衣服后，整条街的人都把他们当作了怪物。

随着说话声，一个穿着黑袍的小人儿一阵风似的扑到了他们面前——这是他们见过的这条街上最正常的衣服了，重要的是这个人还赞美了他们的衣服。

小人儿用黑布蒙着脸，神秘兮兮地凑近他们说："我等你们很久了。"

"你是谁？"罗西警觉地问道。

小人儿仍然很神秘地说："先进来再说吧。"转身就带着他们向一间小屋子里走去。

说是小屋子，实际上是个临时搭建起来的小棚子，看上去很简陋，用四根歪歪斜斜的木头柱子支撑着，外面再包裹着一大块黑布。棚子又低又矮，中间有一个灶台，上面有几把"咕嘟咕嘟"冒着热气的、黑乎乎的笨铁壶，旁边有一张桌子，上面用黑布盖住了什么东西，还有几个非常小的木头椅子。

"请坐！"小人儿指了指椅子。

罗西三个人勉强坐在了那几个小木椅上，立刻，小木椅就发出了"咯吱咯吱"的响声，仿佛马上就会散架。

"你是谁？为什么在等我们？"罗西满脸疑惑地问。

"我是一名巫师。你们不必知道我的名字，我在等你们只不过想告诉你们，你们应该马上离开这里。"小人儿的眼里闪射出急切的光芒。

"为什么？"罗西更加疑惑。

"因为这里很危险！你们留在这里不安全！"小人儿忧心忡忡地说。

"究竟是什么危险？"蓝琦不太相信他的话。

"我也不能确定具体是什么。但是你们要相信我……"小人儿蹿到桌子前，一下掀开了黑布，一个晶莹剔透的水晶球露了出来。

"我可以为你们占卜，这是我的水晶球，它能预言一些东西。但是我的魔力已经不行了，因为我差不多有十年没有占卜了。"

罗西和蓝琦狐疑地看着小人儿。

"把你们的手都伸到这个球上。"小人儿说，"这样我能预测得更准一些。"

罗西把手放在了水晶球上，蓝琦和阿布也放了上去，水晶球是冰凉的。

小人儿挥动着两只手，高喊了一句：**"我上能摸到天，下能钻入地，阿卡阿卡哒哒哒，神奇水晶球显魔力！"**接着，他又对着水晶球喃喃地念叨着一些听不懂的、奇奇怪怪的话。渐渐地，水晶球就开始慢慢地发热，罗西三人都感到手中越来越灼

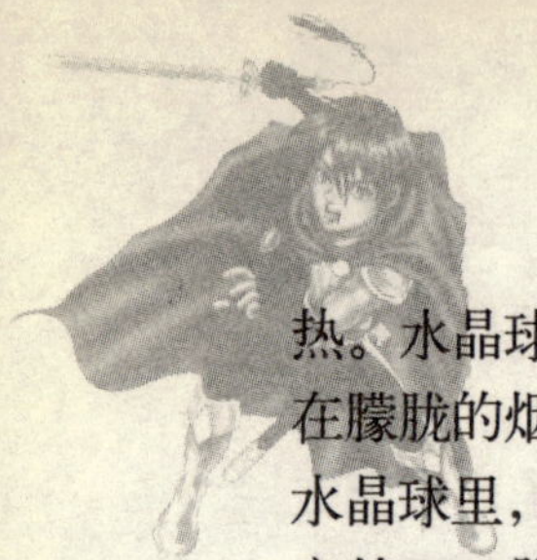

热。水晶球里慢慢升腾起一股袅袅的白烟，白烟向四处飘散开，在朦胧的烟雾中，他们惊讶地看到了他们三个人的人像出现在了水晶球里，他们正在拼命地奔跑，似乎在躲避什么东西的追赶，突然，一股黑色的旋风旋转着从他们后面追来……

小人儿突然用他们听得懂的话对水晶球问道：“究竟是什么东西？”

水晶球里黑风旋转着变成了几个弯弯曲曲的字，不停地抖动着，他们用劲睁大眼睛，好不容易才看清楚——是“神秘的追杀者”几个字！

小人儿不耐烦地说：“我要看清楚是什么东西！”

水晶球开始拼命地晃动着，想让黑风显出原形，黑风开始模模糊糊地显出了一个人像，但是，还没等他们看清楚，一股烟雾“腾”地蹿起，弥漫在水晶球里，同时把他们震得全都弹飞了出去。

水晶球里的烟雾散尽了，所有的影像也都消失了。

“我知道会这样。”小人儿无奈地摇了摇头，“你们可以看到，一直会有一个神秘的追杀者跟随着你们，而我预感到他已经来到了这个镇上，你们的处境会很危险。”

“他是谁？”罗西问。

“我不知道。这股黑风的力量太强大了，而我又很长时间没有占卜，我无力让它显形。”小人儿苦恼地说。

“为什么你要告诉我们这些？”蓝琦问。

“这、这……”小人儿沉吟着，过了许久才犹犹豫豫地说，“你们很危险……我必须告诉你们……实际上……我很害怕……我不能说太多了……以后你们必须很留意……”

显然，穿黑袍的小人儿不愿意告诉他们他自己的情况。

罗西和蓝琦对视了一眼。“无论如何，真的很感谢你。”罗西伸出了手，握住小人儿的手说，“我们以后一定会留心的。”

“你们快走吧。”小人儿催促着，“记住我的话。”

罗西、蓝琦和阿布快步走出了小棚子。

当他们刚走出小棚子，小人儿一下子把披在身上的黑袍和蒙在脸上的黑布扯了下来，他低声地抱怨着：“终于可以把这身丑陋的黑衣服脱掉了。我真不明白，为什么，为什么，我要跑到这个可怕的小镇上来，为什么我不会装作一切都没有发生？要来管这危险而麻烦的事？”

小人儿穿着一身银蓝色的衣服，脚上还套着一双银靴子，圆圆胖胖的一张脸——他就是迪诺村长森林密室里的水晶球小妖桑多斯。

罗西三人走出小棚子，商量着该如何早些离开这个小镇。

突然，从远处传来一阵阵叫喊声：“抓住他们！抓住他们！”

他们三人诧异地向喊声看去，想看看究竟发生了什么事，只见一大群人手里拿着棍棒向这边跑了过来。

“就是他们！快抓住他们！”跑在前面的一个壮汉一看见他们，立即尖叫起来，“就是他们用了假银子！”

罗西和阿布还在发愣，蓝琦一把扯住他们就往前飞奔。

“怎么回事？”罗西一边跑一边奇怪地问。

“那些银子不是真银子，可能现在都显形了。”蓝琦回答道。

罗西一听，刚要说话，蓝琦却转过头说：“我知道你要怪我，但是现在逃跑可比这件事要重要。”说完，对罗西眨了眨眼睛。罗西只得无奈地跟着她往前跑。

虽然已经快到傍晚了，但是街上依然还是有很多人，他们不断地往前冲，一会儿撞翻了一个秃顶男子的鱼筐，一会儿踩倒了一个鼓眼睛女人的菜箩，一会儿把一个醉得歪歪倒倒的醉汉撞得直在原地转圈……街上的人看见他们穿的衣服，只当他们是怪物，忙着躲闪不迭，一时之间，竟然让开了一条道。

他们趁机跑过街道，穿过一条小巷，拐进旁边的一条路上，往前飞奔。

但是后面的人依然高叫着紧追不舍。

路的尽头有三个岔口，远远地，可以看到其中一个岔口边上一幢高大的房子。蓝琦几乎没有犹豫，跑到房子面前，金鞭“嗖”地甩在了墙头上，一把拉住了罗西和阿布，一抖金鞭，飞身跃进了房子。

“欢迎，欢迎。”一个声音在他们耳旁响起。

与此同时，后面追赶的人群叫喊着从房子旁跑了过去。

他们回转身，一个人正站在他们的身后。他长着一个圆圆的脑袋，胖胖的身子，却是一根细细的长脖子把两部分连了起来，头上只有几根稀疏的长头发，一直垂到了腰际——看起来真是怪模怪样的。

“非常抱歉，冒昧地闯到了您这里，我们这就离开。”罗西说。

“不必，不必。我叫基特。”怪男人自我介绍道，“很高兴能认识你们，如果不介意的话，请到里面，喝点茶，吃点点心。”

罗西想起了小人儿的警告，轻轻对蓝琦说：“我们应该立刻离开这里。”他转过头对基特说，“谢谢您的盛情，但是我们得离开了。”

基特脸上漾起了笑意：“你们放心，这里很安全，不会有危险的。你们看起来已经很疲惫了，为什么不好好休息一下呢？”基特的声音突然变得很柔和。

不知道为什么，罗西一看到基特的笑脸，听到他那柔和的声音，突然觉得真的是很累，很累，他回头看蓝琦和阿布，他们也显得很疲惫，看起来恍恍惚惚的。罗西突然间感到很诧异，他觉得事情有些蹊跷，他刚想挣扎着打起精神，基特的笑脸已经凑到了他的面前：“留下来，好吗？”

看着基特的笑脸，罗西不由自主地点了点头。

基特在前面带路，他们走进了高房子里。这是一幢豪华的大房子，而不像街上所有那些奇形怪状的房子，显然，基特很富有。

基特叫来了两个脸上毫无表情的女侍，在餐厅里放了满满一桌子丰盛的食物，有美味的香肠、诱人的熏肉、烤得焦黄的鹅、香喷喷的面包……一点也不像街上那些稀奇古怪的食物。

基特坐在餐桌旁不停地说着话。奇怪的是，这时候，罗西、蓝琦和阿布一点也不感到饿了，只是感到十分疲倦，睡意像潮水一样向他们袭来，满桌的美味也根本无法阻止他们的睡意。

“你们累了，孩子们，你们该去休息了。”他们隐隐约约听到基特这样说。

然后，又上来了三个依然是面无表情的女侍把他们带到了三个房间里。罗西想抵挡住这睡意，但是当他一看到那又松又软的床，就立即倒在床上昏睡了过去。

不知道过了多久，迷迷糊糊间，罗西又听到了一个声音向他飘来：“醒来……快醒来……孩子……”

是金色人像的声音，但是他却听得不太清楚。

罗西挣扎着想听得更清楚一些，但是他感到很累，他又想沉沉地坠入梦乡。

“不……孩子……你一定要醒来……”金色人像的声音呼唤着他。

“我不能……我不能……我真的太累了……”罗西无力地低语着。

“你一定行的……孩子……你必须醒来……”金色人像的声音越来越焦急。

罗西挣扎着，但是根本无力从梦乡中醒过来。

模模糊糊之间，他看到一道金光从红石里飘了出来，是那个金色人像。

“你一定行的……孩子……”金色人像用一种慈爱而坚定的声音对他说，“你行的……快醒来……”

罗西顿时感到有一股力量在心中升起，他挣扎着，费力地睁开了眼睛，一下子跳下了床。

房间里黑黢黢的，四周一片寂静。

罗西回想起刚才经历的一切，觉得事情很蹊跷：为什么会突然间无力控制自己，事情一定别有内情。他蹑手蹑脚地走到蓝琦和阿布睡觉的房间，尽管他拼命地摇晃他们，也没能把他们唤醒。

罗西更觉得事情很可疑，他决定悄悄地在大房子里探察一番。

他轻手轻脚地在大房子里穿行着，到处都是静悄悄的，并没有发现什么可疑的东西。他悄悄地来到了地下室，地下室里更是一片黑暗，伸手不见五指，他担心被人发现，根本不敢点蜡烛。

突然，他发现有一间地下室的房间里发出一缕微弱的光线，他轻轻地向那边摸去。里面竟然是房子的主人基特。

为什么基特这么晚了不去睡觉，却在地下室里待着？罗西心里很疑惑。

“不要让他们察觉，基特。”一个阴森森的声音从房间里传来。

“您放心，他们一定睡得像个死猪一样。只要我基特催眠过的人，不睡三天三夜是不会醒过来的。”基特的声音充满了谄媚。

“我希望我付出的酬劳不是花在一个废物身上。”那个声音又冷冰冰地说。

“当然，当然，只是您要怎么处置他们呢？”基特点头哈腰地说。

罗西仔细搜寻着屋里。他只看到屋子里的基特，并没有另外一个人。

“放火烧了这幢房子！把他们烧死！”那个声音冷酷地说。

罗西调整着视线，屋子里仍然没有人，但是就在他的视线移到墙壁上的时候，他看到了一个硕大无朋的黑影投映在了上面！

“房子？烧了我的房子？”基特发出一声哀号，举起手向黑影恳求道，“这是我花了一大笔钱才盖起来的房子，我真的舍不得，如果……”

“住嘴！”那个声音厉声吼道，“照我的命令去做！”

罗西看到基特两手无力地垂了下来，垂头丧气地回答：“是的，我遵命。”

“快去办吧！用我给你的火种来烧！”那声音又冷冰冰地说。

基特端着烛台缓缓地向门口走来。罗西急忙寻找躲身处，借着微光，他看到了门边的一堆破布，连忙扯过来盖在了自己的身上。

基特走了出来，关上了门，他的身后却再没有人。

“基特要去放火烧房子！蓝琦和阿布还在昏睡着！”罗西心里十分着急，一等基特的脚步声在地下室里消失，他立刻就往蓝琦和阿布的房间跑去。

房间里，蓝琦依然还在昏睡，罗西用力地摇晃着她，呼唤着她，但是蓝琦却毫无动静，眼皮都没有动一下。

一些烟雾从门缝里钻了进来。事不宜迟，罗西一下子扛起了蓝琦就往门外冲。过道上已经全是浓浓的黑烟，翻滚着扑面而来。他又急忙冲进了阿布的房间，阿布也正在酣睡不醒。

一些火焰已经蹿到了屋子里，令人惊讶的是，这竟然是一种黑色的火焰！

罗西把蓝琦的金鞭解了下来，把蓝琦牢牢地捆在了身上，用一只手挎起背包，再把阿布抱在了怀里，撞开门，向外面冲去。

大房子里到处都弥漫着黑色的烟雾，那可怕的黑火焰高高地蹿起，不断地晃动着，吞噬着整幢房子。

罗西背着蓝琦，抱着阿布艰难地在房子里移动着。

黑火焰不断变幻成各种可怕的怪兽的模样向他们扑过来：巨蛇、四头怪兽、野狼、猛虎、独眼怪……恐怖凶猛，罗西感到自己的心都快从胸口跳出来了……奇怪的是，那些怪兽一扑过来，刚一碰到他，就发出一声哀号，缩了回去。

尽管如此，空气中弥漫着越来越多的浓烟，呼吸越来越困难，罗西忍不住剧烈地咳嗽起来，浓烟一下子灌到了他的嘴里。同时，房子上燃烧的木块和松动的石头也一块块地砸了下来，而蓝琦、阿布和身上的背包也越来越沉，罗西感到自己坚持不住了，他的脚步越来越缓慢……

整幢房子已经在不停地摇晃，转眼间就会倒塌下来……

罗西看着依然昏睡的蓝琦和阿布，他突然想起了红石里的声音对他说的话：“你能行……要相信自己……”

“不！我不能放弃我的朋友！还有书虫儿村庄！”一想到这些，罗西感到心中升腾起一股无穷的力量。

更多的木块和石头砸了下来，房屋已经开始倒塌了……

罗西一咬牙，使出全身的力气向房门冲去。

当他刚刚冲出房门，“轰隆隆”一声巨响，基特的房子倒了下来，伴随着隆隆的巨响，升起了冲天的烟雾和灰尘，而那可怕的黑火焰仍然在不停地蹿动着，直升到半空中，黑火焰变幻出的那些怪兽龇牙咧嘴地扭动着……

第十章　奇怪的拯救者

罗西刚刚冲出高房子，房子就倒塌了。街上无数人窜来窜去，高声尖叫着，似乎被这一场突如其来的大火吓住了。

“快救火呀！快救火呀！”

“天哪！太可怕了！黑色的火！竟然会有黑色的火！这是妖火啊！”

“快逃命呀！”

……

罗西回转头看，黑火焰随着风势疯狂地越蹿越高，变幻出的狰狞的怪兽看着慌乱的人群，竟然在呼啸的风声中发出一阵阵兴奋的号叫……

“我必须马上离开这里，正如那个穿黑袍的小人儿所说的，这里太危险了。”罗西准备趁着混乱赶快离开。他转过身，立刻就呆愣住了。

他的面前站着五个面无表情的女子，她们是基特高房子里的那五个侍女。她们手里高举着烛台、火钳、大汤匙、烧焦的椅子腿和一把菜刀，漠然地一步步向罗西逼近，似乎想把他重新逼到黑火焰中……

“让开，你们怎能这样对待客人呢？”一个声音在她们后面响起——是基特。

五个侍女缓缓让开，基特又脸上挂着微笑从后面走了出来：“怎么？你们就想走了？难道我的招待不够周到？”基特一点点逼近，他在尽量使声音变得像刚见到他们时那样柔和，但是却隐隐透露出一种令人战栗的凶狠。

罗西感到倦意向自己袭来。“真累啊，”他在心里想，“能睡一会儿就好了。”

基特的笑脸又凑到了他的面前：“你累了，对不对？为什么不睡一会儿呢？我会让你很舒服的，我的房子为了你已经毁了，我一定会好好招待你的。”基特脸上的肌肉不停地抖动着，眼露凶光，显然，他正在为被烧毁的房子恼火万分。

罗西感到身上越来越无力……

基特看到罗西的眼睛正在慢慢地闭上，脸上露出得意的笑……

“闭嘴！你这丑陋的圆脑袋笨瓜！只有傻瓜才会发出你这样难听的声音！”一个穿黑袍的小人儿蹿了出来，冲到了基特的面前——是水晶球小妖桑多斯。

基特怔了怔，顿时恼羞成怒，他的笑脸消失了，显得凶恶狰狞，他对小人儿高声吼道：“快给我滚开！这可是我的地盘！”

失去了笑脸的诱惑，罗西清醒了过来，他看到了白天警告他们的小人儿。

基特本想再恶狠狠地骂那个小人儿几句，可是他一看到罗西又从即将陷入的梦境中醒过来，脸上立刻又堆起了一个勉强而难看的笑容，尽量用一种柔和的声音说：“不要管他……你应该休息了……”

罗西又迷糊了……

“闭嘴！”桑多斯趁基特不注意，拾起一块房子上落下的石块向基特砸去。灼热的石块落在了基特的鼻子上，他被砸得直哼哼，龇牙咧嘴地瞪着桑多斯。

“快！用宝剑把手刺出血，他就无法催眠你了！”桑多斯高声对罗西说。

基特大怒，冲过来抓桑多斯。桑多斯急了，猛然跳起来，拔出了罗西的蓝星宝剑，扎在了罗西的手上，鲜血涌了出来，一滴，两滴……滴落在了地上。看到鲜血，基特发出一声凄厉的怪叫，笑脸和轻柔的声音都消失得无影无踪了。

罗西骤然从迷迷糊糊的梦境中醒了过来。

“快跑！别留在这里！我说过这里很危险！”桑多斯对罗西说。

可是还不容他们拔腿，基特已经用他那刺耳难听的声音尖叫起来了。

“快抓住他们！快抓住他们！这邪恶的黑火焰就是他们放的！”

尽管火灾现场人群狂呼乱叫，但是基特那可怕疯狂的声音却显得那么清晰。

人们纷纷转过头来瞪视着罗西和桑多斯。

“他们是妖魔！他们用这黑火焰是想烧毁这里所有的人！”基特已经不再费力地装出笑脸了，他声嘶力竭地叫喊着，眼中闪射着仇恨和疯狂的怒火。

“不！不是我们！是他放的火！”罗西高声辩解着，但是黑火焰里刮出的黑风把他的叫喊声吞没了。

人群像潮水一样向他们涌了过来，他们可以看到那些眼睛中燃烧着愤怒。

“哦，上帝！为什么会是这样？为什么我又来管这事了？这简直是自讨苦吃。”桑多斯看着从四处拥来的越来越多的人，不由得发出一声叹息，“这真是一场可怕的噩梦……”

罗西和桑多斯一步步地向后退着，而人群一步步地逼近……

“唉，看样子只有我帮你了，虽然我不是那么情愿。”桑多斯无奈地对罗西晃了晃脑袋。桑多斯从他背后背着的一个大黑包里拿出了水晶球，咕咕哝哝着：“这会暴露我的，白让我穿了这么久的黑袍，装了这么久的巫师，本来我可是有一套漂亮的衣服……”他用手不停地摩擦着水晶球，高喊着，**“我上能摸到天，下能钻入地，阿卡阿卡哒哒哒，神奇水晶球显魔力！”**接着他又喃喃地念叨着一些像是咒语一样的话，“阿玛阿布洛——地奇里——斯卡萨——”

从水晶球里射出了一道道白光，晃得逼近前来的人眼睛都睁不开了。

“带我们离开这里！”罗西听到桑多斯突然这样大叫道。

那白光一下子把他们吸了过去，罗西感到眼前白茫茫的一片，身子猛然腾空而起，似乎被什么东西载着不停地飞翔着，飞翔着……

透过白光，他依稀看到地面上黑火焰熊熊燃烧着，变幻成一只只巨手想升上来抓住他们，但是却够不到；地下的人群呆立着一动不动，仿佛不相信看到的一切，只有基特在地面捶胸顿足地哀号着：“我的房子……我的房子……”

而这一切，也变得越来越远，越来越模糊……

罗西这次是真的感到很累了，尽管他还在空中飞翔，他还是闭上了眼睛沉沉地睡去了，因为他感到这个穿黑袍的小人儿是可靠的，而他实在是太累了……

“快起来！快起来！这可不是睡觉的地方！”模模糊糊间，罗西听到一个声音在他耳旁嚷嚷着，“这会弄脏我的宝贝的！”

罗西恍恍惚惚地睁开了眼睛，看到小人儿正凑在他的耳边叫嚷着，他脸上的黑布已经斜斜地歪在了肩上。

罗西揉了揉眼睛，怀疑记忆中经历的一切是不是一场梦。

“不许你弄脏我的宝贝，它可不是睡觉的地方！”小人儿絮絮叨叨地说。

罗西抬起头来环顾了一圈，四壁都是一片亮晶晶的，他用手去碰了碰，很柔软，似乎会流动，就像清澈的泉水。透过四壁，他向外看去，外面是一些嶙峋的石头——仿佛是一个石洞。

罗西奇怪地转过头问：“这是哪里？”

小人儿的脸上露出一丝得意：“哼哼，这是我的水晶球。告诉你吧，是水晶球里的白光把我们吸到了里面，水晶球带着我们飞了很远，才到了这里的。”

“谢谢你救了我们。”罗西感激万分地说。他想起那些不断拥过来的人和那可怕的黑火焰，要不是小人儿救了他们，后果真是不堪设想。

“不用谢，这也不是我情愿的，当时，我不这样做，我也得死了，那么多人，我当然对付不了，只不过是顺便捎带上你们。”罗西的感谢似乎让小人儿有些不自在，他转过头咳嗽了两下，又回过头来，凶巴巴地问，“在街上，我早就告诫你们，让你们快走，为什么不听？”

罗西低下了头，的确他们太大意了，险些落入了魔掌。

小人儿在水晶球里踱来踱去，很不甘心地说：“知道吗？我是逃出来的，可是为了帮你们，现在我暴露了自己，我会很危险，我会重新失去自由的……”

“我能帮你什么吗？”罗西很诚恳地问。

罗西真诚的态度打动了小人儿，他的口气变得温和了一些：“你们帮不了我的忙，这是一个承诺，需要作出承诺的人亲自解除，这很难，因为他决不会这样做的……”

“你能告诉我你是谁吗？你是我们的救命恩人。”罗西还指了指蓝琦和阿布，“如果可能的话，我们一定会尽力地帮助你。”

“不必了，你们不必知道我是谁。就叫我黑袍小巫师好了。以后，最好不要向任何人提起我。”小人儿大大咧咧地说。

“可是，我记得你不久前说过，你是装的巫师，何况……”罗西说。

“不要太聪明了，”小人儿敲着他的一只银靴子，“不该问的就不要问了。”

“可是我真的很想知道你的真名字。”罗西依然用很诚恳的语气对他说。

小人儿有些踌躇，他沉思了一会儿说：“我叫桑多斯。”

“谢谢你，桑多斯。”罗西鞠了个躬，“认识你真的是太让人高兴了。”

罗西的举动显然又让小人儿不自在了，他又转过身咳嗽了两声，然后说：“我们还是先从这个水晶球里出去吧。它里面是不待外人的。”

“好吧。”罗西点了点头，背起了蓝琦和阿布。桑多斯搓了搓手，高喊道：**“我上能摸到天，下能钻入地，阿卡阿卡哒哒哒，神奇水晶球显魔力！”**他又对着水晶球念起了咒语，“斯卡多里——奥那亚——巴里奇——”水晶球里那些包裹着他们的、晶莹的、会流动的东西突然在他们面前分开，向两边流动着，发出丁丁冬冬的悦耳声音，并且让开了一条细细的小路，他们沿着细细的小路走去，丁丁冬冬的声音在他们的耳畔轻唱着，感觉很像是一首送别的歌。

到了小路尽头，是坚硬的球壁，桑多斯用银靴子跺了三下，大声说：“水晶球，水晶球，快送我们出去。”顿时，一道白光从他们的身后射了出来，穿过他们的脚下，包围着他们的全身，托举着他们的身子和脚向透明的球壁撞去……

“啊！”罗西不由得惊叫起来，这球壁太硬了，他暗想这下子他的脑袋要受苦了，不撞碎，也得起个大包。

但是什么事都没有发生。罗西感到在白光的包裹下，他仿佛与球壁融在了一起，很自然地就穿过了那坚硬的球壁，站在了水晶球外面的地上。

这里是一个天然的石洞，从洞口透射出来的光线很明亮，又是一个清晨。

“放我出去！快放我出去！”罗西听到桑多斯的叫声，他回头一看，只见桑多斯的脑袋和一半身子伸出了球壁，而一半身子还陷在水晶球里。

“快来帮帮我。”桑多斯用力摇晃着身子，想挣脱出来，“我的水晶球总是喜欢和我作对，真没办法，来拉住我的脑袋。”

罗西放下蓝琦、阿布和背包，用力拉住了桑多斯的脑袋往后拔。桑多斯发出一阵阵的尖叫：“轻一点，轻一点……不行！你这么轻我怎么可能出来！”

罗西一咬牙，使出全身的力气一用劲，“噌——嗖——咚——”三声响，罗西拔出了桑多斯，两个人一起飞了出去，重重地落在了地上。

桑多斯揉了揉撞得很疼的脑袋，哼哼唧唧着：“疼死我了，你不会轻点吗？”

罗西看着他额头上撞起的一个包，很抱歉地说：“对不起，我以为……”

“算了，算了。”桑多斯不耐烦地挥了挥手，“这也不能怪你，都怪我前天惹怒了水晶球。”

罗西把小龙女蓝琦和银箭精灵阿布放了下来。

“怎么办？我怎么样都无法唤醒他们。”罗西苦恼地说，“我很担心他们。”

“为什么你们没有马上离开小镇？又怎么会跑到基特的家

里？”桑多斯充满疑虑地问，“要知道基特是这个镇上最邪恶又最有魔力的人，没有人能抵抗他的催眠术。”

罗西把事情的经过说了一遍。当桑多斯听到地下室里的那个奇怪黑影的时候，他不由得惊叫起来：“什么？有一个黑影？你难道没有看清楚他是谁吗？也许他就是追杀你们的神秘追杀者！”

“不，没有，我并没有看到人，只是看到了一个映在墙壁上的硕大的黑影。”罗西心里也充满了疑惑，“要知道我把整间屋子都看遍了，但是的确没有人。”

“火种是黑影人的？”

“是的。”

“太可怕了。”桑多斯垂下头喃喃低语着，“黑火焰是一种最邪恶的力量，拥有它的人一定很可怕。他的力量太强大了，我的水晶球都无法让他显形。”

但是罗西却没有多少心思再去考虑黑影人的事，因为他现在最担心的是蓝琦和阿布，他焦虑地注视着躺在石块上的两个人。

桑多斯看出了他的心思，说：“不用担心，他们很快就会醒过来，基特的催眠顶多只能让人睡上三天三夜。”

罗西这才放下心来。

“你得帮我一个忙。”桑多斯说，“就在这个石洞里，埋着一笔财宝。这是我十年前埋下的，我得把它挖出来。”说着，桑多斯指着石洞中的那块大石头说，“就在下面，你必须帮着我把这石头挪开。”

两个人用力地推那块大石头，用手推，用肩顶，用脚踢……然而大石头却纹丝不动。

罗西和桑多斯累得满头大汗，一屁股坐在地上直喘气。

“只、只有求我的水、水晶球宝贝了。”桑多斯喘着粗气说。

桑多斯站起来，跌跌撞撞地走到水晶球面前，用一种很温柔的声音说：“水晶球宝贝，作为你的好朋友，难道你不愿意帮我，忍心让我成为一个穷光蛋吗？”

“除非你答应我不再躲在我里面吃东西，否则根本没商

量！”一个清脆的声音回答道。

桑多斯考虑了好一会儿，只好忍痛点了点头——要知道躲在水晶球里享受美味可是他的一大乐趣。

桑多斯又对着水晶球念了一些奇奇怪怪的咒语，从水晶球里骤然又射出了一道耀眼的白光，白光飘到了大石头前，穿过石头的底部，光束向两边延伸着，渐渐变成了两只巨大的白色翅膀，翅膀扇动起来，白光就犹如一只巨大的白鸟托着那大石头离开地面，慢慢飘浮到半空中，向洞口飞去。“轰！”随着一阵轰天巨响，大石头被扔到了洞外。

“来，快来挖，就在这下面。”桑多斯很激动地说，转眼间，不知道他从什么地方弄来了两把铁铲子，递了一把给罗西。

两个人就挥舞着铁铲挖起了地下的财宝。

桑多斯一边挖一边快乐地高声唱着：

不要以为我是个穷光蛋，
在石洞里我埋着一笔宝藏，
我每天晚上做梦都会把它们想，
白天想起它也不由快乐地歌唱，
我要用它们把世界上的美味都品尝，
尽管这会让我发胖，让我发胖，
可是告诉你吧，我不管，我不管，
因为我可不是个穷光蛋
……

挖了许久，终于挖出了一个又朽又烂的小木箱。

“啊，我的财宝！”桑多斯高兴地发出一声尖叫。他迫不及待地伸手从最里面的衣兜掏出了一把钥匙，插进了锁孔。

铁锁打开了，木箱里射出了道道金光——那是满满一箱金币。

“怎么样？我难道不富有吗？”桑多斯有些得意忘形。

“是的，这真是一笔不小的财富。”罗西说。

“我要把它们都藏进我的水晶球里。”桑多斯把他的水晶球抱了过来，喊道，**“我上能摸到天，下能钻入地，阿卡阿卡哒**

哒哒，神奇水晶球显魔力！”他开始对着水晶球念起了咒语，“卡多——西斯尼亚——拉萨其尔——”接着，他又从箱子里抓了几枚金币，对着其余的金币挥动着手，木箱里的金币就在箱子里跃跃欲试。

“把我的金币都带到你那里吧，水晶球！”桑多斯大声叫道。

只见那些箱子里的金币全都蹿了起来，叮叮当当地互相撞击着，快乐地蹦进了水晶球，就连桑多斯手里的那几枚也蹿出来，直往里面钻，幸亏桑多斯跳起来抓住了它们。

“小鬼头，你们不想被我花掉，那可没门。”桑多斯对着金币挤了挤眼睛。

“好了，我得去买东西了。”桑多斯唱着歌钻出了洞口，他的歌声越飘越远：

我说过我不是个穷光蛋，
我现在就要去个好地方，
把美味全都尝一尝，
……

过了一会儿，就看到桑多斯扛着个大布袋吭哧吭哧地钻进了洞。

“我采购了很多好吃的东西，我们可以享一享口福了。”桑多斯从大布袋里掏出了一只直冒油的烤鸡、用大罐子装着的奶油、夹着香肠的面包、几个鱼罐头、许多果子，还有一瓶葡萄酒。

他们就这样坐在地上，美美地吃了一顿。

吃完东西，罗西感激地说：“桑多斯，谢谢你。你能告诉我你为什么要帮我吗？这会给你带来危险。”

桑多斯却晃了晃脑袋，说：“你不要以为我不怕，我可不想做个短命鬼，尽管我已经活了三百年了，我帮你是为了一个人，那就是……”他突然发现自己要说漏嘴了，就停顿了一会儿，又凶巴巴地说，“我说过，不该问的就别问！反正三天后，等你的朋友醒过来，我就会离开你们，我不得不开始逃亡了，这

都是因为你们不听我的话，让我暴露了身份的缘故！”

罗西听了他的话，感到十分内疚，然而却又无可奈何，只有愧疚地垂下头。

“如果你愿意的话，可以帮我一个忙。”桑多斯慢条斯理地说。

“什么忙？”罗西很惊喜地问，他实在很感谢桑多斯，如果能够帮助他，他心里的内疚就会减少一些。

桑多斯从怀里掏出来一本书对他说：“这是我刚出生就带在身上的，但我一直看不懂它，我想它一定有特别的意义，否则，不会一直留在我身边。我不喜欢读书，有几次，我把它扔了，可它又自个飞到了我的怀里。你能把这弄懂的话，也许真的会帮我的忙，不过，我只给你三天的时间，三天后，我就得带着它离开了。”

罗西接过了书，那书上全是一些奇形怪状的字符，让他惊讶的是，这些字符竟然会那么熟悉——它和他们在银匣子里看到的，黑衣巫师们刻下的字十分相似！

他急切地翻看着，然而遗憾的是，他什么也没有看懂。

也许这是解开秘密的另一把钥匙，罗西拿着那本书仔细地研究起来。

渐渐地，他就发现了一个规律，就是那书上的文字都是由九个符号串联成的，也许这九个符号就是解开这个语言秘密的关键。

就这样，三天来，罗西和桑多斯一直待在石洞里，罗西一直在研究那本书，偶尔，桑多斯出去买一些东西。

日子过得很平静，罗西没有碰银匣子，因为桑多斯不允许他去碰，他担心罗西又被吸进去后，无力再逃回来。

转眼间，到了第三天的正午，阳光透过树丛照进了洞口。

罗西坐在树叶上正在研究那本书，忽然听到一阵轻微的响动，他一回头，看到蓝琦的手轻轻动了动。

桑多斯在一旁也看到了，他“嗖”地从树叶上蹿了起来说：“你的朋友就要醒过来了，我也该离开了。”说着，他从罗西的手里把那本书抢了过来，塞到了怀里。

接着，他又冲到水晶球面前叽叽咕咕地念了一些咒语，水

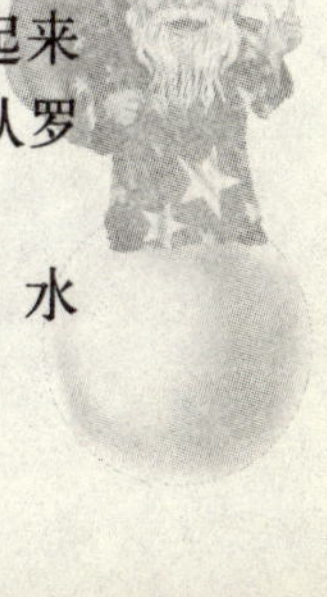

晶球里顿时显形出一堆金币。

“水晶球，快留一些金币给我的朋友。”他高声喊着，只见那一枚枚金币又叮叮当当地碰撞着跳出了水晶球，落到了罗西的面前，转眼间，他的脚前就堆了一小堆金币。

“这些金币你带着，总会用得上的。”罗西刚要拒绝，桑多斯把水晶球滚到了他的面前，“我再给你占卜一下，把手放上来。”

罗西把手放到了水晶球上。

桑多斯对着水晶球挥着手，喊道：**“我上能摸到天，下能钻入地，阿卡阿卡哒哒哒，神奇水晶球显魔力！”**突然他问道，“水晶球，魔书城堡在哪里？”

水晶球一动不动，什么变化也没有。

桑多斯耸了耸肩：“它无法回答这个问题，但是我知道三百年前，你要寻找的那本魔书曾经被人夺取过，也许你能循着这个踪迹去寻找魔书城堡。”

桑多斯又重新念了一些咒语，问道：“水晶球，三百年前魔书曾经在哪里出现过？我的朋友该往何处去？”

水晶球里慢慢升腾起一股白雾，白雾缭绕着渐渐变成了三个字：“向东走。”

“看，它总是喜欢含蓄地回答。”桑多斯很无奈地歪了歪脑袋，“好了，我所能做的只有这些，我得走了。”说着，他把水晶球滚进了一个黑口袋里，背起来就要走。

“等一等，我什么时候才能再见到你？”罗西着急地问。

“嗨，江湖儿女，何必这么婆婆妈妈的？”桑多斯一副满不在乎的样子，“我是一个到处逃亡的人，总会有缘相见的。”

说着，把黑口袋往身上一扛，还不等罗西再说一句话，桑多斯用他的银靴子跺了三下地，就已经消失得无影无踪了。

而罗西的身后，却传来越来越响的声音。

第十一章　牧猪人

罗西回转身，惊喜地发现小龙女蓝琦和银箭精灵阿布醒过来了。他们揉着眼睛，满是睡意地问："这是哪里……我们……怎么会在这儿？"

罗西向他们两个人讲了在基特家发生的事。蓝琦和阿布听得直瞪眼睛。

"这么说，我又欠你一条龙命了。"蓝琦轻轻叹了一口气，"我小龙女天不怕，地不怕，就怕欠人情，可是到现在我竟然已经欠了你两次情了。"说完，她又很担忧地皱起了眉头，"看来，那个黑影可能就是神秘的追杀者，拥有黑火焰说明他并非一般人，以后我们要更加小心了。"

"是啊，多亏桑多斯相助，要不然我们真的很危险。"罗西想起了桑多斯。

"这么说，我也欠他一条龙命。"蓝琦苦笑了一下说，"真不知道是什么原因，你越怕什么，什么就越跟着你……"

"是的，就像那些可恶的虫子，它们也总喜欢跟着我。"阿布插话说。

"你看懂那本书了吗？"蓝琦问，"那本书上的符号，竟然和魔书上黑衣巫师刻下的符号一样？也许它能帮我们解开一些谜团。"

"是的，可惜我没看懂，只是记住了那些组成所有字的九个符号。"

"你快把它们记下来，也许以后会用得着的。"蓝琦递给

了罗西纸和笔。

罗西凭着记忆把那九个符号画了出来——那真是一些古怪的符号。

“现在怎么办呢？”蓝琦问。

“我们把西莫多爷爷给的那本书看完，也许会有线索。”罗西放下笔说。

他们把西莫多爷爷留下的那本书翻开，继续往下看着。

书精灵皮卡象征着智慧、快乐、幸福和一切美好的东西，据说它带有一个正义的烙印，这是为了防止它在看守魔书时，被邪恶所诱惑，这就可以使魔书不至于落入邪恶的人手中。因为魔书汇集了众多强大巫师的功力。

放魔书的银匣子是有记忆的盒子，它能带人到幻境，看到曾经发生的一切。

据说书精灵皮卡是与魔书为一体的，在它被创造出来的时候，它是一个永远不眠的精灵，它睁着它那双充满睿智的金眼睛，看管着魔书，得不到它的允许，谁也无法得到魔书。

因此，黑魔头狄摩·达伦一直在追踪它，想从它的手里抢到魔书……

罗西轻声地读着书上那些模糊的字迹。

如今，罗西相信了这一切都是真的，在银匣子的世界里，在一千年前，他们亲眼看到了这一切，这些曾经被他们认为是传说的事，都是真真切切的。

罗西翻到了下一页，这时，所有的字迹全都变成了一条条黑色的墨迹，纸页上呈现出一些斑驳的图纹，已经看不清楚写着些什么内容。

罗西急切地往后翻着，后面的书页有的缺损了，有的字迹已经完全模糊不清了，甚至于有些书页上还有一块块暗红色的印渍，看起来像干涸了的血渍……

难道线索就这样断了？

好不容易又出现了一页书页，上面有几行字是清晰的，蓝琦接着读了下去。

让人惊讶的是，永远无眠的书精灵皮卡竟然昏睡了过去，趁这个机会，黑魔头狄摩·达伦施展他的魔力抢到了魔书。

他的心里充满了仇恨，他要报复书虫儿村庄，因此，他利用魔书施了一个恶毒的诅咒，毁灭了这个村庄，只有格塔斯一家逃脱了这场灾难。他们似乎不受这个恶毒诅咒的控制……

接下来的书页又是破烂不堪的，只有些黑乎乎、乱七八糟的墨水印。

直到快到末尾的页码，又看到了几页依稀可辨的书页。

魔书又回到了书精灵皮卡的手中。

格塔斯一家不得不离开了书虫儿村庄，尽管是他们拯救了村庄。

没有人知道魔书城堡在哪里，而黑魔头狄摩·达伦被关进了魔瓶里，魔瓶上刻上了斯拉文文字的咒语，封上了有神力的十字神印，他的邪恶的灵魂被锁在了一块黑石里。他被关在了禁地里，村规从此规定不许任何人到禁地。如果黑魔头狄摩·达伦要想从魔瓶里出来，他必须得到他的灵魂，有人启开十字神印，读出魔瓶上的咒语，而这实际上是不可能的，因为斯拉文是绝迹的文字，十字神印普通人并不能启开，至于黑石里的黑魔头的灵魂更是无法逃出。

然而，却有一个预言说，三百年后黑魔头将重新出现，放出他的将是格塔斯家人的后裔，这个三百年后的预言一直流传了下来，为了让村民安心，从此只有每一届的村长知道这个预言。

读完书上的内容，三个人沉默无语，因为实际上书上并没有更多的线索。

罗西沉思了好久说："我知道迪诺村长所说的可怕的预言是什么了，就是这个三百年前的预言。"他伤心地垂下头说，"我真不敢相信，是我亲自带着黑石来到禁地，打开了十字神印，并读出了咒语，放走了黑魔头，真是我毁灭了村庄。"

蓝琦安慰他说："这是一个古老的预言，也不能怪你。"

阿布连忙在一旁一个劲地点头。

蓝琦站起身，走到洞口：“虽然我们没有从书上找到魔书和魔书城堡的线索，但是可以肯定的一点就是，那个神秘的追杀者就是黑魔头狄摩·达伦。”

罗西点了点头说：“我也这样想，以后我们要更加小心了。”

“银匣子不是一个记忆的盒子吗？也许进去可以找到线索呢。”阿布说。

“我也正有这个想法。”罗西赞同地说。

他们拿出了银匣子放在石洞正中，围在了银匣子周围。罗西把挂在脖子上的护身符凑到了银匣子的锁孔上，等待着那个让他们惊恐的时刻的到来。

然而，红石上的金字一动不动，并没有像上次那样射出金光，并流淌到锁孔里，一切都是静止的，金字是静止的，银锁是静止的，银匣子也是静止的……

他们静静地注视着，期待着奇迹像上次一样发生。然而，一切都毫无变化。

银匣子仍然一动不动，仿佛它从来没有打开过。

小龙女蓝琦沉不住气了，“嗖”，她腰里的金鞭又已拔出在手上。罗西急忙阻止她：“银匣子不打开，必然是有原因的，我们不要轻举妄动。”

蓝琦愤愤不平地说：“我们现在想进去找些线索，它却毫无动静，这不是故意和我们作对吗？现在我们怎么办呢？”

“桑多斯临走时为我占卜过，水晶球上只有三个字：‘向东走’。”罗西说。

蓝琦有些迟疑：“我们就那么相信小人儿的话吗？他凭什么要帮助我们？”

“他曾经冒着危险救我们，他是我们的朋友，我们应该相信他。”罗西很肯定地说，“至于原因，如果他不愿意告诉我们，那我们还是尊重他的意思吧。”

正午太阳当顶的时候，他们已经走在了东去的小路上。

“黑魔头狄摩·达伦不会轻易放过我们的，以后我们一定要小心。”罗西郑重地说。在经历过了基特家催眠、火灾、追杀、围攻的一系列事情以后，罗西感到他们所要面临的危险可能还会更多。

“当然，不过我想总不至于睡觉都要睁着眼睛吧。”蓝琦漫不经心地说。

不知不觉中，已是黄昏。

一大块开阔的草地出现在他们面前，夕阳的金光洒落在草地上，闪烁着。草地上搭建着两顶帐篷，黑色的篷布，奇怪的是只有那篷布上没有落上夕阳的光芒，看上去乌漆漆的，透着阴森。

罗西心里有些疑惑，他觉得那顶黑帐篷有些蹊跷。

黑帐篷里走出一个人，是一个高大的、驼背的穿黑袍的怪人，他的皮肤黧黑，脸上毫无表情，冷冰冰地看着他们。

“我们可以在这儿歇一歇吗？”蓝琦走过去高声问。

怪人沉默了一会儿，点了点头。

蓝琦和阿布听了很高兴。罗西却忽然看到了怪人的眼睛，那眼睛的深处似乎隐藏着什么东西，让罗西感到不寒而栗——罗西感到似乎在哪里见过，但是他却想不起来了。

怪人带他们走进了其中的一顶黑帐篷，里面很简陋，只有几把椅子、一张木桌、烧着水的一个茶壶和一些餐具，木桌上点着一个烛台。

“你叫什么名字？你在这里做什么？”蓝琦问。

“我叫弗雷曼，是一个牧猪人，我靠放牧养猪为生。”怪人瓮声瓮气地说，“我的猪是一群神奇的猪。”

罗西这时注意到阳光洒不进黑帐篷里——这是很不寻常的事。

罗西站起身说：“我们该告辞了，谢谢您的招待，我们还得赶路。”

蓝琦和阿布听到牧猪本来就很好奇，现在则更想知道那群猪怎样神奇，忽然听到罗西说要走，一齐不解地问：“为什么？好不容易才找到一个休息的地方。”

“不！我们必须走！”罗西背起了背包。

罗西站起身就走出了黑帐篷，惊诧不已的蓝琦和阿布只好

跟在了他的后面。

在他们的身后，牧猪人弗雷曼的眼中燃起了一团黑色的火焰，他伸出手指着另一顶黑帐篷的方向，低声地嘟哝了几句，又转过头要送他们走。

罗西三人刚走出黑帐篷，突然“嗖嗖嗖”飞快地蹿出了一群东西，直向他们奔了过来。三个人都不由得吓了一跳。

三个人定睛一看，竟然是一群猪，可是那是一群多么奇怪的猪啊。

这些猪都穿着色彩缤纷的衣服，有神气威风的骑马服，有带泡泡纱的裙子，有又长又宽、拖在地上的大袍子，有非常滑稽的马戏团小丑的红衣服……

他们三人还从来没有见过穿衣服的猪，而且是穿这么漂亮衣服的猪。

眨眼间，一只黑猫带着这群猪就跑到了他们面前。这只黑猫身穿黑色燕尾服，打了个带红斑点的领结。黑猫走到他们面前，抬起两只脚向他们行了一个礼。罗西三人注意到黑猫的四只脚上都穿着亮铮铮的靴子。

“你们好！真高兴能见到你们！”令人惊讶的是，这只黑猫竟然开口说话了。

罗西三个人目瞪口呆，他们都从来没有见过会说话的黑猫。

“你们不想看看我们精彩的表演吗？我们的主人教我们要善待客人。”那只黑猫再一次把它头上那顶直筒黑色礼帽取下来，鞠了一个躬。就在它抬起头的一瞬间，罗西看到了它鼻子上的白斑，还有它的神情，似乎很熟悉。

当黑猫发现罗西看它的眼神中充满惊奇时，它把视线移开了。

“哈哈哈！”弗雷曼爆发出一阵刺耳的怪笑，“这只黑猫看管着这群猪，它们是一群非常好客的猪。”

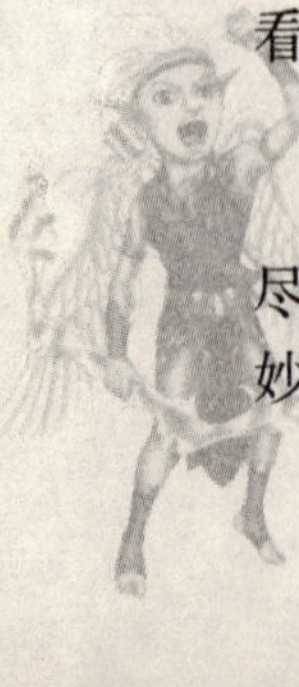

蓝琦很吃惊地说：“这只黑猫会说话？”

“是的，它是唯一一只会说话的猫，它叫皮纳。”弗雷曼尽量显得和善一些，“我说过，我的猪很神奇，它们会做各种奇妙的事，难道你们不想看一看吗？”

弗雷曼的话吸引了蓝琦和阿布，而罗西看着皮纳，也情不自禁停下了脚步。

“那好吧！表演开始吧！”弗雷曼嘶哑着嗓子叫道。

弗雷曼拿出一根小管子，对着那只穿着泡泡纱美丽裙子的猪吹了一下，小管子里冒出了一个巨大的泡泡包住了那只猪，泡泡飘起来，越飘越高。

“莎曼，跳起来吧！”弗雷曼干巴巴地说。

泡泡里的那只猪就在泡泡里飞快地旋转起来，它的纱裙飞舞着，像一只彩蝶在翻飞，不时，它会跃起来一个腾空，一个轻盈的转身，或是一个后滚翻……看得罗西三人目瞪口呆。

弗雷曼又从盒子里拿出一根细细的竹棍，他把它插到了地上，那竹棍立即猛长起来，不一会儿就蹿得看不到顶。

“史派克，该看你的了。”弗雷曼用手指了指猪群。一只肥大得已经把衣服撑破了无数道口子的猪慢腾腾地走了出来。

“我说过要你做到身轻如燕。”弗雷曼的声音听起来冷冰冰的。

肥胖的史派克“噌”的一下就蹿到了那根细细的竹棍上，四只脚飞快地轮换着往上爬，一会儿就只看到它变得越来越小的背影。

蓝琦惊讶地说：“真不敢相信！它那么胖，竟然能在那么细的竹棍上爬。”

弗雷曼却显得很平静，几乎从他的脸上看不到什么表情。他又从地上拾起两根棍子，插在了地上，这时候正好有一只蜘蛛磨磨蹭蹭从他面前爬过，他捉住了蜘蛛，从它的嘴里抽出一根细得几乎看不见的丝，拴在了两根棍子的中间。

“达尔，我知道你一定等不及要表现一番了。”弗雷曼对另一只穿一身小丑衣服、涂着红鼻子的猪挥了挥手。

达尔摇摇摆摆地走到了蛛丝下，一个翻身，跃到了棍子上，就开始小心翼翼地在蛛丝上走了起来。它把前面的两只猪蹄伸开，努力保持着平衡，一步一步地从一端走到另一端。蛛丝在颤动着，达尔也跟着不停地晃动，可是它总是能够很快地又恢复平稳。

“太有趣了！我不敢相信我的眼睛！”蓝琦尖叫了起来。

阿布则惊奇得直眨眼睛。罗西也不得不承认这实在是太精彩了，尽管他心中仍存有疑虑——那双眼睛……

接着，又有许多猪表演了钻火圈、跳踢踏舞、披着大篷布衣服飞翔，而皮纳则用结结巴巴的话发表演讲，表达对他们的欢迎……

不知不觉，夜色降临了。那些猪仍在卖劲地表演着，看到罗西三人忘记了要走的事，一个阴森的笑浮现在弗雷曼的脸上。

他拿出一支笛子，尽量做出很热诚的样子说："让我们度过一个快乐的夜晚吧！"

所有的猪立刻围在罗西三人周围跳起了欢快的舞蹈，而弗雷曼则在一边吹起了笛子。一听到笛音，他们三人就情不自禁地跳起了舞，跳啊，跳啊……直到最后累得瘫倒在了地上。

"你们累了，该休息了。"弗雷曼仍然是一副冷漠的表情，并把他们带到了一顶黑帐篷里。这时候，地上已经铺了一块巨大的黑布。

"快睡吧。"说着，弗雷曼就退出了黑帐篷。罗西三个人一下子倒在了黑布上，沉沉地睡了过去。

半夜，一轮弦月高悬在天空。

一个人影向罗西他们睡的黑帐篷偷偷摸了过去，他的脸上蒙着一块黑布，他掀开帐篷的一角，把头钻进了黑帐篷里，叽里咕噜地念叨着什么，顿时，只见罗西他们三个人躺着的那块黑布，四个角突然伸长了，向中间伸了过去，似乎想要把他们三个人包裹起来。

这时候，罗西一翻身，脖子上的护身符一滑，落在了黑布上，黑布的四个角立即缩了回去。

看到这个情景，那个人影恨恨地嘟哝了几句。接着，他轻手轻脚地走到了罗西身边，从身上"噌"地拔出了一把刀，高高举起，猛地向罗西砍了去！

"当！"当那把刀砍到罗西的胸口时，护身符上的红石突然射出道道明亮耀眼的红光，把那人手里的刀一下子卷走，抛到了黑帐篷外面，同时，那红光像一根根针直刺向那个人影，逼得他飞快地逃离了黑帐篷。

月光下，看到了那个人影的脸，是弗雷曼。他的脸扭曲着："该死的护身符！只要它存在，我就杀不了这小子！"他退回到了另一顶黑帐篷里，眼中燃烧着愤怒的火焰。

第二天，罗西三人在一阵阵吵吵嚷嚷的叫喊声中醒了过来。当他们三个人睡眼惺忪地走到黑帐篷门口时，只见弗雷曼正对那只会说话的黑猫皮纳大发雷霆。

"出什么事了？"罗西走过去问。

"所有的猪都跑了！"弗雷曼怒气冲冲地说，"这都是因为皮纳！它竟然没有把门栏关上！而且它也企图逃跑，但是被我捉了回来。"

皮纳在一旁瑟瑟发抖，什么都说不出来。

"这是我花了三年时间才训练出来的猪，一下子全跑光了！"弗雷曼很恼怒。

他拔出一把刀，一步步向皮纳逼近，皮纳哆嗦着……

"你要做什么？"蓝琦惊讶地大声叫道。

"我要杀了它！"弗雷曼恶狠狠地说。

"不，求求您，主人，我再也不敢了，求求您不要杀我。"皮纳苦苦哀求着。

"你带给我的损失，谁来补偿？"弗雷曼冷酷地问。

"天哪，它可是一只会说话的黑猫啊！"蓝琦惋惜地说。

皮纳突然跑到罗西三个人的面前，流着眼泪哀求道："请你们救救我吧！我会为你们做饭，为你们洗衣……请你们救救我吧！"

罗西看着皮纳，它是如此像纳恩——可是它只是一只将被主人处死的猫。

"牧猪人，你要怎样才肯放过它？"罗西问道。

"如果我能从你们身上得到补偿，你们就可以把它带走。"弗雷曼已经在一旁磨刀了。

罗西从钱袋里掏出了一把金币，递给了弗雷曼。

弗雷曼掂了掂钱："它归你们了。不过临走前，我还得和它说几句话。"说着，他把皮纳拉到了黑帐篷里。

"听着，小子，我费尽心机才把你安插在他们身边，如果你不听我的话，那就不要怪我了！你再想想你的爸爸失踪，这可都是罗西造成的！"弗雷曼咬牙切齿地说，"前面不远就是幽灵城，你想方设法把他们引进去，否则……”

皮纳哆嗦着直点头。

弗雷曼把皮纳又领了出来，交给了罗西他们三人。

“好了，你们可以走了，我相信有皮纳陪伴，你们会有个愉快的旅程的。”弗雷曼阴阳怪气地说，说完一头又扎进了黑帐篷里。

罗西他们无奈地相视一眼，继续向东走去。

而当他们刚走了不远，弗雷曼从脸上猛然揭下了一件东西——一块脸皮，当他再次转过身的时候，露出了黑影人可怕狰狞的脸。

第十二章 哭泣的画像

树丛里，罗西一行四人慢慢走着。一个黑影一直在他们身后若隐若现地跟随着，罗西总感到有什么东西在后面窥伺着，然而，回转身，却什么都没发现。

阿布看到皮纳乌黑的靴子，羡慕地说："你有多漂亮的靴子啊。我就没有。"

小龙女蓝琦眼睛瞟了一眼阿布，眉头一皱说："你要什么？"

阿布顿时不敢说话了。

这一切，会说话的黑猫皮纳都看在了眼里。

当阿布飞到它身边时，它轻轻地问："你好像很怕小龙女蓝琦？"

"是的。"银箭精灵阿布有些害羞地说，他没想到被皮纳看出来了。

看着阿布不好意思的样子，皮纳脸上露出了诡异的笑。

不知不觉已是正午，炽热的阳光烤得人口干舌燥，他们到了一棵大树下。

"我们必须去找点水，今天实在太热了。"罗西说，"我和蓝琦去找水，阿布，你和皮纳在这里等着，我们一会儿就回来。"

"好的。"阿布有气无力地答应道。

罗西和蓝琦走了以后，皮纳看着一条弯弯曲曲的小道。奇怪的是，那条小道旁的树叶都已经枯黄了，树干上有一些奇形怪

状的斑驳的痕迹，诡异阴森。

皮纳看起来心事重重。忽然，一个巨大的黑影子一晃而过，皮纳的眼睛骤然瞪大了，充满了恐惧。黑影子站在小路上，披着一身黑袍，凶狠的眼睛瞪视着皮纳。皮纳哆嗦了起来，它向那条小路走去，立刻失去了影踪。

一只巨大的黑手拉住了皮纳，站在它面前的正是黑影人！“这条小路就通向幽灵城，你必须把他们都引进去，当他们都变成幽灵的时候，他们就永远也出不来了！”黑影人厉声说，“如果你做不到，那么你一定会受到我最严酷的惩罚！”

黑影人伸出一根又黑又长的手指，指着皮纳的黑靴子。顿时，黑靴子开始缩小，变得越来越红，仿佛在烧灼着皮纳的脚。皮纳发出了一阵哀号：“我会做好的！我一定把他们引到幽灵城！”

黑影人冷漠地说：“很好。我希望你不要那么愚蠢，竟然敢违抗我。”黑影人一挥黑袍，转瞬就消失了。

皮纳一瘸一拐地走到了阿布面前，脸上惊悸不已，大滴的汗珠渗了出来。

皮纳挣扎着坐到了树阴下，皱着眉头，似乎在冥思苦想什么问题。

而这时，阿布在大树旁转悠，突然，他看到了树上垂挂着一个鼓鼓的大口袋一样的东西，他冲到皮纳面前：“皮纳！皮纳！我看到了一种非常奇怪的东西！”

皮纳一看，那是一个硕大的蜂巢，这样大的蜂巢是很罕见的。它的眼睛顿时亮了起来，瘸着脚蹿了起来：“太好了，我终于有办法了！”

“你有什么办法了？”阿布好奇地问。

皮纳诡异地说：“你不是很怕小龙女吗？如果你帮她找到水，她一定会很高兴。”皮纳指着树上的蜂巢说，“那里面藏着非常好喝的蜜水。啊，那可是少有的美味。”皮纳吮吸着嘴，眼里却闪着邪恶的光。

阿布听了急不可耐：“真的吗？我该怎么做？”

“你不是有银箭吗？用你的银箭把蜂巢射下来！”皮纳更加急不可待。

阿布取出了银箭和银弓，这时，皮纳悄悄地向旁边的小路溜了去。

嗖！银箭呼啸着直飞向大树上高悬着的蜂巢。

噌！银箭正中蜂巢最细的颈口，蜂巢开始摇晃起来……

“我们回来了！”这时候，从不远处传来了小龙女蓝琦和罗西的叫声。

阿布心中暗暗高兴：“等他们看到我找到的蜜糖，一定会很开心的。”

扑通！蜂巢从大树上重重地摔在地上，四分五裂。嗡嗡嗡嗡……一大群蜜蜂从碎裂的蜂巢里冲出来，黑压压的一大片，直向阿布冲了过来！

一看到这群怪物气势汹汹地直扑自己，阿布吓坏了，边逃边喊：“救命呀！”蜜蜂尖叫着，紧追不舍，阿布东逃西窜，蜜蜂群紧跟在后面……

蓝琦和罗西赶来，大吃一惊：那些蜜蜂身体有手掌大，身子是棕黑相间的条纹，黑色的尾部长有又粗又长的利刺，凶猛异常，这是以凶狠出名的黑尾蜂。

蜂群发狂地追逐着阿布，阿布左躲右闪，几次险些被黑尾蜂蜇到……

蓝琦急忙抽出金鞭，飞奔过去，罗西也拔出了蓝星宝剑。

刷刷刷！蓝琦的金鞭骤然伸长，向蜂群挥去，顿时就把几只黑尾蜂扫落下来。蜂群嗡嗡叫着，把他们三个人团团围住，在他们的周围飞旋着……

树丛里，穿黑衣的黑影看到了一切，脸上掠过阴冷的笑。

“怎么办？蜂群不会轻易放走毁掉蜂巢的人，它们会不停地追赶我们，除非我们能找到一个牢固的防护体。”罗西担忧地说。

“蓝琦，罗西，快到这边来！”这时候，小路的树丛里传来皮纳的声音。

蓝琦和罗西回头一看，黑尾蜂立即猛冲过来。蓝琦挥舞金鞭，密集的鞭影形成金色的网罩护在了周围，顿时，触在这金网上的黑尾蜂纷纷掉在地上。罗西也不停地用蓝星宝剑和黑尾蜂搏斗着，但是蜂群却更加狂怒……

“快往这边跑！”皮纳叫喊着。

“只有往那条小路跑了。”蓝琦对罗西说，说着，她用金鞭猛击蜂群围成的圆圈，杀出了一个缺口，“快跑！”她放开了怀里的阿布，阿布急忙向小路飞去。

蓝琦和罗西一边抵挡着，一边也冲进了小路。

看到奔来的罗西三人，皮纳的脸上露出了喜色。

蜂群嗡嗡嗡地尖叫着，充满了仇恨和恼怒，在后面紧追不舍。

皮纳早已狂奔而去。

他们就这样一边抵挡着，一边向小路退去。

突然，小路的尽头出现了一道残破的黑门，上面刻着几个歪歪扭扭的大字：幽灵城。下面是几个小字：有来无回，有进无出。

黑门周围灰蒙蒙的，看不清里面究竟有些什么东西。

看到皮纳和阿布要往里面冲，罗西大叫了一声：“等一等！”

然而，黑尾蜂直向阿布冲去，阿布大惊失色，皮纳趁着他惊慌失措，带着他冲向黑门，门打开了，一团灰雾笼罩着，一会儿就看不到两个人的身影了。

罗西和蓝琦高声叫喊着：“阿布！皮纳！”

黑门里却什么声音都没有。

“走！进去！”

两个人抵抗着黑尾蜂的进攻，冲向了黑门。黑尾蜂一飞到黑门前，就像中了魔法一般，再也不敢往前飞一寸，只是悬在空中嗡嗡嗡地尖叫着。

蓝琦和罗西对望了一眼，觉得很古怪，但也来不及多想，冲进了黑门里。黑门里是一个完全不同的世界。外面阳光明媚，而黑门里却到处灰蒙蒙的，阿布和皮纳正站在黑门里发呆。

“为什么我们叫你俩，你们不回答？”蓝琦气恼地问。

“我们什么也没有听到。”阿布惊魂未定地说。

罗西和蓝琦竖起耳朵一听，果然听不到外面黑尾蜂的叫声。

这时，那个黑影也闪身进了黑门。

到处都是灰蒙蒙的一片，仿佛已经到了傍晚。地面耸立着许多高大的树，全都光秃秃的，没有一片树叶，上面停着一些乌鸦，阴冷冷的眼神紧盯着他们，并且发出一阵嘎嘎嘎的叫声。地上除了有一个个突起的、石头堆成的圆垒外，没有一个人。

灰色的阴影笼罩着一切，阴森森的。

“真、真可怕……”皮纳颤抖着说。

“我感到这里不会是个好地方，我们还是趁早离开。”罗西说。

听到他们要出去，皮纳很着急：“可是，外面有那么多的蜂群，你们不怕吗？”

蓝琦眉毛一挑：“这算什么？”径直向黑门走去。

黑门没有打开，实际上，它不像一道门了，更像是一堵坚固的墙，因为它根本就没有门缝。

蓝琦把金鞭抽向了黑门，奇怪的是，金鞭强大的力量碰到黑门上，却顿时消失了，黑门软绵绵的，仿佛能够化解掉这股力量。蓝琦连续试了几次，金鞭都是轻飘飘地落在了黑门上。罗西也试了蓝星宝剑，也拿那道黑门毫无办法。

“有来无回，有进无出，难道我们就出不去了？”罗西有些不相信地问。

蓝琦却并不担心，甚至为出不去有些高兴：“既然这道黑门已经出不去了，我们不如到处转转，也许能找到别的出口。”她想看看幽灵城里到底有些什么稀奇古怪的东西。

当他们回转身的时候，发现一切已经有了变化：突起的圆垒上闪烁着点点绿幽幽的荧光，忽明忽暗，不停地蹿动着。本来空无一人的地面上，突然出现了无数个人，他们来来回回地穿梭着，身上都穿着宽大的袍子，背后都披着一块非常长的披风，长长地拖在地上，披风都是黑灰色的，闪着点点绿色的荧光，更奇怪的是，这些人不是在走，他们是在飘，是在贴着地面不停地飘来飘去……

“天哪！他们一定是幽灵！”皮纳尖叫着蒙住眼睛。

“得问问他们，我们不能一直困在这里。”罗西向那些飘来飘去的人走去。

他的面前飘过一个年轻人。罗西连忙喊道："请问，我们不小心闯了进来，该怎么样出去？"

年轻人瞪大眼睛看着他："这真是个奇怪的问题，幽灵城是从来出不去的，有来无回，有进无出……"

蓝琦很感兴趣地凑上来问："你叫什么名字？"

"我不知道。"年轻人摇了摇头。

"你怎么到这里来的？"

年轻人还是摇了摇头："我不知道。"

"你是个幽灵吗？你怎么什么都不知道？"蓝琦觉得很没趣。

"是的。幽灵是没有过去的，一旦成为幽灵就会把过去忘得干干净净。"年轻人悲哀地说，"有一天，你们也会变成这样的，然后永远待在这里……"

"不！我可不愿成为幽灵！做一只黑猫我已经够惨了……"皮纳一屁股坐在地上，嘴里无力地嘟囔着。

罗西和蓝琦面面相觑，如果真的被困在这里变成幽灵，那实在是太可怕了。

"还是先找个地方休息一下再说吧。"罗西对蓝琦说。

"请问我们该到哪里才能找到一个休息的地方？"罗西问那个年轻人。

"一直朝前走，穿过这片树林，前面有一个旅馆，那是唯一的一个旅馆，是专为刚进幽灵城的人准备的。因为你们还没有家。"

"还没有家，这是什么意思？"小龙女蓝琦问。

年轻人指了指那些地上突起的、用石头堆砌成的圆垒："这就是幽灵的家，我们都是住在地下，这是我们的房顶。"

"真没想到……"蓝琦喃喃地说，她没想到幽灵是这样生活的，一点都不像她想象的神奇而有趣。

"你说什么？"年轻人好奇地问。

"没什么，我是说谢谢你。"蓝琦回转过头说，"我们走吧。"

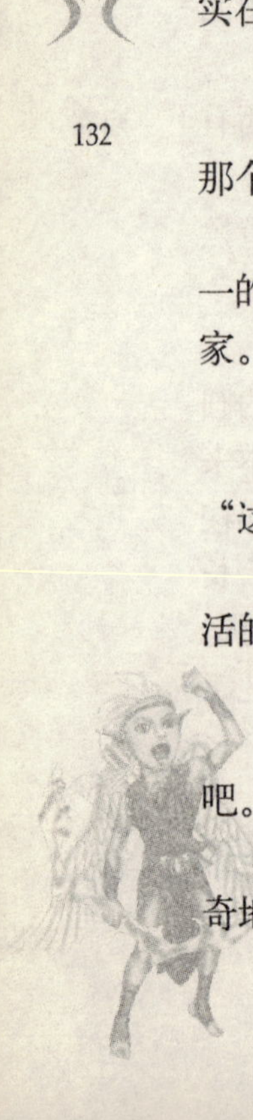

当他们穿过树林时，那些幽灵在他们的身旁飘来飘去，好奇地看着他们，不时地还窃窃私语着。这些幽灵的眼睛看上去都

仿佛蒙着一层雾，空洞洞地看着他们。脸是扁平的，眼睛、鼻子、眉毛、嘴巴看起来都像是画上去的，仿佛戴了一个冷冰冰的面具，再加上那些绿幽幽不断在他们身边蹿跃的荧光，真是让人毛骨悚然，他们不由加快了脚步……

走出森林不远，果然看到了一幢真正的房屋，远远地闪着微弱的光，这实在让他们太高兴了。房门上有一个巨大的梭子，紧闭着，下面还有一张嘴，张开着，露出尖尖的牙齿。皮纳迫不及待地上去猛敲门。

突然，那个梭子一下子打开了，竟然是一只巨大的眼睛，闪射出可怕的绿光。皮纳吓得摔倒在地上。

“陌生人，你们想干什么？”里面一个怪声怪气的声音问道。

“听说这里是个旅馆，我们想投宿。”罗西迎上去说。

绿眼睛眨了眨，怪声怪气的声音说：“打开门吧。”

随着一阵响动，绿眼睛中间出现了一个洞。“进来吧。”那怪声音又说。

他们依次从洞口爬了进去，一个看起来凶神恶煞的矮胖子站在了他们面前。他的头顶是尖的，下颌又宽又扁，小眼睛白多黑少，布满血丝，嘴唇肥厚油腻，穿着一身怪模怪样的衣服。

“我叫哈森，是这间旅馆的主人。”哈森把他们让进了屋。

这间旅馆破破烂烂的，地上的地毯已经破了好几个大洞，屋子里的家具漆都开始剥落了，有的椅子还缺着一条腿，桌子少了一个角，罗西他们刚踩在地板上，就发出咯吱咯吱的响声，而让人奇怪的是，墙壁上挂着许多画——但全都是空白的。

“我们需要吃点东西，哈森，你能为我们准备一点吗？”罗西问。

“当然。戈多，快带客人到餐厅。”哈森大声喊道。

一个小侏儒急急忙忙地跑了过来，他的一只裤脚很长，拖在地上，另一只却短得把腿全都露出来了，头发乱七八糟的，看起来很紧张。

“快去做饭！如果你再这样磨磨蹭蹭，我就会让你去住石洞！”哈森大声吼了起来。

戈多慌慌张张地把他们带到了一间拥挤的小餐厅，桌布污渍斑斑，所有东西都是脏兮兮的。

“你们先喝点茶。”说着，戈多从角落里拿出一把茶壶，那茶壶很小，茶壶嘴却又细又长，比戈多还高出许多，他不得不站在一个椅子上，踮着脚尖费力地往那些破杯子里倒茶，那模样看起来滑稽极了。

茶水黑黑的，黏糊糊的，他们谁都喝不下。

戈多又手忙脚乱地点燃了几支蜡烛，就去做饭了。

那是一些奇怪的蜡烛，全都是人形的，一点亮，它们就开始低声地窃窃私语起来，还不时地眨着眼睛。

“哎呀，他们还是人呢……”

“不知道过几天他们就会变成幽灵了，总之，我确信不会超过三天。”

“那只黑猫肯定会成为幽灵中最低等的，你看它的鼻子，我一点都不喜欢。”

……

罗西他们几个人坐在餐厅里，听着这些议论，真是如坐针毡。

仿佛过了一个世纪，戈多才把菜端了上来。每道菜上都罩着一个大盖子。

银箭精灵阿布揭开了一个盖子：“天哪！”他尖叫起来，那个缺了边的盘子里装着的竟然是一堆又肉又黏的虫子。他丢下盖子就逃出了餐厅。

会说话的黑猫皮纳揭开了另一个盖子。一个黑猫头对它眨了眨眼睛说：“我希望你不要吃我，因为我们是同类。”皮纳也丢下盖子落荒而逃。

罗西和小龙女蓝琦无奈地对视了一眼，罗西一揭开盖子，他的心脏几乎停止了跳动，那是一道汤，里面竟然有一个骷髅头！他踉跄着冲出了餐厅。

蓝琦打开了最后一个盖子，里面是已经腐烂发酸的菜叶，一股难闻刺鼻的味道直扑进她的鼻子里。她感到一阵恶心，转身也跑出了餐厅。

“啊，怎么样？你们吃得满意吗？”哈森笑着迎了过来问道。

蓝琦刚想发火，罗西拉住了她：“谢谢，我们还是先休息吧。”

“戈多，把客人带到楼上休息！”哈森依然笑嘻嘻的，似乎有什么开心的事。

戈多急忙跑过来，把罗西几个人带到了楼上。

看着他们一上楼，哈森就“哈哈哈”地狂笑起来：“太有趣了！太有趣了！我总是能想出最有创意的晚餐！这真是一个最绝妙有趣的游戏……”

一个黑影闪了出来，阴森森地说：“哈森，难道你忘了我们的交易？”

烛光中，看清了来人，正是黑影人。

“哦，当然没有。”哈森仍然在哈哈大笑，“难道你没有看到他们的模样吗？哈哈！太有趣了！”

“我要你马上把他们变成幽灵，但是你让他们什么都吃不下，他们怎么会变成幽灵？”黑影人逼近了哈森。

“要知道这是我枯燥乏味生活中的唯一乐趣，我得捉弄他们，我才会快乐，你知道让他们变成幽灵有三天的期限。”哈森看着黑影人眼里凶恶的光，声音越来越小。

“我命令你！明天要做最美味的东西！我要让他们马上就变成幽灵！”黑影人厉声说，一把抓紧了哈森。

“好的……”哈森颤抖着说。

黑影人冷漠地转过身，走出了旅馆。

罗西他们各自被安排在了一间间又小又黑的卧室里，每个人都很劳累，倒在那凸凸凹凹、十分硌人的硬床上，不一会儿就沉沉睡去了。

半夜里，罗西感到口很渴，穿起衣服想到下面去找点水喝。

他点燃了一支蜡烛，轻轻地走下了楼梯，溜到了厨房里，想找到一杯水。刚走到厨房，他就听到厨房里一阵响动，隐隐约约有一个黑影投在了墙壁上，他轻手轻脚地走了过去，突然从一个柜子里钻出一个人影，两个人撞在了一起，都不由大吃一惊，“啊！”地惊叫起来。

罗西一看，竟然是蓝琦。

“我来找水喝。”罗西有点不好意思。

“我也是。”蓝琦很失望地摇摇头，“这真是个破旅馆，什么吃的都没有。”

“也许餐厅里会有点水。”罗西说出这句话的时候，心里并不太舒服，因为那顿可怕的晚餐仿佛又浮现在他眼前。

他们悄悄地摸到了餐厅里，果然在一个角落里找到了一个茶壶，当里面倒出的是清澈的水的时候，他们几乎高兴得跳了起来。

餐厅里仍然弥漫着晚餐那些奇怪的菜那难闻的味道。

“我们还是离开这里吧！我都快要晕倒了。”蓝琦捏住了鼻子。

他们端着两杯清水向客厅走去，并在客厅的一个角落里坐下。

当罗西和蓝琦刚要举杯喝水的时候，“滴答！滴答！”突然间从顶上落下了两滴水，落到了两个水杯里，两杯清水一下子变得很浑浊。

蓝琦很生气，抬头一看，顶上什么都没有，只有一幅空白的画，而那水滴正是从那空白的画纸上落下来的。

蓝琦刚想发作，罗西拉住了她，轻声问：“请问，有谁在那里呢？”

话音刚落，只见那空白的画纸上慢慢渗透出各种各样的颜色，渐渐地，那些颜色越来越清晰，最后，画纸上全都填满了，呈现出一幅完整的画卷——那画纸上竟然是一个人的画像。那是一个愁眉苦脸的青年男子，他穿着红色镶金的天鹅绒衣服，身上斜挂着一条绶带，背后披着一件绿色的披风，腰上挎着一把剑，看他的打扮，那似乎是几百年前的衣服式样，衣服早已褪色了，看上去很陈旧，就连腰上的那把剑，也已经锈迹斑斑。

“滴答！滴答！”不断有水从画像上滴落下来，罗西仔细一看，水滴都是从画像上那个青年男子的眼里滴落出来的——他一直在流泪。

“你是谁？”罗西问道。

“所有的人都叫我‘哭泣的画像’，我的真名却没人叫了，因为我已经在这幅画像上哭了三百年了，实际上，我叫托尔斯。”画上的青年男子回答道。

“你把我们的水都弄脏了。”蓝琦生气地说。

“对不起，我可以给你们补偿，你们需要什么？”托尔斯说。

“不要紧的，不用补偿了。”罗西说，他稍稍顿了顿，又问道，“你为什么哭了三百年，一定是因为有什么伤心事，要不然，你不会哭得那么伤心的。我们能帮你什么忙吗？”罗西很诚恳地看着托尔斯。

托尔斯瞪大了眼睛，似乎很惊讶：“什么，你们不要补偿，还要帮我？”

“是的。”罗西点了点头，“因为你一定遇到了不幸的事，才会这么伤心的，我希望我们能帮上你的忙。”

话音刚落，画像上的托尔斯就惊天动地地痛哭起来，他的泪水就像小溪一样哗哗地流了下来，那响亮的哭声震得房子嗡嗡直响。

“哭泣的画像，快闭嘴！我已经被你吵得睡不着了！”楼上传来了哈森的怒吼声。

托尔斯压低了哭声，哽咽着说：“三百年了，从来没有人这样问过我，所有人都嘲笑我，认为我是个只会哭的怪物，他们总觉得我很烦，当我的眼泪不小心弄脏了他们的东西，他们总要求我做补偿，我不得不赔给他们金子、银子和许多珍宝。实际上，我现在已经一无所有了，你们看一看那些画像就明白了，我的确已经什么都没有了……”

罗西和蓝琦环顾了一下四周，不知道什么时候，墙壁周围那些空白的画纸上全都显出了图像，是许许多多各种各样的房间，里面放满了箱子，可是全都是空的……

“这些画像是我的家。”托尔斯对着画像上的房间指指点点，“这间是卧室，那间是餐厅，旁边的是我的藏宝室，还有我的书房……我曾经很富有，箱子里装满了财宝，可是来这旅馆的人不停地要我赔偿他们，就连我餐厅里的银匙子都不放过，实际上，我什么都没有了，我真不知道该怎样赔偿你们……”托尔斯伤感地说。

“谁稀罕你的钱。”蓝琦眉头一皱，“算了，算了。”

“我们不要你赔偿。”罗西轻轻摇了摇头，然后很真诚地问道，“你为什么这么伤心？”

“我是这里唯一有记忆的幽灵，因为我住在画像里。我哭是因为，我被关在幽灵城已经三百年了，我要送一封信，我是一个信使，可是却没能完成使命……”托尔斯又开始大声哭泣起来。

“为什么你会被关在这里呢？”罗西问。

“三百年前，有人得到了一本千年魔书，他利用魔书上的咒语建立了幽灵城，将许多人骗到幽灵城里，成为他的奴隶。当时我反抗那个邪恶的恶魔，就被抓来关在了画像里，我的所有东西都被关在了画像里了。我无法再出去了。”

“什么？千年魔书？你是说幽灵城是利用魔书建立起来的？”蓝琦不敢相信地问。

“是的，我还记得当时那个可怕的恶魔是多么凶残，他叫黑魔头狄摩·达伦。”托尔斯的眼里充满恐惧。

“那么，现在那本魔书和黑魔头在哪里呢？”蓝琦急切地问道。

“我不知道。后来，他突然从幽灵城失踪了。我是一个真正的信使，我们知道消息说他要去毁灭传说中神奇的树精王国，所以我去送信，可是我被关在了这里，没有完成我的任务，这是我最大的耻辱啊……”托尔斯说到这里，又伤心地哭起来了。

罗西一听这话，很同情地对托尔斯说：“对不起，这真是一件不幸的事。可惜我们也被困在了这里，如果能出去，我一定会尽力帮你……”

“什么？你说什么？”托尔斯不敢相信地问，“你们愿意帮我去送信？”

罗西点了点头，蓝琦看托尔斯这么伤心，也点了点头。

“可这里是‘有来无回，有进无出’，我们试过了，根本出不去。”罗西忧虑地说。

“不！我有办法出去的，只要你们还没有变成幽灵。”托尔斯激动地说，“千万不要吃这里的东西，哪怕是一滴水，否则，你们就会变成一个完全没有记忆、没有过去的幽灵，永远也离不开幽灵城了。”

罗西和蓝琦听了大吃一惊，看着那两杯水不由打了一个寒战。

托尔斯犹豫了一会儿说：“你们是不是得罪了什么人？”

“什么意思？”罗西奇怪地问。

“在你们来之前，有一个穿黑衣的人来找哈森，给了他一大笔钱，要让他尽快把你们变成幽灵。要不是哈森喜欢恶作剧，故意做了那顿可怕的晚餐，你们现在已经变成幽灵了。”托尔斯沉默了一会儿，又接着说，“你们没有吃晚餐，黑衣人很恼怒，他对哈森大发雷霆，让他明天做一顿美味，让你们尽快变成幽灵，那个黑衣人真可怕……”托尔斯一想起那个情景，就情不自禁地发冷。

罗西把他们的经历和书虫儿村庄的事告诉了托尔斯。

“谢谢你刚才救了我们，如果我们喝了这两杯水，我们也已经变成幽灵了。”罗西感激地说。

“那么，我们怎样才能出去？”蓝琦问。

“你们必须在天亮前穿过树林，如果幽灵没有从地洞里出来，那不是件困难的事，如果他们出来了，会有无数幽灵出来阻挡、诱惑你们，不断地叫你们的名字，你们不能回头，也千万不能答应，无论你们听到谁的声音叫你们的名字都不能答应，他们不敢碰你们，但是他们会变幻成各种模样来诱惑你们，如果你们谁主动去碰了幽灵，就会被他们抓住。到了黑门前，用哈森的钥匙就能打开黑门出去了，你们最好现在就走，因为一年中只有今天晚上幽灵不会出来，除非有很强大的力量把它们召唤出来。”

“哈森的钥匙在哪里？”罗西问。

“就是门上那只眼睛里面的绿球。”托尔斯说。

“我们要把你的信送到树精王国吗？”罗西问。

“是的。”托尔斯有些伤感地说，“好不容易遇到了朋友，可是你们却要走了。”他的眼泪又哗哗哗地流了下来。一封信从画像里飘出来，落在了罗西的手上，“谢谢你们帮我完成使命，那样，即使做幽灵我也安心了。”

托尔斯从怀里掏出一件东西，从画像里把手伸了出来，他的手里握着一个很小的口袋，上面绣着精美的图案：“这是我的

见面礼，也是送别礼，认识你们我真是太高兴了。”

“不，不用了。”罗西连连摇头，“我们认识你也很高兴。”

“这是一个能隐形的袋子，当你把东西装进去后，那些东西都会消失，既看不见，也没有重量，就仿佛没有存在一样，只有当你再念出一句咒语，才能把袋子里的东西再拿出来，它们也才能恢复原形。”托尔斯把咒语悄悄地告诉了罗西，然后很郑重地说，“这个秘密只有锦袋的主人才能知道，我希望你不要对别人说。而且，你们到了树精王国后，可以让他们帮你们的忙，让金纸令为你们找出魔书城堡在哪里。”

“快走吧！要不然时间就来不及了。”托尔斯把口袋塞在罗西的手里催促道。

罗西和蓝琦感激地看了托尔斯一眼，连忙冲上楼叫醒了阿布和皮纳，他们正睡得昏昏沉沉。

罗西把事情经过简单讲了一遍，阿布和皮纳听得目瞪口呆。

“快走！没时间了！”蓝琦可不容他们还在那里发呆。

他们收拾好东西，冲下了楼。罗西拔出了蓝星宝剑，直刺向门上那只闭着的眼睛。眼睛缓缓睁开了，正中是个巨大的绿球。罗西用宝剑去挖绿球，门上的嘴立即发出了一声尖叫。蓝琦抓住一把椅子一下子塞到了那张大嘴里，阿布又急忙用烂桌布、破碎的烂地毯把大嘴塞得严严实实的——它再也叫不出声了。

“再见，托尔斯！”他们向托尔斯告别后，就滚着绿球向树林跑去。

树林里一片寂静。他们在前面狂奔着，皮纳却在后面磨磨蹭蹭，突然，它发出了一声响亮的、奇怪的叫声。

皮纳的叫声刚停，一个巨大的黑影就向这边飘了过来。

“闭嘴！”蓝琦回过头来，“如果你再这样怪叫，就把你留在这里。”

皮纳结结巴巴地说：“有、有什么东西咬、咬到我了。”

那黑影飞快地向树林中奔去，一进入树林，他立即膨胀起来，笼罩住了整片树林。他低声地嘟哝着，顿时，那些地上突起的圆垒里发出了响动，紧接着，一个个穿着宽大袍子的幽灵从洞里面钻了出来，贴着地面，在树林里飘来飘去。

当罗西他们跑到树林边的时候，刚好看到了这一幕。

“天哪，刚才它们还在地洞里，怎么眨眼间全都钻出来了？”蓝琦说。

“看！那片黑影！一定是我们的追杀者唤醒了他们！”罗西指着树林上空巨大的黑影。

“我们怎么办？”阿布发愁地皱着眉头。

“闯过去！越待下去越危险！”罗西毫不犹豫地说。

皮纳站在树林边不停地发抖。罗西和蓝琦已经滚着绿球向树林里冲进去了。阿布和皮纳也跟了上去。

一瞬间，树林里的无数幽灵飘到了他们的面前，变幻着声音在呼唤着他们。

一个声音在罗西的耳旁响起：“罗西，我是纳罗尔，你回头来看看我，如果你有勇气，你就回过头来看我，是你害了书虫儿村庄，现在却想躲起来，你不敢看我，对吗？因为你是个懦夫……”罗西刚想回过头去大声说：“我不是懦夫！”突然想起了托尔斯的话，他咬咬牙，没有回头。

“罗西，是你害了我们……”身后是迪克的声音，“我是你的好朋友，难道你都不愿意看一看我吗？”罗西紧紧攥住了拳头。

阿布的身后，不断传出各种虫子的叫喊声，它们尖叫着：“如果你不回头看我们，我们就要咬你……”阿布吓得瑟瑟发抖，好几次都想回过头去，要不是每次蓝琦发现，拧了他一下，也许他已经回头答应了。

似乎没有幽灵来打扰皮纳，它慢腾腾地向前挪着，鬼鬼祟祟地看着四周。

迪诺村长、尼波、尼兰、巴多、基妮奶奶……一个个声音在罗西的耳旁呼喊着，罗西紧咬着牙，一直不肯回头。

蜈蚣、蝎子，还有一些罗西不知道的声音在召唤着蓝琦，但是蓝琦却毫不动心，眼睛都没有眨一下。

不知不觉，树林就要走到尽头了，黑门就在不远处。

突然，那些幽灵变幻出各种模样的形状出现在他们面前，西莫多爷爷微笑着站在前面，不断地向罗西招手：“孩子，快过来，我是你的西莫多爷爷……”罗西刚要叫喊，蓝琦狠狠地瞪了他一眼，罗西这才清醒过来……

他们已经走到了树林的界限边。

突然，那个红石里的金色人像出现了，她张开双手，用那轻柔的声音呼唤着罗西：“我是你的妈妈呀……孩子……快到妈妈怀里……”

罗西忍不住一下子扑向了那个金色人像。小龙女蓝琦大惊，金鞭“嗖”地出手，拦腰截住了罗西，一甩金鞭，他已经落在了树林外。

金色人像消失了，显出了一个又老又丑的幽灵，咬牙切齿地发出阵阵低吼。

蓝琦纵身跃出树林，用金鞭一卷，绿球也滚出了树林。

罗西从地上爬起来，感激地看了看蓝琦。这时，皮纳也慢吞吞地走出来了。

两人合力把绿球推向了黑门，只见一道绿光划过，直撞向黑门，当碰到黑门时，黑门也闪射出一道道黑光，绿光和黑光交织着，如同道道闪电划过，最后，黑光消失了，黑门缓缓打开了。

“快走！”蓝琦跃出了黑门，罗西、阿布和皮纳也急忙跑了出去。

眼前骤然一亮，外面一片阳光灿烂，那已经是另一个世界了。

就在这时，趁着他们不注意，那个黑影也闪出了黑门，只有皮纳看到了，它的脸上掠过了惊恐的表情……

第十三章 树精的指引

罗西四个人一路飞奔，把幽灵城远远地甩在了身后，再次来到那棵大树下。

黑门前，黑影人恶狠狠地诅咒着："小子，你又逃脱了！我不会放过你的！"

在大树旁密集的树丛里，黑影人潜伏在树丛间，窥探着罗西他们的举动。

"现在我们该怎么办？"银箭精灵阿布心惊胆战地说。

"如果不是托尔斯帮我们，也许我们现在已经变成幽灵，永远不能离开幽灵城了。"罗西心有余悸地说，他从兜里掏出了托尔斯的那封信，"我们应该遵守对托尔斯的诺言，去帮他送信。"罗西说着打开了信。

这是一封羊皮纸写成的信，纸页已经泛黄，边上的页角已经被磨得破破烂烂，信上的字是暗红色的，歪歪扭扭，看起来是很仓促地写出来的，暗红色的字迹仿佛是已经干涸的血迹。

罗西轻声地读了起来："树精灵之王啊，可怕的恶魔黑魔头将会袭击美丽神奇的树精王国……"

听到这些话，黑影人似乎有些惊讶，转瞬间，他的脸上露出了阴险的笑。

"可怕的魔怪……"皮纳嘀咕着，"我敢肯定，一切都不会让人愉快……虽然答应过，也可以反悔……现在不去还来得及……"

"不行！托尔斯救了我们，我们答应过他的事，一定要

做。”罗西坚定地说。

罗西感到有什么东西在窥视着，他看了看四周，却什么也没有。“黑魔头狄摩·达伦不会放过我们的，如果没有猜错的话，幽灵城里收买哈森的黑衣人就是他，就是一直追杀我们的神秘的追杀者，幽灵城树林里的幽灵也是他唤醒的。”

皮纳听到罗西的这些话，十分紧张，连忙把头低了下来。

“好吧，可是我们怎样去？”蓝琦问，“树精王国是传说中的国度，没有人知道它在哪里。”

“快让我出去，快让我出去！”突然响起了一个声音，紧接着，从阿布的银箭筒里突然钻出来一个小人儿——是古怪镇上可拉给的带药末的小绿人。

“你们要去树精王国？”小绿人不可置信地问，“要知道，树精从来不和人类来往，因为他们常常乱砍树木，使许多树精流离失所，无家可归，所以，树精从不让人类知道他们住在哪里，也从来不欢迎人类到树精王国。这可是一件非常让人为难的事情……”

“是的，我们必须去。”罗西说。

小绿人踌躇了一会儿，犹犹豫豫地说：“也许、也许我可以带你们去，因为我就是一个树精灵。”

“真的吗？太好了！”罗西高兴极了，“小绿人，太谢谢你了！”

“不用谢我，是你们先救了我的。如果你们愿意的话，可以叫我阿曼莎。”小绿人说，“是你们把我从可拉的手里救出来的。”

大家疑惑地看着阿曼莎，不明白她的意思。

“半年前，我偷偷离开了家，想出来玩耍，不小心闯到了可拉制作药末的园子里，我看着那里有些很奇怪的花，就摘了几朵，结果可拉就把我抓住关了起来，我很多次逃跑都被她抓住了，直到在小镇上，你们坚持要了我，我才逃离了可拉。我一直很想回家，现在，我终于可以回家了，好了，你们跟我来……”

阿曼莎走到一棵最高的大树面前，轻轻地敲了敲树干，用悦耳动听的声音对着大树说着什么，大树的树枝开始不停地摇摆，树叶不断地颤动着，像是在回应着她的召唤。突然，大树粗

壮的树干上出现了一个漩涡，仿佛是流动的水纹，不断旋转着，越变越大……

“快跟我来。”阿曼莎向树干上的漩涡走了进去，立刻就不见了影踪。

罗西他们紧跟在后面。他们刚一进去，树干上的漩涡立即就封闭了起来。有一股力量带着他们飞快地滑行起来，他们不断地穿过各种各样的管道，粗的、细的、坚硬的、柔软的……又不断地拐过无数个弯道，无数有着各种各样树纹的管道在他们面前飞速地闪过：桃木、松木、橡树、苹果树、杉树……

而这时，黑影人也紧跟着往树干里钻，可是一道绿光骤然射出，把他狠狠地击倒在地。“该死的树精，你们果然有防范了！”黑影人恶狠狠地诅咒着。

不知道过了多久，罗西他们终于停了下来，可是眼前却是一片黑暗。

罗西听到阿曼莎又轻柔地说着什么，他们面前的大门骤然大开，他们飞快地滑了出去。顿时，他们全惊呆了！在他们面前的是一片金色和绿色交织的树林！

实在是太美丽了！无法用言语来形容这样的世界！无数粗壮的树根相互纠结相连，又分出更多的树枝和根系，蔓延伸展着。更奇妙的是，这实际上是一棵硕大无朋的大树，整棵大树枝叶繁茂，根粗叶盛，所以看起来像是一片树林。

最让他们惊奇的是，这是一棵他们从来没有见过的树。这棵树的树干和树枝碧绿澄清，晶莹剔透，散发着柔和的莹莹绿光，犹如翡翠，树上长满了金色的树叶，闪烁着灿烂的金光，金光和绿光交相辉映，璀璨辉煌，十分壮观。

树上还垂挂着无数银色的风铃，银光灿灿，在风中轻轻摇摆。许多身穿轻柔飘逸、半透明的绿色纱裙的小人儿飞来飞去，她们的手中拿着敲风铃的银杖，悠然自得地敲击着那些银色的风铃，阵阵悦耳动听的声音起伏连绵，美妙无比。

大树的树干上有许多道门，粗壮的枝丫间有一幢幢的房子。那些房子小巧玲珑，精致无比，就仿佛是用最精细的技艺雕琢出来的工艺品。

一切宛如仙境。一道晶莹剔透的水晶屏障包围着这美丽的国度。

阿曼莎说：“树精王国的外面是水晶保护屏，普通人是进不去的。”

他们伸手一摸，果然刚一触到，就被一股力量推着倒退了好几步。

“让我来。”阿曼莎走上前去，对着水晶屏障很有节奏地敲了敲，水晶屏障上出现了一个小小的孔，阿曼莎凑近去，用她悦耳的声音轻柔地诉说着什么。

罗西看到树精王国里一下子纷乱起来。那些敲银风铃的小人儿停止了奏乐，惊讶地看着站在外面的人，几个小人儿急急忙忙地敲开了树干上的门跑了进去。

“他们去通报我的爸爸妈妈了。”阿曼莎说。

“那些小人儿似乎很吃惊。”蓝琦说。

“她们是树精小仙女，精通音乐。树精是不和人类来往的，你们的出现太突然了，使她们感到有些紧张。”阿曼莎说。

这时，最粗的树干上的那道门打开了，一大群人急匆匆地走了出来，为首的是一男一女两个年老的树精，他们的皮肤是深棕色的，穿着华丽的绣着精美图案的绿袍，头上还戴着王冠，那王冠是树的形状，正中镶嵌着光芒四射的宝石，男的戴着金树冠，女的戴着银树冠。当他们隔着水晶屏障看到外面的一群人时，竟惊得愣在了那里。

“人！竟然会有人来到了树精王国！”

“天哪！阿曼莎公主竟然和人在一起！”

“我简直不敢相信自己的眼睛！”

……

树精们在水晶屏障里议论纷纷，看起来很惊慌。

“我的爸爸妈妈是树精王国的树精灵之王和树精灵之后。”阿曼莎解释道。

“阿曼莎，我的女儿。”树精灵之后闪烁着泪光呼唤道，“你终于回来了。”

树精灵之王显然要理智一些，当他看到女儿和人类在一起时，他的眼中闪烁着戒备的光，他威严地问：“阿曼莎，你为什么带着人类到我们的树精王国？”

“父王，是他们救了我，他们帮助我逃离了危险，而现在他们需要我们的帮助，就让他们进来吧。”阿曼莎急切地说。

“你知道，我们从来不允许人类进入我们树精的国度，他们毁灭了那么多的森林，使树精到处逃离，还给我们带来了可怕的灾难……”树精灵之王仍然不动摇，但是，当他看到罗西和阿布身上的衣服时，他一下子愣住了。

树精灵之王和一位长着树根一样的长胡须、皮肤黑棕色、满脸皱纹的老人低声商量着什么，过了许久，他抬起头来：“好吧，让他们进来吧！”说着，他念着咒语，挥动着手里的金色权杖向水晶屏障上划出了一道门，随着一阵阵光彩夺目的星光四射，水晶大门缓缓打开了。

阿曼莎带着罗西他们走进了水晶大门，大门在他们身后关了起来，又缓缓地隐去，他们的身后又恢复成了完整的水晶屏障。

树精灵之王对着那些目瞪口呆、显然是第一次见到人的树精小仙女挥了挥手：“奏乐欢迎我们的客人！”树精小仙女们又立即在树中飞来飞去，用银杖敲击着银风铃，顿时，美妙的音乐缭绕回旋，飘飘欲仙。

蓝琦十分入神地听着音乐，沉思了一会儿，轻轻地说：“这是唤醒森林的‘森林梦幻之乐’，真是太美妙了！”

皮纳则看着那些金树叶、银风铃、翡翠树干惊呆了：“真的吗？这些树叶真的是金的吗？还有那些风铃……”

阿曼莎笑着说：“当然，当你摘下它们的时候，它们就和真的金子、银子没有什么区别。”

皮纳张大嘴，目瞪口呆。阿布飞到树精小仙女面前，看她们奏乐，惹得树精小仙女们害羞地东躲西藏。

“客人们，请跟我们进来吧！”树精灵之王带着他们走进了粗壮树干的大门。那是一条长长的通道，铺着精美的地毯，两旁闪烁着点点金色的火光，那是一些美丽的金色花朵正绽放出柔和的光泽。通道两边站立着许多士兵，他们和树精们不同，皮肤是绿色的，手、脚都是树枝的形状，头上长着一丛丛茂密的树叶，他们用那树枝状的手抓着一根根棕黑色的木棍，很威武地站立在两旁。

“这些士兵是树人，你们可以看到他们的手和脚都是树枝状的，所以就称为树人。”阿曼莎解释说，“树人很英勇，也很忠诚，他们负责树精王国的护卫。”

渐渐地，通道旁边出现了许多条小路。他们一直沿着宽阔的通道往前走，没有拐弯，走了好久，终于在一扇大门前停住了。

树精灵之王用金色权杖轻轻击了击门上的门环，大门打开了。一个金碧辉煌的大殿出现在了他们面前。所有的一切都闪耀着灿烂的光芒，金色的杯子、灿烂的枝形大吊灯、精致而富丽堂皇的宝座……大殿里有许多树精站立着，当他们看到罗西他们的时候，都惊讶不已，互相对视着，窃窃私语。

罗西注意到树精们的肤色各不相同，有的和人的皮肤一样是象牙白，有的是浅绿色，有的是深绿色，有的是棕色，有的是棕褐色……

“树精的寿命很长，区分他们年龄的标志就是他们皮肤的颜色，颜色越浅越年轻，颜色越深，则年纪越老。”阿曼莎悄悄地告诉他们。

“请坐，客人们。”树精灵之王说。

立即有一些美丽的侍女抬来了椅子，那实际上是一些粗大的褐色树根。

“你们先退下吧！”树精灵之王对大殿里的树精们说。

树精们从大门里鱼贯而出。大殿里顿时一片寂静。

“我叫悉达尼，是树精灵之王。”树精灵之王介绍道，他又指了指他旁边的树精灵之后，“她叫卡罗娜，是树精灵之后。我们是阿曼莎的父母。”接着他又指着那个长着长长树胡子的老树精说：“他是奥多，树精的智慧者。”

卡罗娜激动地把阿曼莎拉到身边：“我的孩子，你终于回来了，妈妈多么想念你啊，今天，你终于回来了……”

“谢谢你们。”悉达尼也很感激地说，“阿曼莎失踪以后，我们一直到处寻找她，却毫无音讯。我们几乎绝望了，可今天你们却把她送了回来……”

阿布飞到一扇开着的圆形窗户前，探头往外看，他惊讶地叫了起来："我们这是在树顶上呀！"罗西、蓝琦、皮纳也探头一看，这个大殿果然是在刚才看到的大树的顶端，他们仿佛在云霄上一般，俯瞰着整个树精王国。

"很抱歉，我们打扰了你们，树精王国不愿意接待人类吗？"罗西问道。

"是的，我们不与人类来往，可是你们是我们的朋友。"悉达尼回答道。

"从来就没有人类来到过树精王国吗？"蓝琦问道。

听到这句话，悉达尼、卡罗娜和奥多的脸"刷"地变得苍白。沉默了许久，悉达尼才缓缓地说："不，曾经有人来过，那是在三百年前。但是那是一个可怕的噩梦，这个人的进入给树精王国带来了巨大的灾难，所以从此我们不再允许人类进入我们的王国……"悉达尼一脸痛苦。

"究竟发生了什么事？"蓝琦问道。

"三百年前，我的父母还在世，他们出去巡查各地树精保护树林的情况，遇到了一个男子。他似乎受了伤，他说他被人一直在追杀，无处藏身。我的父母看这个人的确是处境很危险，他们于心不忍，就把他带到了树精王国。谁知这是一个阴谋，一场灾难发生了……"悉达尼说到这里，已经无法再说下去。

奥多看到悉达尼伤心不已，又接着说了下去："那名男子具有强大的魔力，他企图把树精王国据为己有。树精们不屈服于他的邪恶和强暴，他就利用他的魔力摧毁树精王国。树精们纷纷反抗，但是抵挡不了他强大的魔力，最后，先王和先后都被他杀死了，无数树精也被迫纷纷逃离。他夺走了树精王国的一些宝物，扔下已被破坏得成了一片废墟的树精王国，逃离了这里……"奥多的语气很沉重。

悉达尼伸出手来抚了抚他的肩膀，强抑着悲痛继续说了下去："当时，我的父母和奥多不顾一切地救了我，我躲在了一个角落里，看到了这悲惨的一幕。我和奥多活了下来，我们又重建了树精王国，经过了三百年的努力，树精王国才得以恢复到现在的模样，我们记住了这个教训，从此不再和人类来往，也从不许人类进入树精王国……"说到这里，悉达尼仿佛又看到了过去伤痛的经历，不由老泪纵横。

小龙女蓝琦大怒："他是谁？竟敢这样忘恩负义，毁坏了树精王国？"

"他是邪恶的黑魔头！"树精灵之王一字一顿地说出了这个名字。

"黑魔头？！"罗西、蓝琦、阿布惊呼起来。

"是的。难道你们认识他？"奥多颤巍巍地问道。

"不，我们不认识他。"罗西摇了摇头，"但是我们知道他做了许多坏事。"

"你们真的不认识他吗？"悉达尼又问道，他沉默了一会儿说，"实际上，你们穿的衣服就是他当时抢夺走的宝物做成的。"悉达尼指了指罗西和阿布身上的衣服。

"什么？"罗西和阿布齐声问。

"是的。"奥多也点了点头，"这两件衣服的衣料是树精王国的宝物，绿色的叫'翡翠霞光'，金色的叫'金缕玉衣'，这是收集了翡翠树干上的经络和金树叶上的叶脉做成的，先把它们浸泡在每天清晨第一缕阳光照到的露水里，变成了柔软的丝，再由树精王国最心灵手巧的树精灵绣女织成的。做这两块衣料整整花了一百年的时间，可是刚刚做好，就被邪恶的黑魔头抢去了。"

罗西和阿布张大了嘴，没想到自己竟然会穿着黑魔头抢来的东西。

"难道你们没有发现这两件衣服的特别之处吗？"奥多问道。

罗西和阿布摇了摇头。

蓝琦一听奥多这样问，立刻就想了起来："对了，在古怪镇上，那幢高房子里黑火焰燃烧，为什么我们都毫无损伤？而你们的衣服也没有破损？火似乎总是不能烧到你们。"

罗西和阿布也想起来，事情的确有些蹊跷，火焰似乎真的不能伤害到他们。

奥多点了点头："小姑娘真是聪明，这两件衣服的确能够防火。因为他们在那些百年来收集的露水里浸泡过，留有那些露水的精华和润泽，火焰根本无法使它们燃烧。"

"好险啊！"阿布连连拍拍自己的额头，"如果当时在那个古怪镇上，我真的不要这件衣服了，可能现在已经被烧成焦炭了！”

蓝琦淡淡一笑，问道：“你们一定奇怪我们怎么得到这件衣服的，对吗？”

悉达尼、奥多和卡罗娜都点了点头。

蓝琦重述了他们在古怪镇上如何得到两块布料，并且做成衣服的经历，阿曼莎也趁机把罗西他们将她从可拉手里救出来的经过讲了一遍。

“太感谢你们了，如果不是你们，也许我们再也见不到阿曼莎了。”悉达尼和卡罗娜万分感激，似乎把“翡翠霞光”和“金缕玉衣”都忘记了。

“既然‘翡翠霞光’和‘金缕玉衣’是树精王国的宝物，那我们还是物归原主，把它们还给树精王国吧。”罗西对悉达尼和卡罗娜说。

奥多轻轻地摇了摇头：“一切都是机缘巧合，‘翡翠霞光’和‘金缕玉衣’是会自己选择主人的，黑魔头虽然把它抢到了手，却没有最终得到它们，这是天意，你们不用再归还它们了，以后你们也许还会用到它们的。”

悉达尼和卡罗娜也同意地点了点头。

“我听阿曼莎说你们要送来一封信？”悉达尼问。

“是的。”罗西拿出了托尔斯交给他的信，递给了悉达尼。

悉达尼看着信，眼泪流了下来：“这是一封迟来了三百年的信，如果早得到这封信，也许，树精王国就可以避过那场灾难了。可是，仍然要感谢你们，我的朋友们，因为你们遵守了自己的诺言……”

“我们能帮助你们什么事呢？”悉达尼诚挚地问。

罗西把他们的经历简略地向树精灵之王和卡罗娜、奥多讲了：“我们需要知道一个古老之谜。”

“也许奥多能够帮助你，他已经有一千岁了。”看得出悉达尼对奥多很尊敬，他和奥多低声说了几句，又转过头对罗西他们说，“你们先休息一下，参加完盛大的宴请会，奥多会带你们去他的书房帮助你们的。”

悉达尼用金权杖敲了敲一个旋转的圆球，几个身穿轻纱的侍女迈着轻盈的步子走进来，把罗西他们带到房间去休息。

当他们再次回到大殿的时候，他们被眼前盛大的庆典惊呆了。

无数各种肤色的树精汇集在圆形的大殿里，每个人的额头上别着一片金树叶，金树叶闪着灿烂的光，美丽的树精灵小仙女们拿着她们的银杖敲打着银风铃做成的钟，侍女们穿着银白色的衣服忙着端上美酒和佳肴，树人士兵们威武地站在大殿的周围，在大殿的上空绽放着各种各样美丽的花朵，那些花又焕发出种种奇异的光芒……

“我们的客人已经到了。”树精灵之王悉达尼笑逐颜开地迎了上来，“这是树精王国为你们举办的庆典。”说着，他就把他们带到了主宾座上，侍女们立即端上了碧绿的美酒和一些清凉甘甜的露水。

“这是绿露，”树精灵之王指着那些露水说，“是采集了树精王国最甘甜的露水而制成的，是树精王国的一宝。”接着，他举起杯子说，“为我们的客人干杯！这是个快乐的日子，人类带给我们的不再是恐惧，而是他们的友爱、真诚和勇敢！”

树精灵小仙女们的音乐一改原来的飘逸空灵，变得欢快而热烈。所有宾客们开心地欢笑着，畅饮着，大殿里气氛十分热闹。

罗西注意到阿曼莎一直没有出现，心里很奇怪：“为什么不见阿曼莎？”

蓝琦和阿布也很奇怪：“是啊，我找她好久了。”

忽然，悉达尼站起来高声说：“让我们树精灵最优秀的舞者，用她的舞姿表达她的谢意！”

话音刚落，一阵丁丁冬冬的铃声传来，一个美丽绝伦的女树精灵迈着轻盈的舞步飞旋着出来。树精灵小仙女的音乐骤然停止了。

这名女树精灵竟然是阿曼莎！

她穿着一身全都是铃铛和环套的奇特衣服。她的每一个手指和每一个脚趾上都戴着一个个的银环，手臂和脚上套着无数个彩色的环套，上面缀着许多大小不一的金铃和银铃，她那美丽的长头发上也戴着一个由无数片细小的金树叶做成的发饰，身上则是会变幻出奇妙色彩的纱裙。

阿曼莎手臂轻舞，在大殿的中央跳起了美妙的舞蹈。她的身体轻盈，舞姿曼妙，时而像是在飞翔，时而像是在轻快地跳跃，随着她的手臂、脚和身体的舞动，所有的银铃、金铃和金树叶丁冬作响，一会儿轻灵如水，一会儿飘逸如云……

所有的人都看呆了，当阿曼莎的舞蹈停止的时候，如潮的掌声响了起来……

阿曼莎在大殿中央款款欠身："感谢我们的客人，但愿这能带给你们快乐。"

小龙女蓝琦看得兴起，不由也想显露一下。她环顾了一下四周，看到大殿的一个水晶柜子中装着一把美丽的金色竖琴，她便站出来说："主人为我们如此尽心，蓝琦也想献上一点小礼，表示谢意。"

所有人都看着蓝琦。

"不知道小姑娘……"悉达尼问。

"如果主人不介意，我想用那金竖琴为大家奏上一曲。"蓝琦微微一笑。

"这……"悉达尼看起来有些为难，"不瞒蓝琦姑娘，不是我小气，这把金竖琴虽然很珍贵，但是却从来没有人能弹响，树精中精通音乐的人有无数，但是自我出世以来，却从来没有人能弹响过。"

蓝琦淡淡一笑："别的人不能弹，我就更有兴趣了，还请树精灵之王让我试一试。"

悉达尼看蓝琦执意想试一试，就让人取出金竖琴放到了大殿中央。

蓝琦轻轻走到金竖琴面前，见那金色的琴弦金光灿灿，细致柔韧，心中暗暗赞叹："真是把难得一遇的好琴，今天我一定要弹奏一曲。"于是，她坐在金竖琴前，凝神静思，过了一会儿，等到心中气定神闲，毫无杂念，就伸手去轻轻抚动琴弦。

令人惊讶的是，金竖琴竟然被蓝琦弹响了！

蓝琦的手指轻抚，金竖琴里飘出阵阵仙乐，忽而像清泉潺潺，忽而像大浪滔滔，忽而让人轻灵欲飞，忽而又让人沉醉不醒……所有人听着音乐，沉浸其中，为之动情，而再看那金竖琴中，竟然流淌出了串串金色的音符。

蓝琦随着音乐轻轻唱起了歌，歌声清越动听，飘然出尘，音乐轻灵如云，飘旋回升。

等到小龙女蓝琦琴声、歌声停住，大殿里一片沉静，所有人都不说话，仿佛还沉浸在音乐中，过了许久，人们才纷纷回过神来。

“太美妙了……”

“这是我所听过的最好的音乐。”

“这真是我亲耳听到的吗？”

……

蓝琦心中很得意，但是脸上只露出浅浅的笑，在大殿中谢过众人后，回到了自己的座位。

悉达尼被蓝琦的乐声所打动，说：“好琴还需好琴手，蓝琦奏出的音乐无人能比，这把金竖琴放在我这里，已没有意义，还是把它送给你吧！这把金竖琴有个咒语，能使这把琴自如地缩小变大，希望小龙女姑娘能喜欢。”

蓝琦很喜欢这把琴，也不推辞：“谢谢树精灵之王的好意，如果我不接受，就是不恭敬了。”

接着，树人士兵们表演了精彩的格斗，还有树精灵们特别的音乐和舞蹈、树精们的仙术表演……

整个宴请的庆典一直持续到了半夜，直到大家都狂欢到有了醉意和睡意，才纷纷离去。而罗西他们却留下来，等待奥多的帮助。

“孩子们，你们就跟我来吧！”奥多拄着树杖把他们带到了一间小房子里，“这是我的书房。”奥多颤巍巍地说。

他们环顾一圈，除了面前有一个高大得看不到顶的大柜子，并没有发现有成堆的书本，心里都有些奇怪。

奥多用树杖敲了敲柜子，一块木板缓缓移开了，里面是一本硕大无朋的书。尽管罗西在书虫儿村庄长大，可是他也从来没有见到过那么大的一本书，高大得简直看不到顶。奥多对着那本书说了一些树精的咒语，书里突然传出一阵阵叽叽喳喳的低语

罗西和朋友们来到了神奇美丽的树精灵王国，树精灵王国里的大树叶子是金子，碧绿的树干是翡翠，挂着的银铃是银子，还有无数的树精小仙女飞来飞去。罗西、小龙女蓝琦、阿布、皮纳都被这些奇幻的美景吸引住了

声，奥多把他的树杖对着书上一指，那本巨大的书的书页就在飞快地翻动起来……

“他们正在寻找书里的内容。”奥多回过头来对他们说。

这本书实在是太厚了，翻了许久，它终于停了下来，并且尖叫着：“就是在这里了！快来看吧！”

奥多让他们搬来了一把又长又窄的楼梯，颤悠悠地爬了上去，看得罗西、蓝琦和阿布心惊胆战，皮纳却缩到了一张舒服的椅子里，一直在嘟哝：我想睡觉，我想睡觉。

直到罗西他们看到奥多只是一个小点，才远远传来他的声音：“我……已经……看到了……”

接着他们听到了一阵阵奇怪尖厉的叫声，又看到无数火星从高处飞溅下来……

过了很久很久，奥多才从楼梯上爬了下来，他已经是满头大汗，手里拿着一张金色的书页，上面写着一些弯曲奇怪的树精的文字。奥多气喘吁吁地说：“这、这是树精王国的金纸令，它、它能帮你们找出秘密。”

罗西十分激动：“我们该怎么做？”

“让我来帮助你们吧，孩子们。”奥多擦了擦额头上的汗，微笑着说。

奥多把手里那根弯曲古老的树杖往地上敲了三下，树杖立刻发出了道道光芒。他把手里的那张金纸令往空中一抛，金纸令立即扭动着在空中飞舞起来，一些金色的火花四处飞溅。

奥多挥舞着树杖向金纸令一指，喃喃地念着一些树精的奇怪的语言，只见金纸令飞旋起来，在光芒中，金纸令上树精的文字渐渐隐去，金纸令成为一片空白。

“它能用幻景告诉你们想知道的东西。”奥多转过头来说。

“我们想知道魔书城堡在哪里？”罗西说。

奥多把树杖向金纸令一挥，大声地说：“树精神奇的金纸令啊，快告诉我们魔书城堡在哪里？”

金纸令开始不断地扭动颤抖，接着纸页上就有各种颜色的烟雾升腾起来，在纸页上面翻腾滚动：紫红色、烟灰、金色、青色、银蓝色……烟雾相互融合，最后汇合在一起，成为两股蹿动

着的火苗，不停地跳跃着……

罗西、蓝琦、阿布、皮纳都紧张地看着金纸令。

那两股火苗在金纸令里腾跃着，迸射出无数美丽的火花。一幢房子渐渐显出了形状，当它变得越来越清晰的时候，罗西不由瞪大了眼睛——那竟然是禁地里的黑书屋！关闭着黑魔头狄摩·达伦的地方！

罗西几乎不敢相信他的眼睛！

这时，那些飞溅出来的各色火花蹿动着形成了几个大字——魔书城堡！下面则是一行小字：它在书虫儿村庄的禁地里！

蓝琦、阿布、皮纳也大吃一惊！

魔书城堡竟然就在书虫儿村庄，而且还是在禁地里！就在关押黑魔头的黑书屋里！

“天哪！这是关闭黑魔头狄摩·达伦的地方啊！”罗西惊呼起来，同时他想起了那道伸出一只红色的巨手把他狠狠甩到一边的红门——那，也许就是通往魔书城堡的通道。

“真没有想到是在那里。”一向镇静的蓝琦也十分吃惊。

金纸令突然发出了一声尖叫：“不要大惊小怪的！还有什么问题就快些问，我可得回去睡觉了！”

奥多伸出手轻轻拍了拍蹿来蹿去的金纸令：“孩子们，你们还有什么问题，就快些问吧，要知道，金纸令可是出了名的急性子。”

小龙女蓝琦看着金纸令上的黑书屋，眉头一皱，立即有了主意：“金纸令，黑魔头狄摩·达伦拥有邪恶的力量，可是，我们就没有办法对付他了吗？”

金纸令扭了扭身子，发出了一声尖叫：“天哪，你说的是那个可怕的魔头！我知道！他已经只剩下邪恶的灵魂了，狄摩·达伦必须要有寄生的身体，否则他邪恶的灵魂会无法忍受阳光。所以，如果你们能认出他寄生的身体，使他失去他的寄生体，他就会丧失他的魔力……哦，天哪，不要再说那个可怕的恶魔了，我今天晚上可睡不了一个好觉了！”

说完，金纸令不等奥多再说什么，“嗖”地就飞了起来，一下子就钻到了奥多那本硕大无朋的书里，书屋里不断回荡着它的尖叫声：“不要再说那个恶魔！不要再说那个恶魔……”

罗西、小龙女蓝琦、银箭精灵阿布和皮纳站在奥多的书房里仍然没有从惊悸中回过神来。

“孩子们，刚才我已经在书上看到了，石像的复活只有一百天的时间，如果我没有说错的话，你们只有三天的时间了，而回去的路需要很长时间，要想及时地赶回去拯救村庄，你们只有一个办法，就是得到百鸟锦衣。”奥多忧虑地说。

“百鸟锦衣又是怎么一回事？”罗西问。

“在‘祭神鸟国’，那里的人穿着用各种各样的鸟的羽毛做成的衣服，如果你能得到所有鸟的羽毛，织成一件衣服，穿在身上，就能够飞起来，你们可以在一天的时间内赶回到书虫儿村庄。”奥多看起来很疲惫。

“那么‘祭神鸟国’在哪里？”蓝琦急切地眨了眨眼睛。

“它也在东方，但我不知道具体在哪里，只有你们自己去寻找了。”奥多很无奈地摇了摇头，“我所能知道的就只有这些，孩子们。”

“我们离开这间房子吧。”皮纳挪了挪它的身子，“我累了，早就想睡了。”

寂静的夜晚，罗西想着魔书的事，忧心忡忡，他走出屋子，坐在了树枝上，想着心事。

这时候，奥多走到了他的身后：“孩子，你在想什么？”

“我很担心，不知道是否能把魔书找到。”罗西看着夜色中依然美丽无比的树精王国，如果没有发生所经历的一切，他会觉得这一切十分美好，可是，魔书，魔书，他的担忧一直在困扰着他……

“孩子，”奥多犹豫了一会儿说，“我不知道该不该把这件东西拿给你，实际上，我曾经打算毁了这件东西。”说着，奥多从怀里掏出了一本书，“这是那年在和黑魔头搏斗时，我拼死从他身上抢下来的东西，它上面写着很多奇怪的文字，我研究了很久，才知道这是一种非常古老的文字，名叫斯诺文，已经失传了很多年。这种文字和一种叫斯拉文的文字是当年巫师们最常使用的两种文字，但是不知道什么原因，最后却失传绝了迹，得以存留在我手中的这本书，正好是一本斯诺文的文字书，可惜我发

现它不是完整的。”

罗西接过了奥多递过来的书。那是一本陈旧的羊皮纸书本，上面写着一些黑色的奇形怪状的字，字迹已经开始有些模糊。在金树叶的点点星光下，罗西仔细地看了起来。

“天哪，为什么这些字母会如此相似！”罗西发出一声惊呼，“这和桑多斯给我的书上的奇怪字符太相似了！”

说着，他从怀里掏出那张纸，上面写有桑多斯书上那九个奇怪的字符，奥多也凑过头来看那张纸。

“是的，是的，就是这些……”奥多激动地指着纸上的字符说，“我得到的那本书是不完整的，只有斯诺文的九个字符，所以我一直不能把这种文字完整地整理出来，现在它们凑齐了，就可以学会千年前巫师的文字了！”

“是黑魔头他们所使用的文字？”罗西不敢相信，要知道在巫师城堡里，他们看到黑衣巫师们就是用这种文字来书写魔书的，这意味着他将能揭开巫师咒语的秘密。

“是的。”奥多点了点头，他看起来不像刚才那么激动了，而是显得很忧虑，“我能教会你斯诺文字，但是我不知道应不应该。这是邪恶的黑魔头留下的东西，我担心它本身可能蕴藏着一种邪恶，也许有一天，当你知道了它们，它们会诱惑你或是伤害你，孩子。”

“不！我不怕！即使它们很危险，我也必须去面对它们，因为如果我不能解开那个咒语，书虫儿村庄就没有救了！”罗西很急切也很坚定地说。

奥多沉默了许久，终于点了点头，他语重心长地说：“是的，有些东西即使很危险，我们也必须面对它，世界存在，就会有善有恶，逃避不是唯一的办法，实际上，关键的是我们如何面对，就像一把利剑，它可以制造不幸，也可以惩治邪恶。”

奥多看着罗西勇敢和坚毅的眼睛，似乎最后作出了决定，他站了起来，缓缓地向树上的房子中走去：“跟我来吧，孩子，到我的书房里去，我先研究一下，再让我来教会你斯诺文字，实际上，时间已经不多了。”

罗西一抬头，看到星光满天，夜是如此宁静祥和，而未来对他来说不知道还会遇到些什么，他握紧了手，跟着奥多走去。

咯吱一声，奥多的书房打开了，罗西闪身走了进去。

金树叶织成的金灯散发出明亮的光，奥多在金灯下仔细地看着那本书和那张纸上的字符，他在研究着，不时轻声地低语着，或是皱起眉头嘟囔着。过了很久很久，当早晨的第一缕阳光已经照耀到了树精王国，而罗西也已经疲倦地伏在书桌上迷迷糊糊地快要睡着了，他忽然听到了奥多惊喜的叫声："清楚了！终于都弄清楚了！"

罗西连忙跳了起来："奥多爷爷，您可以教我了吗？"

"不，我不能教你，那样也许会花很长时间，我自己已经掌握了斯诺文，我把我学会的东西，全都传输给你，你就能用最短的时间掌握它了。"

罗西有些不解地看着奥多。

奥多敲了敲他那根看起来已经很古老的树杖："这根智慧杖会帮助你的。"

说着，他把树杖对着那本书和那张纸不停地挥舞着，慢慢地，一些字符就从书上和纸上飘了出来，飘浮在空中，奥多把树杖对着那些飘在空中的字符轻轻挥动着，字符就纷纷飞舞着飘到了罗西的头顶旋转着。奥多念叨着，从他的身上绽放出一股绿光，那绿光通过手臂射到了树杖里，又从树杖中溅射出无数绿色的、晶莹的光点，那些光点窜来窜去，飞向字符，和字符交缠着……

"去吧！把我的智慧带给他！"奥多突然高声地说，把树杖指向了罗西的眉心。一道绿光映照着他的额头。

顿时，所有的绿光点带着字符一齐向罗西飞了过来，像一股流水一样缓缓地从眉心流进了他的头里。罗西能感到那些字符在脑海中蹿跃，而绿光不停地带着它们在排序，他似乎一下子就明白了所有斯诺文字的含意……

当空中的字符和绿光全都消失，奥多疲惫地坐在了椅子上："好了，孩子，现在你已经懂得了斯诺文了，千年前巫师的文字。斯诺文字是由这十八个字符排列组合而成的，我已经把这十八个字符输到了你的脑中，而那些绿光点是我脑海中的智慧之光，它们会帮你组合字符的。"

"谢谢您，奥多爷爷！"罗西感激地扑到了奥多的怀里，他看到那本书和那张纸上已经变成了一片空白，再无那些奇形怪状的字迹了。

“孩子，现在斯诺文字已经绝迹，你可能是唯一懂得这种文字的人了。”

“不是还有您吗？”罗西不解地抬起头来。

“不，你所获得的正是我所失去的，我现在已经不懂得这种文字了，所以，当以后知道这种文字能带给你某种力量的时候，我希望你记住，这一切不是为了你个人的得益，而是为了有一天你能利用你的力量去做真正有意义的事。”奥多很严肃地说，罗西看到他脸上神色凝重。

“我知道了，奥多爷爷，我会记住您的话的。”罗西也很郑重地回答。

“丁零丁零……”窗外传来树精灵小仙女奏出的美妙音乐，已是早晨。

“孩子，你们马上就要启程了。”奥多慈祥地凝视着罗西，“这是我们之间的秘密，孩子，不要让人知道。”

罗西点了点头，紧紧地握住了奥多爷爷的手。

在树精王国的日子，真是难得的悠闲和宁静，当早晨的阳光照耀着大地，他们坐在餐桌前享受着树精们精心做出的美味早餐，听着树精小仙女奏出的使人胃口大开的进餐曲，那真是一种无法形容的惬意和快乐，简直让他们不想离开这个美丽的国度。

但是分别的时刻还是到来了。

吃过早餐，树精灵侍女们忙着把为他们做好的各种各样的美味装进包袱里，并且赠送了他们好几瓶绿露。几个树精灵把金竖琴扛来给蓝琦，悉达尼教会了蓝琦念使竖琴缩小的咒语。皮纳得到了一套缝得非常精致、做工考究的衣服，上身是衬衣和马甲，下面是一条漂亮的灯笼裤，皮纳得意地在镜子前照来照去。阿布更是如愿得到了一双非常炫目的红靴子，让他高兴得走来走去，和皮纳争着照镜子，吵得不可开交。

当树精王国的精灵们把他们送到大门口时，树精灵小仙女奏起了哀婉缠绵、让人伤感的离别曲。罗西、蓝琦和阿布对阿曼莎、悉达尼、卡罗娜、智者奥多和一大群树精和树人依依惜别，就连皮纳也很舍不得离开。

水晶屏障上又被树精灵之王打开了一道门，当他们要走出去的时候，罗西回头看到了奥多慈爱的目光，他向罗西微笑着。

“记住我的话，孩子。”奥多的眼中充满了信任。罗西用力地点了点头。

阿曼莎把他们送出了水晶屏障，对着他们原来出来的那道门又轻柔地说了一些话，那道门打开了。就在他们要走进那条通道的时候，回首一看，所有的树精灵、树精灵小仙女和树人们把两手交叉在胸前在为他们祈祷着……

那道木门在他们身后缓缓地关了起来，他们又感到自己一直在向前滑，穿越过无数棵树，眼前不断闪现出各种树木奇怪的树纹，拐了无数个弯，旋转了无数个圈，耳旁一直有风声在呼啸，滑了很久，很久……

突然，“砰”的一声，他们终于落了下来，眼前又是一片灿烂的阳光。

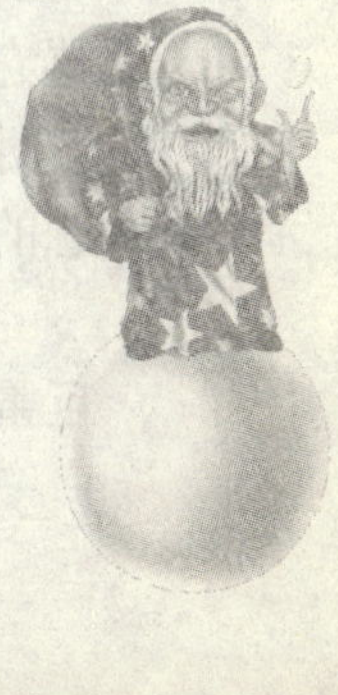

第十四章 百鸟锦衣

罗西他们回头看了看，身后是一棵高大挺拔的大树，粗壮的棕色树干上逐渐浮现出了一张老人沧桑的脸——是树精王国的智者奥多爷爷，他在树影中向他们微笑着挥了挥手，眼中充满慈爱和信任，最后，他把两手交叉在胸前，对他们行着祝福礼，又渐渐地隐没在了树干上……

罗西、蓝琦和阿布恋恋不舍地看着那棵大树，那个通向树精王国的通道。就连皮纳也有些留恋，他不断地拉扯着身上那套漂亮的衣服，神气活现地说："我对他们的接待感到很满意，如果可能的话，我很想回去再待上几天。"

蓝琦眉毛一挑，有些不满地说："要知道，树精王国破例接待我们已经很不容易了，怎么好意思再去打扰别人，如果要去，那你就一个人去。"

皮纳低下头不再说话。自从离开牧猪人和罗西他们相处以来，皮纳已经发现蓝琦是最不好惹的，刁蛮任性，如果真惹了她，她就会有各种古灵精怪的办法来回报你，因此，平常它都尽量避着蓝琦。相反，它以前的"死对头"罗西却是最好相处的，对它那些哼哼唧唧的牢骚，动不动就偷奸耍滑的毛病倒没有怎么骂它，有时候，蓝琦被它惹恼了，还多亏了罗西帮它解围。皮纳有时候真的有些不明白了，因为它发现它的"死对头"并不像它想的那么坏……

忽然，天空飘来厚重的乌云。"轰隆隆！"一阵阵沉闷的巨雷在半空中炸响，大雨倾盆，一道道闪电在空中划过，如同无

数条扭动的蓝蛇。

罗西他们急忙向森林里跑去。

“快看！那里有一间房子！”蓝琦惊喜地指着不远处。

在树丛的掩映中，是一间小木屋，他们几乎是撞开了门冲进去。

这是间用一根根没有砍削过的树干搭建起来的小屋，树干上的枝丫还向四处伸展着，小屋里散乱地放着许多杂物，有几把破椅子、一张破桌子、几把弓箭、土罐、茶壶……一些粗粗的麻绳乱七八糟地躺在地上。屋子里积满灰尘，看样子已经很久没有人来过了。

“真脏，我的衣服可怎么办？”皮纳一进到屋里就抱怨起来。罗西忙着找了一块破布，忙着清扫，擦了许久，那些破桌椅才勉强可以坐下来。

“轰隆隆！”一阵震耳欲聋的雷声在屋顶炸响，把小屋震得直摇晃，紧接着，“轰”的一声，有一个人突然撞开被他们关紧的木门，冒冒失失地闯进了小屋！

进来的是一个奇怪的小个子男人。

他又矮又瘦，穿着一身黑色羽毛织成的衣服，那衣服散发着一道道幽暗阴冷的黑光，邪恶而阴森。他的脸又尖又瘦，绘着奇特的彩色图纹，乱蓬蓬的头上插着三根黑色的羽毛，而他的一只眼睛用一片很大的黑羽毛罩住了，只露出另一只射出冷冷寒光的眼睛。

当罗西他们看到他的时候，顿时有一股寒气直向他们逼来。

小个子男人站在屋里，冷冷扫视着罗西他们，他的眼里露出几分疑惑，但是却一言不发。

“外面的雨可真大呀。”罗西惊讶地发现，蓝琦竟然面带笑容地和这个奇怪的小个子男人在搭话，“如果您不介意的话，请到这里坐。”蓝琦笑吟吟地站起身，把自己的椅子让给小个子男人。

小个子男人冷漠地看了一眼，低下头冷冷地说：“如果我没有记错的话，这是我的屋子，不用你来给我让位子吧！”

蓝琦一愣，但却并不恼怒，仍然笑着说：“原来您是主人，真是感谢，要不然我们连个避雨的地方都没有了，不知道能不能有幸知道主人的名字？”

罗西、阿布和皮纳都不知道蓝琦葫芦里到底卖着什么药，若是平常遇到这样的事，她早就眉毛一挑，发怒了。可是现在……

小个子男人不停地抖落着黑羽衣上的雨水，他头都没有抬起来：“我从来不向陌生人说我的名字。”

蓝琦似乎有些恼怒，眉头一皱，但是很快又露出了笑容。

小木屋外，雨声越来越小。

小个子男人快步走出木屋，出去察看。

“蓝琦，刚才你为什么……”阿布好奇地问。

“如果你有点脑子，你就不会问我这样的蠢问题。”蓝琦轻声对他们说，“难道你们没有看见吗？他穿的衣服是乌鸦的羽毛织成的，他穿的是一件鸟羽衣！也许他会知道‘祭神鸟国’在哪里，我正在想办法问他一些问题……”

“哦，原来如此。”经蓝琦这么一说，其他人这才明白过来。

正在说话间，那个小个子男人又跨进了小屋。他的眼睛冷漠如冰，就仿佛屋里没有人似的。

“我想请问主人，您知道‘祭神鸟国’在哪里吗？”蓝琦出其不意地问道。

小个子男人似乎没有料到有人会问这样的问题，他惊愕地看着蓝琦，一只细缝眼骤然睁大，声音嘶哑地叫了起来：“你问‘祭神鸟国’做什么？”

“怎么，主人您知道？”蓝琦脸上挂着淡淡的笑，缓缓地问。

小个子男人显然意识到自己的反应太强烈了，他闭了闭眼睛，恢复了刚才的冷漠神情：“什么‘祭神鸟国’，我从来都没有听说过。”他又冷冷地扫视着他们，“我说过，我不喜欢和陌生人打交道。”说着，他就走出了小屋。

“快跟上他。”蓝琦悄声说，“他可以为我们带路。”

“可是他连‘祭神鸟国’都没有听说过……”皮纳嘟囔着，大雨才刚停，它可不想再去泥水里打滚，何况走路对它的肥

身子真是个负担。

“他如果不知道‘祭神鸟国’在哪里，他就不会问‘你问祭神鸟国做什么？’”蓝琦学着小个子男人嘶哑的声音叫喊着，“他那么吃惊，表明他知道那个地方在哪里。”

大家觉得有道理，就轻手轻脚地跟了出去。

小个子男人好像感觉到有人在跟踪他，不断地加快脚步……

皮纳在最后面嘀嘀咕咕地抱怨着：“跑慢点……我的脚都快断了……为什么要去找那个该死的‘祭神鸟国’……”

突然，一个黑影蔓延着笼罩在皮纳的上空。皮纳一抬头，眼中露出了惊恐无比的神色……

小个子男人左闪右躲，在一条小路的岔口处，他一闪身，就没有了影子。

当小个子男人失去踪影的时候，皮纳也失踪了。

“皮纳，皮纳，你在哪里？”罗西高声地呼喊着。

但是四周一片寂静。

罗西他们沿着刚才的路找了回去。

实际上，皮纳就在离他们不远的地方，它脸色苍白地看着硕大的黑影笼罩住了它，不敢动弹。当它听到罗西叫喊它的名字时，它瑟瑟发抖着，嘴唇嚅动了几下，却没敢发出声音。

一个穿着黑袍、戴着帽兜的高个子男人弯下身子凑近了皮纳，帽兜遮住了他的脸——他就是逃出来的黑魔头附身的黑影人！

“啊，多漂亮的衣服，是吗，纳恩小子？在树精王国你一定玩得很开心吧！”一个阴郁冷酷的声音响了起来，“看他们送给你的漂亮衣服，你变得神气活现了，你以为穿上这身衣服，你就成了一个人了吗？——没有，你仍然是一只黑猫，你的命运掌握在我的手中，最后能变成人，还是仍然做一只黑猫，就看你的表现了。”黑影人恶狠狠地说。

皮纳发出一声绝望而无力的哀号。

“皮纳……皮纳……”罗西他们的叫声透出焦虑。

“啊哈，两个死对头现在却成了朋友。”黑影人阴阳怪气地说，“不要忘记你的使命，否则，你就永远都是一只黑猫，还

有你的爸爸，你想一想吧！”

皮纳无力地垂下头，驯服地点了点头。

“那些该死的树精！”黑影人恼火地咒骂道，“告诉我，怎样进入树精王国。”

皮纳愣住了，它沉默了一会儿，哆哆嗦嗦地说：“我、我不知道……”

“什么？”黑影人逼视着皮纳，“你不是进去过吗？”

“我、我不懂树精的语言……我、我也没能记住……”皮纳结结巴巴。

“你还是一样的蠢！”黑影人一挥手，皮纳的四只黑靴子渐渐发红，并且开始缩小，皮纳发出了一声惨叫。

“这是对你的惩罚……”黑影人冷酷地说，“告诉我，你们在树精王国的经历。”

皮纳把他们在树精王国的情况说了一遍，当然，它没有说智者奥多教罗西斯诺文的情况，因为这件事没有人知道，这是奥多和罗西之间的一个秘密。

“这么说，他们现在是想去‘祭神鸟国’找到百鸟锦衣？”黑影人冷冷地反问道。

“是的，要及时赶回村庄，必须得到百鸟锦衣。”皮纳颤抖着说。

“很好。还算你有了一点用处，不枉我花心思把你变成了一只黑猫。”黑影人仰起头，得意而诡异地笑了起来。

“你快回去吧，别让他们找不到你生疑。”黑影人低下头来阴森森地说——他的帽兜落了下来，露出了一张阴险奸诈的脸。

皮纳听到黑影人的话，刚想转身就跑，但是它忽然看到了黑影人脸上的笑容隐隐约约有着它熟悉的影子，“爸爸！”皮纳失声叫了起来。

黑影人愣了一下，似乎在竭力回忆着什么。

“快走！不然我会再次惩罚你的！”一个阴森的声音厉声吼道。

皮纳吓得转身就跑，直到跑到一个角落，它偷偷回望，想看清楚那张黑影人的脸，为什么会有它熟悉的影子。而这时候，

黑影人早已把帽兜罩在了头上。

当皮纳的背影刚刚消失，一个谦卑的声音从黑影人身体里冒出来："为什么？为什么我会有这样一种奇怪的感觉？主人？"

"你在说什么？"一个阴冷的声音厉声问。

"主人，为什么当那只黑猫叫'爸爸'的时候，我、我感到很熟悉？这只黑猫究、究竟是谁？"谦卑的声音听到阴冷的声音变得很严厉，颤声问道。

"那只是你的错觉！"阴冷的声音低吼道，"你是我的仆人，你完全属于我！我说过，以后不许你再问这样的问题！"

"是的……主人……"谦卑的声音恭敬地回答道。

黑影人看着皮纳离开的地方，眼里射出两道寒光，阴冷的声音低语着："他已经有所察觉……这只黑猫……终究是个后患……是时候了……"

黑影人抬头环顾了一下四周："哈哈，'祭神鸟国'！真是个好地方！"只见他一旋转，一股黑风从地上卷起，向着小个子男人消失的地方追去。

黑风盘旋着降落在了小个子男人面前。

"鸦羽人，你要去哪里？"黑影人挡在了小个子男人的面前。

"你是谁？"一片巨大的黑影骤然落在了小个子男人身上，他惊恐地问。

"我将会是你的朋友。"黑影人凑到小个子男人的面前，"来帮助你实现你的愿望。只要你帮我做一件事。"

"我不需要陌生人的帮助……"小个子男人努力抑制住自己的恐惧。

"不需要？权力、财富，还有你心中不断膨胀的欲望，鸦羽人，你心里的邪恶已经透露了你的心思，你想得到的东西，我可以帮助你得到……是的，'祭神鸟国'的国王，这并不是难事……"黑影人眼中闪现出的寒光，直逼小个子男人，他似乎在窥探着他的内心。

"你、你怎么知道，我、我想做'祭神鸟国'的国王……"小个子男人惊愕地瞪大眼睛。

“我能看到一切黑暗的东西、黑暗的心灵，你的灵魂正在接受我的召唤……”黑影人很有把握地说，“你的欲望会使你服从我的……”黑影人眼里阴冷的寒光直射向小个子男人的那只独眼中。

“我真的能成为国王？”小个子男人眼中闪出贪婪的光。

“是的，这是一场交易，非常合算，你会如愿以偿……”

“好的。”小个子男人顺从地点了点头，他屈服了，“我该为你做什么事？”

“把刚才你看到的人引入传说中‘祭神鸟国’的圣地，然后……”黑影人在小个子男人的耳旁低语着。小个子男人连连点头。

黑影人讲完这些话，重新抬起头来：“你会成为获利者，鸦羽人……去做我吩咐你做的事吧！”

说着，黑影人化作一股黑旋风席卷而去。

小个子男人目瞪口呆地看着黑风消失，又沿着原路往回返。

再说，罗西他们一直寻找不到皮纳的踪影。

而皮纳此时正一瘸一拐地从一条小路上走来，它一边走一边轻声嘀咕着：“进入树精王国的秘密……我没有说……那里可真美……哎呀……我的脚快断了……爸爸……真像……可是不可能……”

“皮纳！”皮纳突然听到阿布惊喜的叫声。

“皮纳，你去哪里了？我们找了你好久了。”罗西问。

皮纳抽了抽鼻子，它感到有一种酸酸的感觉从心底泛了起来。

“你刚才去哪里了？”蓝琦问道。

“我、我迷路了……”皮纳低下头。

“你的脚怎么了？”罗西看到皮纳跛着脚走路，奇怪地问。

“我急着找你们，不小心扭到了脚……”皮纳仍然低着头，没有看他们。

蓝琦却有些疑问，她看到皮纳眼神闪烁。眼前突然闪现出那个阴森奇怪的牧猪人，一些疑问在她的心里浮起。她正想继续问，就在这个时候，穿鸦羽衣的小个子男人一晃，闪了出来。

“怎么，你们还没有走？”小个子男人主动迎了上前，和刚才冷漠的态度完全不一样。

罗西他们几个人都有点奇怪，尤其是蓝琦，脸上顿时浮起了疑云。

“你们想去‘祭神鸟国’，对吗？”小个子男人问道。

“是的。”罗西点了点头，蓝琦却在一旁不再说话。

“我可以带你们去。我是‘祭神鸟国’的人。我是鸦羽人基姆。”小个子男人说。

“太好了！”阿布高兴极了。

蓝琦却淡淡一笑：“基姆，刚才你不愿意和陌生人说话，可是为什么现在却愿意帮助我们到‘祭神鸟国’呢？”

基姆愣了一下，但是他独眼一转，立刻说：“‘祭神鸟国’是个不允许外人随便到的地方，主要是怕一些心存邪念的人到这里会带来灾难；但是，我们的预言说今天会有人要到我们的寨子，将给我们带来幸运，我就是专门出来寻找这些人的，我想，也许你们就是这些人……”

罗西和阿布很高兴，而皮纳一看到基姆的眼睛，不由自主地打了一个寒战。

蓝琦却将信将疑，她暗暗寻思：“祭神鸟国”一直都是传说中的地方，几乎无人知道它究竟在何处，虽然这个穿黑鸦羽衣的人形迹可疑，但是也只能先跟着他走，到时候再见机行事。

于是，蓝琦甜甜一笑：“好吧！真是感谢基姆，那就请你在前面走，也好让我们在后面看清楚一些。”蓝琦这样说，一是担心基姆在后面偷袭，另一方面是想如果基姆引他们进什么不祥之地，他们也可以及时撤退。

老奸巨猾的基姆自然知道蓝琦的用意，但是他却并不放在心上，一口答应了。

基姆带着他们走一些非常偏僻、满是荆棘的小路，绕了无数个圈，拐了无数个弯，走到了一大片十分茂密的荆棘林。

“基姆，还有多久才会到呢？”阿布忍不住问道。

“用不了多久了。”基姆回答道。

蓝琦暗暗观察四周，罗西也握紧了蓝星宝剑，皮纳则还是磨磨蹭蹭地走在最后面。

基姆的话音刚落，突然间，荆棘林中飘来了一大片灰蒙蒙的雾气，快速地蔓延着，眨眼间就把他们包围住了。雾气又厚又湿，什么都看不见，幸好，还能听得到声音。

“真是太糟糕了，竟然会有这样的大雾。”他们听到了基姆的声音，“还好，我已经习惯了，你们现在必须跟我走了，否则困在这里就危险了。我拉着你们出去，听声音，快拉住我的手……”

蓝琦觉得这场雾来得太突然，不由抽出了金鞭，但是眼前只有一片茫茫白雾，一时之间也无可奈何。罗西也感到奇怪，但是“祭神鸟国”……他伸出手拉住了基姆的手。就这样，他们相互拉着手，跟随着基姆摸索着往前走……

不知道走了多久，基姆停了下来：“到了，就是在这里，你们可别乱动。”说着，他就放开了罗西的手，蓝琦一直有所防备，金鞭“嗖”地飞出，直向基姆发出声音的地方扑去，想用金鞭抓住他。

然而，狡猾的基姆早有准备，蓝琦的金鞭只套住了一根又粗又长的木棍，他却已经销声匿迹，浓雾中再也听不到他的声音了。

“我们必须离开，这可能是个陷阱！”蓝琦大声惊呼。

就在这个时候，浓雾却逐渐散去了，他们看到自己孤零零地站在一片圆形的空地上。

这真是一个奇异的地方，是另外一个世界。

他们脚下的圆地是一块巨石，上面刻着一些奇特的图案和符号，并且比周围的地面要凸起。周围都是红色土壤的泥地。环绕着圆地，林立着一些高大的棕褐色的石柱，上面绘有许多彩色的鸟和字符。石柱的顶端，插着许多羽毛，一看就知道这些是鸟的羽毛。石柱的底部，都缠绕着一些藤蔓。

“这里一定就是‘祭神鸟国’！”阿布一看到这些图案和羽毛，高兴地叫了起来，“基姆没有骗我们，果然把我们带到‘祭神鸟国’了！”

皮纳也在一旁直点头。

“快离开这里！”蓝琦很果断地说，“别待在这里，这里一定不宜久留！”说着准备飞身往圆石外跃去。

然而，一大群人已向这里匆匆拥来。

“就是他们！就是他们闯入了圣地！快抓住他们！”为首的一个人高声喊叫着——他正是鸦羽人基姆。

人群拥过来，不停地向圆石逼近。

这是一群衣着奇怪的人，他们都穿着一身十分特别的鸟羽衣：碧绿的、灰色的、蓝色的……头上都插有几根鸟的羽毛，与他们的衣服上的羽毛是同一种鸟的羽毛，他们的脸上和手臂上还绘着鸟羽的形状和颜色——显然，这里是祭神鸟国。

穿鸟羽衣的人一个个逼视着他们，罗西、蓝琦、阿布和皮纳一步步地往后退着，最后，他们退到了圆石的中心。

人群走到了四周的石柱附近就停住了脚步，只是团团围住圆石，逼视着罗西他们。

“等等，让我进去！”一个威严却清亮的声音在人群外响了起来。

人群纷纷向两边退开，让出了一条小道。一道耀眼而亮丽的金红色光芒骤然照亮了人群，一个美丽女子身着光彩夺目的鸟羽衣从人群中缓缓走来，她绿色的眼睛清澈明亮，就像绿宝石一般炫目，所不同的是，她的头顶没有插着几根羽毛。

“天哪！太美了！”蓝琦发出一声惊叹，“她穿着一身凤凰的鸟羽衣！简直与传说中的凤凰羽衣一般美丽！”

“娜莉娅女王，他们就是入侵我们圣地的人！”基姆的眼中闪烁着邪恶的黑光，指着罗西他们大声地说。

就在这时，树丛中一双诡异的眼睛正在注视着这一切——那就是黑影人。

女王走到了圆石附近，她也停住了脚步，看着圆石上的几个人。她的神情高傲而矜持，可是她的那双绿眼睛里却流露出了柔和的光，和她的神情很不相称，仿佛她的高傲只是一种伪装，而那眼睛中的温柔和善才是她的本色。

“我们有看守，他们是怎么进来的？”女王问道，当她看到闯进圣地的只是几个小孩时语气和缓了一些。

“娜莉娅女王，您不要小看了他们，他们是一群邪恶的小孩，他们一定是施了诡计才得以进来的。当我看到他们，想把他们驱赶出去的时候，他们还企图对我不利，您看到了吗？他们手里都有凶器……”基姆的独眼中射出奸诈的光，当他看到蓝琦手中拿着金鞭，而罗西也握住了蓝星宝剑时，就指着他们凶恶地尖叫起来。

“胡说！你在撒谎！”蓝琦大怒，眉毛一挑，“分明是你刚才带我们进来的，可是现在却说是我们自己闯进来的！”

人群的眼睛“刷”地移到了基姆的身上。

基姆却不慌不忙，从人群中站了出来。

“啊！女王陛下，您可以看到这是一群多么邪恶的小孩，当我驱赶他们不成，他们怀恨在心，就说是我把他们带进来的，这完全是为了报复我！谁都知道，这里是‘祭神鸟国’的圣地，从不允许外人来，何况今天是‘祭神鸟日’，这会给我们带来不幸，作为‘祭神鸟国’的臣相，女王的叔叔，我怎么会做这样的事？实在是太可笑了！”基姆独眼中寒光闪闪，“好了，邪恶的小家伙们，如果你们一定要说是我带你们进来的，那么告诉大家，你们有什么证据？”

罗西十分愤怒：“的确是你带我们来的，趁着刚才起了一场大雾，我们无法辨清方向，你就让我们跟着你走，到了这里，你就溜走了！无缘无故，我们为什么不说是别人做的！”

“啊！多么聪明的小孩，可惜你没有走在正道上，竟然把自己的聪明用在了撒谎上，这可真让人心痛，真是世风日下啊。”基姆冷笑着问，“证据，证据呢？你们说我带你们进来，你们就必须拿出证据来证明。”

鸟羽人不知是非曲直，谁真谁假，不由窃窃私语，低声地议论起来。

“是啊，鸦羽人是‘祭神鸟国’的人，他是不可能把外人带到圣地来的。”

“这些小孩说的也有道理，这么一大群人，他们为什么不说是别人做的？”

“这个情况事关重大，今天可是‘祭神鸟日’，怎么能有外人闯入呢？”

……

“我们知道你的名字，你告诉过我们，你叫基姆！”阿布没有想到热心的基姆竟然会当众撒谎，忍不住冲出来说。

“哈哈！谎言终于露出了马脚！”基姆得意地阴笑了起来，“我叫基姆？这真是天大的一个玩笑，只要是‘祭神鸟国’的人，都知道我最不喜欢的名字就是基姆，可是你们却说我告诉你我的名字叫基姆，真是可笑，真是可笑啊……实际上，邪恶的小家伙们，我的名字是特迪，你们撒谎前显然没有把事情给弄清楚。”基姆又摇了摇头，阴阳怪气地说，“真不敢相信，就连这么小、长得像天使一样的小孩都会撒谎，看来你们的确是一群邪恶的小家伙。这将会给‘祭神鸟国’带来些什么，我真不敢想象。”

特迪的话音一落，罗西、蓝琦、阿布，甚至皮纳都大吃一惊。

蓝琦十分恼怒，事发之前，特迪反常的举止就已经引起了她的怀疑，可是她认为自己聪明伶俐，会有办法对付他，等出了事再随机应变，所以没有想到留下什么证据之类的问题，听着特迪撒了谎却振振有词，气得她紧咬银牙，握住手里的金鞭想冲过去好好收拾一下特迪。

特迪的话显然引起了人群的反应，人群又在那里议论纷纷。

“这可怎么办？今天可是‘祭神鸟日’。”

“圣地今天闯进外人来，这可是件不好的事呀！”

“这些小孩竟然当众撒谎，看样子真的是很邪门啊。”

……

罗西他们听到这些议论，又急又怒，但是却又无可奈何。

娜莉娅女王一直沉默不语，看着刚才发生的一切，她皱着眉头，似乎事情很让她为难。蓝琦一直很注意，她发现女王即使是在凝神思索时，眼中仍然有着柔和温暖的光。

“娜莉娅女王，事情已经很明白了，是这几个邪恶的小孩闯入我们的圣地，故意想破坏‘祭神鸟国’的规矩，现在该是您作出裁决的时候了！”特迪的独眼中闪出凶光，一步步逼近女王。

娜莉娅女王看着圆地中的几个小孩，不像是邪恶之人，她

似乎于心不忍，她仍然沉默着。

蓝琦眼看情形不妙，而女王又正在犹豫不决，看样子是凶多吉少，就悄悄地对其他人说：“我们只有先设法逃出去，百鸟锦衣的事出去再做打算，你们抓住我，我把金鞭甩在树上，先逃出这块圆地。”

其他几个人轻轻点了点头。

蓝琦的金鞭突然“嗖”地出手，直向人群外的一棵大树上甩去，罗西他们几个人拉住她的手，蓝琦刚收起金鞭腾空而起，特迪发出了一声号叫：“他们想要逃跑！快拦住他们！”

特迪用手里的鸟骨杖对着圆地周围的那些石柱一挥，口里喃喃念叨着：“圣地之藤，伸出你们的手臂，长出你们的根须，快抓住他们！”

顿时，石柱脚下那些粗壮的藤蔓一下子苏醒过来，“嗖——嗖——嗖——”，它们飞快地蔓延着，伸长着，像蛇一样蜿蜒着飞速爬行，一瞬间就已经生长到了圆地中心，互相交缠着，还在地面的罗西、阿布和皮纳一下子就被这些有碗口粗的藤蔓紧紧缠住了脚，藤蔓沿着他们的脚不断地向上生长，一圈圈环绕着缠住了他们的身体，就像一条条巨蟒紧紧勒住他们，使他们动弹不得。罗西、阿布和皮纳用力挣扎着，可是粗壮的藤蔓却越挣扎缠得越紧。

情况十分危急。

蓝琦急转身想腾空跃出圆地，然而地面上的藤蔓已经飞蹿上来，一下子缠住了她的脚，蓝琦用脚踢开几根藤条，然而更多的藤蔓飞速地生长上来，包围在她周围，不一会儿就交织着把她缠住，拖回了圆地。

当蓝琦落到了圆地上，藤蔓立刻迅速蔓延着把她捆绑得结结实实。

所有人都被藤蔓缠得牢牢的，脱身不得。

这时，藏在树丛中的黑影人注视着这一切，他的眼中射出冷冷的寒光。

特迪见到这种情景，十分得意，独眼中掠过一抹诡谲而得意的笑。

“女王陛下，您知道，‘祭神鸟国’的圣地从来不许外人闯入，违者只有立即处死，而今天是‘祭神鸟日’，按规矩又绝不许伤害任何人，否则会触犯我们的法律和神灵……”特迪的脸狡诈而阴险，他的眼睛直盯着女王，语气咄咄逼人，“作为‘祭神鸟国’的女王，您必须要维护国家的尊严，对入侵圣地的人作出惩处，同时，您又必须遵守国家的法律，尊重神灵的意志，决不能在‘祭神鸟日’这一天做出伤害人的事……娜莉娅女王，请用您的智慧、勇气和权力作出裁定，无论您损害了哪一方面的利益和尊严，您都没有尽到女王的职责，因为作为女王，您无力保护您的国家，您所拥有的权力将失去意义，而您的威望也就不复存在……”特迪故作庄严地对娜莉娅女王说。

这显然是一个难题，无论做什么样的选择和裁定，娜莉娅女王最终都难以圆满解决这个问题，而无论她触犯哪一方面，她都会失去女王的尊严和人民的信任。

人群的议论声一下子消失了，骤然间一片沉寂，所有人的目光紧盯着娜莉娅女王，不知道女王将如何决定。

蓝琦听完特迪的话，心里立即有了主意，她略一沉思，就高声对女王和人群说：“在‘祭神鸟国’，‘祭神鸟日’是一个神圣的日子，在这样的日子，如果你们违背国家的法律，对我们作出严酷的裁决，这将会使这个神圣的日子遭到亵渎，而你们对平安和幸福的祈祷将会不能实现……所以，女王陛下，放弃对我们的惩罚将是一个仁慈的决定，也会给你们带来宽厚和仁爱的快乐。”

人群又出现了议论，因为他们知道蓝琦说的也是对的。

特迪立即尖叫起来：“不！不能放他们！惩罚圣地的入侵者也是国家的法律，没有人能违背！”

女王沉默了一会儿，威严地说：“先把他们关起来，我会在午夜来临前作出裁决！”

女王转身刚要走，罗西用手中的蓝星宝剑奋力砍削着藤蔓，高声喊道：“等一等！女王陛下！”

女王回过头来看着罗西。就在这时，藤蔓撕扯着罗西胸前的衣服，罗西挣扎着，露出了他的红石护身符。

一道红光耀眼地闪烁着，女王的目光落在了罗西胸前的红石护身符上，她顿时瞪大了眼睛，惊奇地看着那个护身符。

“这是你的吗？”女王指着护身符问罗西。

罗西轻轻地点了点头：“是的，这是我妈妈留给我的。”

娜莉娅女王的眼光变得柔和而温暖，她凝视着红石护身符，突然间伸出手中的鸟骨杖对着那些紧紧缠住罗西他们的藤蔓一挥，一道金红色、灿烂明亮的光芒直射向藤蔓。藤蔓就像被火烧到一样，扭曲着，挣扎着，窸窸窣窣地往回缩，不一会儿，就全部松开，沿着地面飞快地向着石柱的根部缩回去。

一切恢复了原状。被藤蔓捆绑得已经透不过气的几个人这才松了一口气。

女王环视了一下四周的人群，威严地说：“不必在午夜来临前作决定了，我现在就作出裁决，这几个圣地的入侵者无罪，现在就释放他们！”

女王的命令在圣地回荡，四周一片鸦雀无声，就连特迪都有些吃惊。

而此时，树丛中的黑影人恼怒得咬牙切齿，恶狠狠地咒骂道：“又是那该死的护身符！”

特迪的脸上露出了一丝喜色，他又站出来阴阳怪气地说：“恭喜女王陛下，您终于作出了裁决，这可是一个两难的裁定啊！可是，我不得不告诉您，尊敬的陛下，您太武断了，您的裁决违背了国家的法律，您竟然没有惩处圣地的入侵者，这已经违犯了国家千年来制定的法律！这不是一名英明的女王作出的裁决……哦，当然，当然，无论您作怎样的裁决，都会违背国家的法律，可是这可怪不了别人，因为这是您造成的，正是由于您的防范不严，守卫不当，才让这些入侵者进入了圣地，如果我是您，我会选择处死这些入侵者，这可是他们毁了您的权力……”特迪邪恶的黑眼睛中闪着喜悦的光，因为他感到自己的阴谋就要得逞了。

“特迪，你不用多说了，我坚持我的裁决。”娜莉娅女王很坚决地说，“我这样做不是武断，而是因为我知道‘祭神鸟日’更需要的是仁爱和宽容，而不是严厉处罚的法律。”

周围的鸟羽人觉得娜莉娅女王的话也很有道理，不由纷纷点头。

见此情景，鸦羽人特迪觉得自己如果再不出手，就可能失去对付女王的机会，他瞪着独眼高声吼叫起来：“娜莉娅女王，当你作出裁决的时候，你已经损害了国家的法律！你没有尽到女王的职责，从你作出决定的那一刻，你的权力已经失效了！”特迪对女王的称呼已经由“您”变成了“你”。

特迪又看了看四周，用抑制不住的得意的语气说：“作为你的叔叔，我是你的监护人，你的父亲在临死前托付过我，如果当你作为女王时，损害到了国家的利益，我将代表他剥夺你的王位，而现在我宣布你的裁定使你失去了对这个国家的统治权！”他从黑色羽衣里拿出了一张羊皮纸，上面是一些字，还盖着一个头像。

“果然是老国王的圣令……”人群中又传出低声的议论。

特迪大声地宣读着圣令上的字：“如果娜莉娅成为女王后不能维护国家的利益，将被剥夺王权，由特迪来统治国家……”

人群一片沉寂，因为特迪的宣读意味着“祭神鸟国”新的统治者将是鸦羽人——特迪，这可不是一个好消息，因为大家都害怕特迪的邪恶和贪婪。

“娜莉娅女王，难道你不想再考虑一下你的裁决吗？”特迪假惺惺地问道，“我相信你是一个聪明人，能把这个两难的问题解决好……”

“不用再更改我的裁决，我相信我作出了最明智也是最公正的裁决！”娜莉娅女王很坚决地回答。

“即使放弃你的王位你也要坚持吗？这可不像一个聪明人。”特迪转动着独眼，一脸奸邪地问。

“是的！这就是我维护国家利益的裁决！即使为之放弃我的王位！”娜莉娅的语气更加坚定，“仁慈和宽厚正是神圣的‘祭神鸟日’的精神！”

“很好，很好……”特迪抬高声音大声地说，“娜莉娅女王的态度已经很清楚了！她不惩罚圣地的入侵者，并且愿意为之放弃王位！”

他转过身对娜莉娅女王说：“女王陛下，请允许我最后一次这样称呼你，请把你的权杖交给我，现在这个国家得由我来统治了。”特迪一边说一边对娜莉娅女王抖动着圣令。

“不要给他！这是他的阴谋！这一定是特迪故意设计的圈

套！”蓝琦忍不住高声叫喊道。

“女王陛下！”罗西焦急地叫了起来。

娜莉娅用温柔的目光注视了他们一会儿，还是把手里的权杖递了出去。

特迪对权杖伸出了手……

“抓住他们！”手握权杖的特迪对周围的鸟羽人高声命令道。

“我已经裁决他们无罪了。”娜莉娅高声地说，“你没有权力这样做！”

“亲爱的侄女，你可能忘记了，现在我是国王，一切将由我来决定。虽然刚才你已经裁定他们无罪，但是，我，‘祭神鸟国’现在的统治者，宣布我新的裁决——这些入侵者将全部被处以死刑！”特迪恶狠狠地瞪着他的独眼，接着他又阴森森地转向娜莉娅，“娜莉娅，你竟然敢违背我的命令，你也将被处罚！”

说着，特迪趁娜莉娅不注意，把他的鸟骨杖对着娜莉娅一挥，一道黑色的光芒像利刃一般射出，将娜莉娅击倒在圆地中。娜莉娅倒在了罗西他们旁边，昏迷不醒。

所有的鸟羽人看到特迪如此对待娜莉娅都很惊诧，低声地议论起来。

“这可是娜莉娅女王啊！”

“我真不敢相信眼前发生的一切。”

“不知道以后我们的命运将会怎样了。”

……

特迪听到议论，猛然举起手中的权杖，声嘶力竭地叫喊道：“这是权力的象征！我是你们的统治者，如果谁不服从我，这就是他们的下场！”

周围的鸟羽人沉默了……

特迪阴冷的眼睛注视着圆地里的人，他突然伸出手，指着缩在最里面的皮纳厉声说：“你们看，一只黑猫闯进了我们的圣地！我们怎么能够容忍！”

皮纳吓得全身直哆嗦。

特迪冷酷地看着他们说：“你们刚才说是我骗你们到圣地的，这完全是诬蔑！为了惩罚你们，现在我必须处死你们其中的一个人，包括这只黑猫！你们选择吧！到底是谁先死？我的意思是先选择这只黑猫……”特迪指着罗西说，“现在将要由你来决定，最好不要违背我的意志，否则我就惩罚你！”

“不用选择了！我们决不会把我们的朋友抛弃！我们是不会让你杀死皮纳的！”罗西很坚决地回答，“鸦羽人，无论你将如何惩罚我！”

“啊哈，多么让人感动，为了救一只黑猫，你准备接受我的惩罚？”特迪的鼻子里发出一声冷哼，“我自然会处罚你的，一切都要遵从我的意志！我，‘祭神鸟国’的统治者！”

说着，特迪用鸟骨杖对着一根石柱上的藤蔓一挥，顿时，一根藤蔓迅速穿梭着伸到皮纳旁边，紧紧绑住了皮纳，接着，藤蔓就把皮纳往圆地外拖，而在圆地外面，一群赶来的鸦羽士兵正在严阵以待，准备抓住皮纳立即处死它。

“救命！救命！”皮纳发出一声声号叫，蓝琦、阿布和罗西刚想来救它，石柱上的藤蔓又向他们袭来……

绝望的皮纳惊恐得瑟瑟发抖。“救救我……救救我……”

圆地外面的鸦羽士兵已经高高举起了闪着寒光的大斧头……

眼看皮纳的情况危急，罗西用蓝星宝剑斩断了缠在身上的藤蔓，向皮纳跑去。这时，一根藤蔓缠住了罗西的脚，想把他拖回来，罗西一剑刺向了藤蔓，那根藤蔓疼痛得颤抖着，接着，这根恼怒的藤蔓猛然间向罗西狠狠地抽了过来，罗西被一股强大的力量扫得直飞出去，又重重地落在了地上——他正好落在了皮纳的身后，而前面就是圆地的边界，鸦羽士兵们正站在外面想抓住皮纳。

几乎没有丝毫犹豫，罗西一把抓住了拖着皮纳的那根藤蔓。而这个时候，蓝琦和阿布也挣脱出来，紧紧抓住了藤蔓，藤蔓无法拖动皮纳了，皮纳刚好落在圆地的边界上，它已经吓得紧紧闭上眼睛了。

愤怒的藤蔓用力摇摆着，骤然一缩，想把皮纳先甩出圆地。罗西猜到了它的意图，他高高举起蓝星宝剑用力向藤蔓砍去，“咔嚓”一声，锋利的宝剑把藤蔓斩断了，藤蔓痉挛着缩了回去。

罗西在地上一翻滚，一把抓住了皮纳的脚，把吓得全身无力的皮纳又用力拖回了圆地中。那些鸦羽士兵无奈地垂下了高举着的斧头，而皮纳仍然闭紧眼睛全身发抖。

“啊，真是感人的一幕……”特迪怪声怪气地说，“如果你们真的想一起死，我会成全你们的，在‘祭神鸟日’仪式之后，你们都会被处死的！”特迪冷冰冰的独眼闪出凶残的光。接着，特迪把娜莉娅的权杖对着圆地一挥：“带他们走吧，圣地，把他们关押在黑牢里！”

圆地上的那块圆石发出一阵隆隆巨响，缓缓裂开了，地面骤然间向下沉陷下去，而四周的藤蔓编结成网，包围着罗西他们，防止他们逃跑，不一会儿，地面深陷下去了，圆石又合了起来。

“你们都先离开这里！”特迪对着周围的鸟羽人命令道，“等仪式的时间到了再来！”

鸟羽人们看着特迪那只可怕的独眼，遵从了他的命令，纷纷离开了圣地。

圣地周围一片寂静。

“哈哈哈哈！”特迪手握权杖仰天狂笑起来，“我终于实现了我这么多年的目标！我已经是‘祭神鸟国’的统治者了！”

“是的，你终于如愿以偿了，但是别忘了是我帮助你的……”特迪的身后响起了一个阴森森的声音，接着，一个硕大的黑影笼罩在了特迪的身上，“是我的计划和浓雾让你成为了这里的统治者。”

“是的，尊敬的黑影人，如果没有您的帮助，我将无法如愿。”特迪看着那个包围过来的黑影，显得很恭敬。

“现在是时候了，我将索要我的报偿。”黑影人的声音里充满邪恶和贪婪。

“请吩咐，您需要我做些什么？”特迪抚摸着手里的权杖，“我会满足您的要求。”

“把那几个小孩处死！在今天的‘祭神鸟日’仪式上，让鸟羽人都献出羽毛，为我做成百鸟锦衣！否则，我将惩罚你！”黑影人厉声命令道。

“是的，我一定会办到。”特迪一口就答应下来，尽管他知道在“祭神鸟国”，赠送百鸟锦衣是一件非常重大的事，必须由所有的鸟羽人同意才行，但是他还是满口答应了。

黑影人满意地说：“这是一笔让人满意的交易，特迪，我让你得到了王位，你就用你的权力去做那几件事来回报我！”

“尊敬的黑影人，如果您不介意，我想请您去参观一下我的王宫。”特迪已经迫不及待地想展示他所获得的一切。

黑影人点了点头，特迪就带着他离开了圣地。

再说圆地的地面不断深陷下去，不一会儿，就沉陷到了一个黑乎乎的地洞里。

蓝琦拿出银鳞照着这个漆黑的地洞。这里面阴暗潮湿，没有门也没有窗户，到处都是封死的，更可怕的是四周的墙壁上插着无数利刃，只要不小心就可能被刺到。

而就在他们的旁边，娜莉娅女王仍然在昏睡着，皮纳也还在紧闭着眼睛。

“我们要先救醒娜莉娅女王，她是为了救我们才被特迪伤害的。”罗西说。

他们围在娜莉娅女王的身旁不断地呼喊着她，可是她却一点反应都没有。相反，倒是皮纳终于睁开了眼睛。

“谢谢你们救了我，否则我就活不了了。”皮纳感激地说，它又转向罗西，“你竟然愿意为了我，而受鸦羽人的惩罚，我……”皮纳哽咽着说不下去了。

“我们都是朋友，又怎么能扔下你呢？”罗西诚恳地说。

“是啊，我可从来没有把你当作黑猫来看。”阿布也很真诚地说。

“我们必须想办法把娜莉娅女王救醒。”蓝琦打断了他们，她仍然对皮纳心存疑虑。

“也许用树精们给我们的绿露会有用。”罗西拿出了装着绿露的瓶子。

“让娜莉娅女王喝一点。”蓝琦拿过瓶子，凑到了娜莉娅的嘴边，缓缓地把晶莹清亮的绿露倒进了她的嘴里。

一声轻轻的呻吟，娜莉娅女王缓缓睁开了眼睛，她的绿眼睛看起来是那么美丽而温柔。

“怎么？我们竟然在黑牢里？”娜莉娅女王诧异地问。

罗西把事情的经过对她说了一遍。

“我们现在必须想办法逃出去，否则到时候，特迪会杀了我们的。”蓝琦说。

“黑牢里没有出口。”娜莉娅女王摇了摇头，“只有当这块圆石再次升起来的时候，我们才可能出去，而那个时候，圣地之藤会紧紧缠住我们，特迪就可以处死我们了。如果我的权杖还在，它是能开启一道门的，而圣地之藤也可以对付了，可是……”

阿布摸了摸自己的脑袋，又看了看四周的墙壁，利刃寒光闪闪，他摇了摇头：“这种墙壁，我也对付不了。”

娜莉娅女王担忧地说：“现在离仪式只有一点时间了……”

所有人都沉默了，不知道该怎么办。

“罗西，罗西……”忽然有一个小小的声音轻轻地呼喊着罗西。

蓝琦举着银鳞向那个声音的方向照去，竟然看到了一只很小的小白鼠。

“你是谁？”罗西惊讶地问。

“我就是在书虫儿村庄被你放走的小白鼠，我叫里洛。”小白鼠说，“谢谢你救了我们，当时我们说过我们还会再见面的，我现在是来帮助你们的。”

“什么，你来帮我们？”皮纳满脸怀疑地问道。

里洛说：“是的，我们可以为你们挖一条地道，你们就从地道里逃出去……”说完蹿起身就跑，一会儿就失去了影踪。

“我可不相信一只老鼠的话。”皮纳低声嘀咕道。

“如果逃不出去，我们只有等圆石升起来再见机行事了。”罗西说。

“娜莉娅女王，您为什么要救我们？”蓝琦好奇地问。

娜莉娅女王看着罗西胸前的红石护身符，语气柔和地说：“你们知道吗？这块红石护身符上那三根羽毛原来是属于凤凰羽衣的，它们是凤凰头上的三根翎毛，我们的祖先把它们送给了曾经拯救过我们‘祭神鸟国’的人，所以我的头上就没插三根羽毛，当我看到这护身符上的翎毛时，我就知道你们是我们的朋友……”

突然，他们感到脚下的土地正在微微地颤动。罗西把耳朵贴在了地面，听到一阵阵响声从地下传来，好像是挖土的声音。

“里洛！一定是里洛！它们果真在挖地道！”罗西惊喜地叫了起来。

所有人都把耳朵凑到了地面，果然那响声离他们越来越近，而地面也颤动得越来越厉害……

“噗嗤”一声，地面出现了一个小洞，钻出了一个小老鼠的脑袋——竟然是里洛！它全身沾满了泥，不停地喘气，断断续续地说：“终……终于把地……地道打通了！”只见里洛的身后露出了一条长长的通道，也露出了无数正在挖掘泥土的小老鼠。

里洛爬了出来说：“你们快走吧，我们还得把这个洞封起来，不要让他们发现，否则他们会沿着地道来追赶你们的。”

娜莉娅女王看了看挂表，惊呼道：“是的，时间就要到了！”

“里洛，谢谢你！”罗西感激地对小白鼠说。

“你们快走吧！我的同伴听到了特迪和一个黑衣人有一个交易，他们要杀死你们，并且黑衣人要得到百鸟锦衣。”里洛说。

“一定是追杀我们的黑影人！”蓝琦说。

“我们得去阻止他们！”罗西坚定地说。

“快跑！”

黑牢里的所有人立刻冲进了地道，飞快地向外面跑去。

当他们跑出地道的时候，才发现他们就在圣地旁的森林里，而圣地正准备进行“祭神鸟日”的仪式。

无数鸟羽人围在圣地旁，各种颜色的鸟羽衣在阳光下闪着夺目的光华。圣地前有一个高台，上面站着得意洋洋的特迪，而他的旁边站着一个高大的黑衣人，戴着帽兜，邪恶而阴森。

“他一定就是黑影人！”蓝琦用肯定的语气说。

“我们必须去阻止他！”罗西握紧蓝星宝剑就想冲下去。

“百鸟锦衣必须有百鸟的羽毛，缺任何一种都不行，如果他没有得到我的羽毛，那也是不行的。我们先看看他们想做些什么，再找机会阻止他们。”娜莉娅女王担忧地说，“现在我没有权杖，如果出去，百鸟羽毛就齐了，这反而会使他们的阴谋得逞。”

罗西想想也有道理，他们就藏在森林里，注视着圣地的动静。

特迪握着权杖神气活现地在高台上走来走去，而黑影人则阴郁沉默地站在一旁，他的身边是一大片黑影子，看起来让人感到恐怖。

特迪扯着他嘶哑的喉咙说：“这是我的朋友黑影人，他曾经帮助过我，现在他想得到一件百鸟锦衣，我，‘祭神鸟国’的统治者，命令你们所有人都献出一根羽毛，做成百鸟锦衣！”

人群一听到特迪的话，立即议论纷纷。

“百鸟锦衣可不能随便给人的……”

“这可是一件重大的事，这需要所有的鸟羽人头领开会商议，所有人同意才行的啊……”

“这样做可是违反国家法律的。”

“这个黑影人来历不明，看起来那么邪恶，百鸟锦衣不能给这样的人。”

……

特迪高高举起权杖：“这是我的命令！现在我命令你们所有人都拿出一根羽毛！”

“鸟羽人，你们听着，我现在就要得到百鸟锦衣，这是我和你们国王的一场交易……”黑影人发出了可怕的声音，“如果你们谁违背了我的意志，我将会严厉地惩罚你们！”说着，他伸出一根手指指向地上的一块石头，一道黑光一闪，那块石头一下子碎裂成了粉末。

所有的鸟羽人不由大惊失色，这种力量太可怕了。

特迪先从他的鸦羽衣上拔出了一根羽毛，扔到了高台前的一个树枝编成的筐子里。

“你们最好也这样做！”黑影人阴森森地说。

特迪也对鸟羽人们举起了权杖。

一些鸟羽人拔下了自己的羽毛，扔了出来，羽毛纷纷飞到了筐子里。筐子里的羽毛越来越多。

但是另一些鸟羽人却站着不动，他们脸上的神色严肃而庄重……

“你们……为什么不动……”黑影人阴冷的声音在圣地上空回响。

“如果是娜莉娅女王，她一定不会让我们这样做的！”一个穿着洁白羽毛的女鸟羽人站出来说，她的身上的白天鹅羽毛纯净无瑕，她的眼睛明净如水。

“是的，我们要见到娜莉娅，即使她已经不是女王，但是要做百鸟锦衣，凤凰的羽毛才是最珍贵的……”

“好！我就让你们看到她，现在她也必须服从于我！”特迪气恼地说。

他用手中的鸟骨杖对着圆地中的图案一指，中间的圆石又裂开了，一阵隆隆巨响传来，地面又升了上来——可是上面空无一人。

“他们去哪里了，特迪？”黑影人恶狠狠地逼近了特迪，“你不是说这是一个没有人能出去的黑牢吗？”

“这……这……我真的不知道……”特迪看着眼前空无一人的地面，莫名其妙。

黑影人转向了台下的鸟羽人：“你们到底拿不拿出你们的羽毛？”

“不！我们是不会屈从于你的！”没有献出羽毛的鸟羽人并没有被黑影人吓倒。

“是时候了。”娜莉娅轻声地说，“我必须和他们站在一起。”

娜莉娅站起来高声喊道：“黑影人，只要有我在，你休想得到百鸟锦衣！”

黑影人抬起头来，看到了娜莉娅和罗西、蓝琦、阿布和皮纳。

“怎么，你们已经混在一起了？是的，我不能得到百鸟锦衣，谁都不会得到百鸟锦衣的，因为我会毁了这里！”黑影人恶狠狠地说。

只见黑影人从宽大的黑袍里拿出来一件东西。那东西一下子就飘浮在空中，是一团蹿动着的火焰，那火焰竟然是黑色的！

黑影人伸出一只手，张开五指，从他的手指里射出一道道黑光，一下子把浮在空中的黑火焰击成了碎片。那些碎片顿时向四周飞散开，变成了一团团巨大的黑色火焰直冲向人群。

鸟羽人们从来没有看见过这样可怕的黑火焰，纷纷拍打着翅膀飞到空中，四处逃散。其中的一团黑火焰就直扑向特迪。黑影人冷冷地说："这是对你的惩罚……因为你没有完成我给你的任务……"

黑火焰紧追着特迪，特迪发出阵阵尖叫，没命地逃窜。

黑火焰也蹿到了空中，紧追着鸟羽人……

圣地凌乱不堪，天空中到处都是窜来窜去的黑火焰和飞着躲避黑火焰的鸟羽人。

娜莉娅女王和罗西他们急忙从树林里冲了出来。

"我们该怎么办？这些黑火焰会把这里烧成一片废墟的！"罗西焦急地说。

"黑火焰那么邪恶，我们到那里会被烧成灰的……"皮纳虽然也跟在后面跑，可是却吓得一直在颤抖。

"我不能让我的国家被这样毁掉！"娜莉娅女王坚定地说，"无论有多危险，我都要去阻止这场灾难的发生，即使付出我的生命！"

"我们也会和你在一起的！"罗西也坚定地说。

圣地旁广阔的空地上，鸟羽人们被黑火焰追逐着，四处奔逃，有的人已经被黑火焰燃着了身上的鸟羽……

黑影人站在圣地旁，仰天发出一阵阵狂笑："这就是违背我意志的结果！如果不听从我，我就毁了你们！我得不到百鸟锦衣，谁也别想再得到它！哈哈哈哈……"

而鸦羽人特迪则被一团黑火焰追得东逃西窜，狼狈不堪。

罗西他们冲到了圣地。

"黑火焰无法燃烧'翡翠霞光'和'金缕玉衣'，我们快去帮他们挡住这些黑火焰！"罗西对阿布说。

罗西握着蓝星宝剑冲向一团巨大的黑火焰。它正紧紧追在白天鹅鸟羽少女身后，黑火焰中张开了一张巨嘴，想要一口吞噬掉她。罗西猛地跳了起来，握着蓝星宝剑向黑火焰刺去，蓝星宝剑刺入了它的口中。黑火焰发出一声尖利的号叫，转身逃窜开了……

蓝琦则挥舞着她的金鞭，飞来蹿去，把金鞭不断地扫向那些正在追逐着鸟羽人的黑火焰。黑火焰被金鞭狠狠地抽到，或是被金鞭上的利刺刺到，发出一阵阵尖利的叫声……

娜莉娅女王飞在空中，忙着救那些被黑火焰烧到的鸟羽人……

阿布拉开他的银弓，不断地射向那些黑火焰……

皮纳则被黑火焰追着到处乱窜……

然而，黑火焰实在是太多了，而鸟羽人已经渐渐支撑不住了……

“不行，这样下去，我们还是敌不过黑火焰！”蓝琦很着急。

“可是普通的水是不能熄灭黑火焰的！”罗西既担忧又无奈地说。

“等一等！”罗西的话仿佛提醒了蓝琦，她惊喜地叫喊了起来：“‘翡翠霞光’和‘金缕玉衣’都是因为浸泡在树精王国的露水里，才能抵抗黑火焰，那么树精灵的绿露也许能把黑火焰熄灭掉！”

“对呀！”罗西惊喜万分，高声对阿布说，“阿布，快用绿露来灭火！”

罗西、蓝琦和阿布纷纷拿出了装有绿露的翡翠瓶，这时候，娜莉娅女王也飞到了他们的身旁，她对罗西说：“来，让我带着你飞！”

就这样，他们全都飞到了空中，追逐着那些就像是发了狂的黑火焰，他们用翡翠瓶盖上的一根翡翠枝蘸着绿露，向那些狂奔乱窜的黑火焰洒去……

娜莉娅女王带着罗西在空中飞翔着，当他们看到一团黑火焰就要把一个穿着翠鸟羽衣的人吞没时，娜莉娅女王拍打着翅膀急追上去。罗西将翡翠枝一甩，一滴绿露正好洒在了黑火焰上，顿时，一道道莹莹的绿光环绕着黑火焰飞旋起来。黑火焰扭曲着，发出一阵阵哀号，转眼间碎裂成一些碎片，化成了一些黑色的灰尘，飘落在地上……

罗西、蓝琦和阿布追赶着那些黑火焰，原来还气势汹汹的黑火焰被吓得东躲西窜。每当黑火焰碰到绿露，黑火焰就会一一碎裂成灰末……

就连皮纳也用绿露赶走了一直狂追它的黑火焰。

看到这种情景，黑影人眼里燃烧着愤怒的火焰："该死的树精，坏了我的好事！"他刚想扑向罗西他们，却一眼看到在阳光下闪着光的红石护身符，黑影人咬牙切齿地低吼道："总有一天我会收拾你们的！"只见他猛地一旋转，一股黑风升起，黑影人顿时失去了踪影。

罗西把一滴绿露洒在了鸦羽人特迪身上，黑火焰熄灭了，露出了狼狈不堪、羽毛都几乎被烧光了的特迪。

"啊——啊——"，"砰——砰——"，黑火焰不断发出号叫，碎裂成灰。当阿布把一滴绿露洒向一团企图逃跑到树林中的黑火焰时，圣地所有的黑火焰全都消失了。

鸟羽人都飞落到地面，圣地里一片宁静。

特迪呆立在高台上，那只独眼里充满了恐惧和茫然，娜莉娅女王的权杖落在他的脚边。

鸟羽人们重新围住了高台。

"特迪，这一切都是你造成的！你竟然和这样邪恶的力量做交易，给'祭神鸟国'带来了这样的灾难！"一个穿着鹰羽衣的鸟羽人高声说。

而这时候，蓝琦却在圣地的圆石里发现了一根鸦羽，她指着那根鸦羽高声说："你们看，圣地是从不许人进来的，可是为什么会有一根鸦羽？这就是特迪利用那一场大雾把我们带到了这里的明证！"

鸟羽人们议论纷纷。

"特迪，你无权剥夺娜莉娅女王的王权！这都是你一手制造的阴谋！把权杖还给娜莉娅女王！"鸟羽人在高台下叫喊着。

特迪虽然站在高台上，却无力地瑟缩着。

娜莉娅女王走上了高台，她的眼睛坚定地注视着特迪："特迪国王，当我继承王位的时候，我就已经立志，要让这个国家的人民生活得幸福安宁，所以，现在我以人民的名义，要求你交出权杖！"

"把权杖还给娜莉娅女王！把权杖还给娜莉娅女王！"人

群在高呼着。

特迪哆哆嗦嗦地把权杖拾起来交给了娜莉娅女王，灰溜溜地走下了高台。

“这是我们的朋友，他们拯救了我们的国家。”娜莉娅女王指着罗西他们说，“如果没有他们的帮助，‘祭神鸟国’现在已经被毁灭，人民将流离失所……”

鸟羽人发出了一阵阵的欢呼：“感谢我们的朋友！是你们拯救了‘祭神鸟国’！”

“我知道赠送百鸟锦衣是一件非常重大的事，但是如今我们的朋友也需要我们的帮助，他们必须去拯救他们的朋友和亲人，需要我们所有的鸟羽人献出羽毛，做成百鸟锦衣。他们给予我们帮助，并不是需要回报，只是现在他们需要的是我们的帮助。”娜莉娅女王高声说，“现在我需要你们作出选择，是否愿意献出羽毛，帮助我们真正的朋友？”

“我们愿意！”高台下的鸟羽人高喊着。

接着，无数根各式各样的鸟羽就飞到了高台上，就连鸦羽人特迪也把他身上那寥寥可数的鸦羽拔下来扔向了高台。

一瞬间，高台上已经堆满了各种鸟羽。

娜莉娅女王用权杖一点，所有的鸟羽都飘浮在了空中，金色的、绿色的、红色的、棕色的、蓝色的……在阳光下闪烁着，美丽夺目。

娜莉娅也拔出一根非常美丽的金红色的凤凰羽毛，扔到了空中，接着，只见她用权杖向圣地的一根石柱上一挥，一根闪着七彩光芒的针从石柱中飞了出来，针上连着一根银光灿灿的线。七彩针落到了娜莉娅女王的手中。

娜莉娅女王的脸上露出了微笑：“现在，就让我来缝制这百鸟锦衣吧！”

她手拿七彩针，飞到空中，在飘浮于天空的羽毛中飞舞着，灵巧的手拿着七彩针不断穿插着，那些美丽的羽毛被银线缝缀在一起。一会儿，一件闪闪发光的百鸟锦衣就做成了，它飘在空中，变幻出无穷的色彩，美丽无比……

所有人都看呆了。

娜莉娅女王飞落地面，用权杖一点，百鸟锦衣缓缓飘落下

来，落到了她的手上。

娜莉娅女王走到了罗西他们面前，真诚地说：“尊敬的客人，我们的朋友，这不是礼物，而是我们诚挚的心意，就请你们收下吧，但愿它能帮助你们完成你们的心愿。”

罗西接过了百鸟锦衣，竟然轻飘飘的，没有多少重量，他有些不好意思地说：“谢谢你们，这是我收到的最美好的心意，只是，这么珍贵……”

蓝琦却笑嘻嘻地说：“不要那么客气了，我们就收下了，如果不接受，主人们也不会答应的。再说，我们也还得赶路，再推辞下去，时间就来不及了，现在，我们就得告辞了。”

娜莉娅女王说：“既然时间已经来不及了，我们这就送你们走吧！”

娜莉娅女王带着鸟羽人，浩浩荡荡地把他们送出了圣地，直向森林中走去。

第十五章　遭魔咒的护身符

罗西他们告别了娜莉娅女王和鸟羽人，离开了圣地。

一个黑影一直在他们的身后忽隐忽现——那就是黑影人。

穿过密集的树林，他们在一片空地上休息。

黑影人潜伏在离他们不远的树林里。

“时间越来越紧了，我们必须加紧赶路。”蓝琦说，“我化作银龙带阿布飞，罗西你穿上百鸟锦衣带皮纳，我们穿过海洋赶近路，就可以早些回村庄了。”

“啊，专给我找麻烦的小家伙们，难道是你们吗？”忽然，一声惊喜的尖叫声传到了他们的耳边，一个身上背着包袱的小人儿突然钻了出来。

“桑多斯！”罗西惊喜地叫了起来。

水晶球小妖桑多斯好奇地问：“你们要去哪里？”

“我们要赶回书虫儿村庄。”阿布说。

“啊哈，我们又要凑在一起了，我也正要回去呢。”桑多斯耸耸鼻子说。

原来，桑多斯在外流浪了很长时间，他决定先回去看一看村庄的情况。大家商量后，决定先休息一会儿，就赶回去。

树林里的黑影注视着他们，眼里充满了仇恨。

皮纳倒在地上，一翻身，一下子看到了那个黑影，它的脸上露出了惊慌的神色，连忙闭上了眼睛，装作什么都没有看到。

黑影人伸出了手指遥指着皮纳脚上的四只靴子，那靴子越缩越紧。“哎哟……哎哟……”皮纳忍不住呻吟起来。

"你怎么了？"罗西关切地问它。

"我、我有些不舒服，可、可能是闹肚子了。"皮纳脸上的肌肉扭动着说，"我、我得去树林里一下。"

说着，皮纳就一瘸一拐地向树林里走去。

蓝琦怀疑地看着皮纳的背影。

皮纳刚走进树林，黑影人就立刻向它逼近过来："你打算违抗我的意志吗，小子？当我召唤你的时候，你竟然敢不回应？！"

"我、我只是太、太累了，没、没有看到……"皮纳颤着声音回答道。

"你要知道，你的命运完全掌握在我的手中，小子，如果你听命于我，我会让你有好日子过的。"黑影人恶狠狠地威胁皮纳，他的眼中射出冷冷的寒光，"怎么？罗西那小子救了你的命，你就对他感恩戴德了？别忘了，你只要不听我的话，你将永远是只黑猫，你就永远都不可能变成人……"

皮纳的脸痉挛着，在黑影人面前缩成一团。

黑影人拿出了一个蛇形的黑色的小瓶子，凑近皮纳说："你们不是要穿过海洋吗？罗西要穿上百鸟锦衣带着你飞，当他飞在一片汪洋上空的时候，你就把这黑瓶子里的东西洒在他的身上……"

"这是什么？！"皮纳惊惧地问。

"不许你问这样的问题！你只要照着做就行了！"黑影人厉声呵斥道，"记住，你的命运是掌握在我手中的！否则，我现在就可以毁了你！"

皮纳看到黑影人那阴冷的眼光，顿时感到全身冰冷，它哆嗦着点了点头。

"皮纳……皮纳……"传来了蓝琦的叫喊声。

"你快回去吧……别让他们发现了……那个小龙妖已经在怀疑你了……"黑影人慢吞吞地说，身子一转，一股黑风旋转着，消失了。

"皮纳，你在这里干什么？"蓝琦钻进了树丛，警惕的眼睛紧盯着皮纳。

皮纳连忙悄悄把小黑瓶子藏在了身上，结结巴巴地说：

"我、我刚刚有些闹肚子，现、现在好了许多……"

蓝琦看了看四周，却什么都没有发现，但是她的心中始终存有疑云，她总觉得皮纳的行踪有些诡异。

"我们正在商量回去的事，马上就要动身了。"蓝琦锐利的眼睛扫过皮纳的脸，发现它有些慌张——可是，周围却什么人都没有。

皮纳磨磨蹭蹭地跟在蓝琦的身后，回到了空地的岩石旁。

浩渺无边的汪洋大海上，罗西和银龙在飞翔着，罗西的背上是桑多斯和皮纳，银龙的背上是阿布。

大海上正翻腾着汹涌的波涛，狂风打着漩涡向他们袭来……

皮纳突然想起了黑影人的吩咐，它悄悄掏出了黑瓶子，打开了瓶盖……

就在这时，罗西关切地说："皮纳，前面风比较大，你和桑多斯要坐稳了。"

皮纳的手不由一抖，许多往事在他眼前闪现：罗西把它从牧猪人的手下救下来；如果不是罗西的帮助，它已经在幽灵城成为了幽灵；在"祭神鸟国"，罗西冒死救它……

皮纳的手颤抖了，它拿着黑瓶子犹豫不决，不知所措。

一阵猛烈的风袭了过来，就在这时，黑瓶子一歪，里面的黑色液体就要倾倒在罗西的身上了。皮纳几乎没有犹豫地把黑瓶子扔到了海里。

黑瓶子刚落到海里，顿时，一股黑色在蔚蓝色的海水里蔓延开来，接着海里翻腾起巨大的黑浪，海面一时狂风大作，似乎被什么邪恶的东西控制住了。

"怎么回事？"银龙诧异地问，"刚才还好好的？"

"我也不知道。"罗西也很奇怪，"我们得先冲过这片黑浪。"

黑浪翻滚起来直扑向他们，仿佛想把他们卷下来，卷到无限深的海底……

皮纳看着这恐怖的情景，吓得一直在颤抖，如果这黑瓶子里的黑水倒在了罗西的身上，那真是不敢想象会出现什么样的

情况。

罗西和银龙努力地往高处飞翔，黑浪尽管张牙舞爪地向他们袭来，无奈他们越飞越高，黑浪只好咆哮着，看着他们越飞越远……

不知道过了多久，他们落到了一片怪石林立的地上。

一个黑影在一块巨大的石块后面匍匐着，看着他们落到了地面，他的眼中闪射着可怕的寒光——他就是黑影人。

桑多斯才从罗西的背上跳下来就嚷嚷开了：“我发誓，以后再也不会跟着你们这些惹麻烦的家伙了，天哪，我活了三百岁，可是险些就丧命在这片大海上！”

银龙这时已经落在地上变成了小龙女蓝琦，她那身美丽的银衣依然是纤尘不染，熠熠生辉。

“我们还是先休息一会儿吧。”蓝琦说，“毕竟已经在海上飞了这么长时间。”

“好啊，好啊，我早就累了……”桑多斯连忙说，还不停地揉着他的手和腰背，“我已经累得全身的骨头都快散架了，如果谁不让我休息，我和他没完。”

皮纳用劲把它那歪得不成形的领结拉到正中，它刚想开口赞成，突然看到了一块巨石后面一个黑影闪过，它的脸顿时吓得变了颜色，它犹豫了一会儿，结结巴巴地说：“我、我们还是继续走、走吧……”

“天哪！你说些什么话？如果你要走，你自己先走好了，我可得在这里好好地歇一歇，我的手脚到现在还是软的呢，担心掉到海里，一直这么紧紧地抓着……”桑多斯狠狠地瞪了一眼皮纳，很生气地说。

蓝琦有些诧异，这些话不像皮纳说出来的，她再一看皮纳，它的脸色苍白，透露出惊惶和恐惧。

“皮纳，你怎么了？为什么脸色这么差？”蓝琦心里的疑云又升了起来。

“没、没什么，可、可能是刚才在、在海上太害怕了……”皮纳掩饰着。

巨石后面的黑影人听到皮纳的这番话，他的眼中闪现出狡黠而阴险的光。

“大家都太累了，还是先休息一会儿吧。”罗西说。

皮纳无奈地点了点头，它看到了那个黑影，它想抗拒着，不去想他，它一下子倒在了地上，想马上睡过去，可是它却睡不着……

其他人疲惫不堪，只不过一会儿，就都沉入了梦乡。

皮纳紧紧地闭着眼睛，想装作自己已经睡着了，然而……

巨石后的黑影人伸出了一只手指，嘴里念叨着，指向皮纳的四只靴子。那四只靴子立即就开始缩小，变红……

皮纳疼得跳了起来，它刚想发出尖叫，可是立刻又用一只脚紧紧捂住了自己的嘴，把痛苦的呻吟咽了下去。

黑影人闪了出来，他对皮纳做了一个手势，就向远处飘去。皮纳只好一瘸一拐地跟着走了去。

在一块巨石前，黑影人停下脚步，用阴森森的眼睛瞪着慢慢跟来的皮纳。

皮纳不情愿地朝着黑影人走过去，它的脸上流露出厌恶和痛苦。

“怎么？小子，你想躲避我？”黑影人露出阴郁诡谲的笑，“难道你想永远做一只黑猫吗？要知道，你的命运掌握在我的手中！只有我才能把你变成人！”

皮纳紧紧咬住嘴唇，愤怒地喘息着：“你究竟要做什么？！”

黑影人却一点也不在乎皮纳的怒火：“我找你自然是有事的……皮纳，你看到了罗西胸前挂着的那个红石护身符了吗？我命令你去把它偷来给我！”

“不！我不会再听你的命令！”皮纳抗议道，“他是我的朋友，我不会做这种事的！”

“你竟敢违背我的意志？”黑影人的眼中闪射出让人战栗的火焰，“我要狠狠地惩罚你！让你知道我是不可违抗的！”

黑影人伸出了一根手指，恶狠狠地指向皮纳，他的口里念着咒语。顿时，皮纳脚上的四只黑靴子越缩越小，紧紧地夹住了皮纳的四只脚，黑靴子泛出红光，似乎在烧灼着皮纳……

“啊……好疼啊……”皮纳的头上渗出硕大的汗珠，痛苦地呻吟着。

“你到底偷不偷那个护身符？”黑影人狰狞的脸凑到了皮纳的面前，“如果你答应，我可以饶了你……”

“不……我不会答应你的……”皮纳虚弱的声音却很坚定。

黑影人没想到皮纳竟然会宁愿承受惩罚，也不愿意去偷罗西的护身符，他愣了愣，收回了他的手指，沉默着，似乎在考虑自己该怎么做……

“也许我们可以做个交易……”黑影人慢吞吞地说，脸上闪射着狡黠的光，“这将是个对你非常有利的交易……只要你把罗西的护身符偷给我……我就把你从黑猫变成人……”

皮纳愣住了——重新变回人形？！

“你要知道，这样的机会可不多，皮纳，如果你照我的话去做，你就可以不必再做黑猫了，这可是你最大的心愿——而这，只有我能帮你实现……”黑影人假装慈善地往皮纳的靴子上倒了一点水。

皮纳沉默着，心里很矛盾：如果它不答应黑影人的要求，它将永远是一只黑猫，而如果它去偷了罗西的护身符，它就背叛了他们的友谊……

“你要好好考虑一下，变回你原来的样子，而不是一只让人讨厌的黑猫……”黑影人阴森森地说。

皮纳想起了很多往事：罗西把它从牧猪人手下救了出来；罗西把树精的绿露倒在了它被黑影人烧伤的脚上；罗西在“祭神鸟国”救它……

皮纳暗暗在心里作出了选择，它抬起头直视着黑影人。

黑影人那双邪恶的眼睛里充满了自信：“皮纳，我相信你会作出一个聪明的选择……”

“我不会和你做交易！也不会为了变成人就出卖我的朋友！”皮纳坚决地说。

黑影人惊讶地瞪大了眼睛：“你、你说什么？！”

“我不会和你做交易，即使我永远做一只黑猫！”皮纳斩钉截铁地说。

黑影人听完皮纳的话，恼羞成怒，他咬牙切齿地说：“小子，你竟然违背我的命令！”说着，他一挥手，从他宽大的黑色衣袖里飞出了一根又粗又硬的黑绳子，直飞向皮纳，一下子就牢牢地绑住了皮纳，黑绳子不断地收紧，勒得皮纳都快喘不过气来了。

“爸爸，爸爸……”皮纳痛苦地挣扎着。

听到皮纳的叫声，黑影人先是一愣，脸上掠过一丝困惑，接着，一个阴险的笑代替了脸上的疑惑。

“皮纳，你不是在叫你爸爸吗？”黑影人凑近被牢牢捆着的皮纳，“好吧，我告诉你实话，你的爸爸根本没有失踪，他在我的手里！”

说着，黑影人就拿出了一个黑口袋，在皮纳的面前打开了。

“救救我，救救我，我的儿子……”一个声音从黑口袋里飘了出来——那是纳罗尔的声音。

“你听到了吗？你的爸爸在叫你，他让你救救他！”黑影人冷酷地看着皮纳，“如果你不答应，我就会杀死他！”黑影人的手指指向黑口袋，一道黑色的电光直刺进黑口袋里。

“啊——啊——”黑口袋里传出纳罗尔一阵阵的惨叫声。

“爸爸！爸爸！”皮纳想挣扎着向黑口袋扑去，可是却根本不能动弹。

“如果你不答应我的要求，我就杀死他！”黑影人的眼中射出凶光，“你现在就必须作出选择！”黑影人的手再次指向了黑口袋。

“救救我……我的儿子……救救我……”纳罗尔的声音越来越虚弱，痛苦的呻吟声听起来很可怜。

皮纳的眼泪流了出来……

“你到底答不答应？”黑影人向皮纳逼近。

“我、我答应你，只、只要你放了我爸爸……”皮纳屈服了。

“很好，这才是我喜欢的答复……”黑影人阴阳怪气地说，脸上露出了得意的神色，“你今天就必须把护身符偷来给我，否则你的爸爸……”说着，黑影人晃了晃那个黑口袋，“他会永远地失踪……”

黑影人一挥手，那些紧紧绑住皮纳的黑绳子全都松开了，重新飞到了他的衣袖里。

“你可以去执行我的命令了，待会儿，我仍然会在这里等你。”黑影人冷漠地说。

皮纳瞪了黑影人一眼，一瘸一拐地走了。

黑影人站立在怪石中，一个巨大的暗影笼罩住了四周。

“主人，那只黑猫到底是谁？为什么我又出现了那种奇怪的感觉？特别是它在叫爸爸的时候？”一个谦卑的声音小心翼翼地问道。

“闭嘴！我说过不许你再问这样的蠢问题！”一个恶狠狠的声音厉声吼了起来，“那只不过是一只让人心烦的黑猫而已！你是我的仆人，你就得听我的命令！”

“是的，主人。”谦卑的声音恭敬地回答道。

“留着这只黑猫始终是个祸害……”严厉的声音低声说道。

黑影人抬起头向远处看去，皮纳早已经消失得无影无踪。

在一块巨大的圆石旁，罗西正在沉沉入睡。

就在这个时候，跛着脚的皮纳一瘸一拐地向正在沉睡的罗西走来了。它站在罗西身旁，含着泪水把手伸向罗西胸前的红石护身符……

睡梦中，罗西听到了金色人像对他说的话：“孩子，记住，无论发生过什么事，都不要去憎恨别人，只有心中有爱的人才能得到真正的快乐……”

皮纳的手抓住了红石护身符，它哽咽着说：“原谅我……罗西……我不这样做，我爸爸就得死……”皮纳的眼泪滚落了下来，它闭着眼睛把护身符从罗西的胸前取了下来。

而罗西依然在梦中，他听到金色人像在对他说：“孩子，不要学会仇恨，要心中有爱……不要仇恨……心中有爱……”

这时，皮纳已经拿到了红石护身符，向远处的巨石林一瘸一拐地跑去。

罗西在梦中感到胸口一阵剧痛，他痛苦地惊呼着，醒了过来——可是，他发现，红石护身符已经不见了！

蓝琦被罗西的叫声惊醒了，走过来问：“怎么回事？”

“我的红石护身符不见了。”罗西对蓝琦说。

“糟糕！这个护身符是你家里人留给你的，而且它还是银匣子的钥匙，也许它是被黑影人偷走了！”蓝琦着急地说，“我们得马上把它找回来！”

蓝琦急忙去叫其他人，她发现除了呼呼大睡的桑多斯和阿布，皮纳却失踪了。

“皮纳去哪里了？”蓝琦想起皮纳的种种反常举止，“难道是它偷走了护身符？我们现在必须找到它！”

罗西和蓝琦想叫醒桑多斯和阿布，无奈两个人睡得昏沉沉的，桑多斯还在睡梦中嘟囔着：“我还没睡够呢……别来烦我……”

“不能耽误了，我们现在就去找皮纳。”蓝琦拉着罗西就跑。

他们沿着地上皮纳留下的那些深深浅浅的脚印追去。

再说，皮纳拿着罗西的红石护身符，向黑影人藏匿的巨石林赶了去。

它一来到巨石林，就看到黑影人阴森森地站立在巨石中，一个巨大的黑影笼罩住了周围的一切，看上去一切都显得阴暗恐怖。

“你遵照我的命令拿到红石护身符了吗？”黑影人眼里冷冷的寒光扫在了皮纳的脸上——那上面还残留着泪水的痕迹。

“是的……”皮纳垂下头来低声说，“你放了我的爸爸吧……你答应过我，只要我拿到红石护身符，你就不会杀死他……”

“很好，我会答应你的……”一丝狡黠从黑影人的脸上掠过，“你把这些粉末撒在护身符上，再拿给我。”黑影人伸出手一弹，一撮黑色的粉末向皮纳的手里飞来。

“还有……你要答应我，不要伤害罗西和我其他的朋友。”皮纳忽然抬起头，直视着黑影人说。

“当然……”黑影人冷阴阴地笑着。

皮纳把黑色的粉末撒在了红石护身符上，顿时，黑光闪烁着变成了一些奇怪的黑色字符，一下子覆盖在了红石上，那块光彩夺目的红石骤然间失去了光芒，那些美丽的红光、金光全都黯然失色！

皮纳看着手里红石护身符的变化不由得大吃一惊！

“为、为什么会变成这样？！”

“哈——哈——哈——”黑影人发出了一阵阵狂笑，“这正是我想要的结果，我可以随心所欲了，一块受了魔咒的护身符我还怕什么……哈哈哈哈……”

这时，罗西和蓝琦正向巨石林飞奔而来。

“把红石护身符拿给我！”黑影人恶狠狠地向皮纳逼近过来，“我等了好久了……一切都将由我来掌握了……如果你想要救你爸爸就快点拿给我！”

皮纳无奈地伸出了手……

“不要给他！”这时，蓝琦和罗西气喘吁吁地赶来了，蓝琦的金鞭飞出把红石护身符抢到了手里。

可是，当她和罗西看到变了样的护身符时都不由大吃一惊！

“小子，你的护身符已经救不了你了，我想怎样处置你都可以了……”黑影人狞笑着向罗西逼近。

“你快放我爸爸！”皮纳高声喊道，“你答应过我的！你也说过不会伤害罗西！”

“哈哈哈……”黑影人又是一阵狂笑，“我是答应过你，可是现在我已经改变主意了！”

说着，黑影人嘴里念叨着咒语，伸出手直指向罗西，从他的一根手指里射出一道黑色的电光，直刺向罗西！

罗西举起蓝星宝剑挡住了电光，可是却被电光击得倒退了好几步。

黑影人的手指不断地射出电光，全都向罗西击去，蓝琦和罗西左右抵挡，险象环生。

皮纳站在一块巨石旁，不知所措。

黑影人一边用右手发射出电光，一边偷偷把左手伸进了他宽大的黑袖子里，似乎掏出了什么东西，趁着罗西和蓝琦正在忙着抵挡他射出的黑色电光时，猛然向罗西掷去！那是一张黑色的大嘴，它绕到了罗西的背后，向罗西咬去！

皮纳发出“啊！”的一声惊叫！

罗西已经来不及躲闪了！

黑影人脸上浮现出得意的笑……

就在这时，只见一个身影直向罗西扑去，把罗西推开，而它正好挡在了那个黑嘴的前面。那个张开的黑嘴一下子咬住了它，罗西却脱离了险境!

那个身影落在了地上——是皮纳，它的身上流着血……

“皮纳！”罗西和蓝琦发出一声惊呼。

黑影人站在那里看着皮纳，他脸上的表情很复杂，有些疑惑，有些痛苦。

一个谦卑的声音低声自语着：“为什么……为什么……我的心里会很痛苦……我的主人……”

而另一个声音则恶狠狠地咒骂着：“臭小子，坏了我的事！我早就知道你是个后患！”

罗西急忙扑向皮纳，皮纳身上有一个很大的伤口，鲜血正汩汩地冒出来……

“皮纳！”

“原谅我……我没有办法……我得救我的爸爸……我不是皮纳……我是纳恩……”皮纳断断续续地说。

黑影人愣在那里，仿佛有什么东西困扰着他……

“快对付他们！”一个声音厉声叫喊着，“我是你的主人，你必须听我的命令！想一想你身上的黑魔字交易！”

黑影人一听到这些话，立即又向罗西他们扑了过来。

蓝琦站起身抵挡着黑影人的进攻，罗西则忙着把绿露倒在皮纳的伤口上。

黑影人的手指射出一道道黑色的电光，不断击向蓝琦。蓝琦腾跳飞跃，躲闪着那道道犹如利刃的电光，他们周围的一块块巨石被电光击得碎裂开来，发出一阵阵“轰隆隆”的巨响。

皮纳的血止住了，它虚弱地躺在地上，说不出话来。

蓝琦情况危险，罗西就把皮纳抱到一块巨石旁，赶了过去。

“杀死他！”黑影人身上一个凶恶的声音尖利地叫喊起来。

黑影人一挥衣袖，念着咒语，从黑袍里卷出两股黑风，呼啸着直扑向罗西，同时，一股黑风变幻成一把会游动的黑剑直刺

向罗西！

黑风一下子就包围住了罗西，黑剑游动在他的身边，准备随时刺向他！

罗西左冲右突，却冲不出那黑风形成的包围圈，而蓝琦独自面对黑影人射出来的越来越猛烈的电光，也是万分危急。

黑影人射出一道又黑又粗的电光，蓝琦把金鞭一挥，将电光引到一边，这时，黑风张开嘴想吞没罗西，罗西把蓝星宝剑刺向黑风张大的嘴，游动的黑剑趁机从后面直刺向罗西！

“当心后面！”蓝琦大叫一声，直扑进黑风圈里，手里的金鞭一甩，把黑剑挡到了一边。

“又是这个小妖女坏我的事！不除掉她，就难解我心头之恨！”黑影人恼怒地吼了起来。

他趁着蓝琦正在为罗西抵挡那把黑剑，左手向蓝琦射出一道电光。

电光闪着可怖的黑光，直击向蓝琦……

“啊——”一道银光突然间迸裂开，成为无数银色的碎片，向四处飞溅开……

蓝琦缓缓地倒在了地上。

“蓝琦！”罗西惊叫着扑向蓝琦。

黑影人得意地发出阵阵尖利的笑声。

“该收拾你了，小子！现在可没有什么东西来保护你了！”黑影人向罗西扑来！

一股银蓝色的液体从蓝琦的身上缓缓流了出来，闪烁着银蓝色的光。

黑影人冲到黑风中，一看到那些银蓝色的液体，不由发出一声尖叫：“龙人的血！”

蓝琦的血液发出道道银蓝色的光，划破了紧紧包围住罗西的黑风。一些龙人血流到了黑影人的脚边，沾在了他的脚上。

“啊——龙人的血！龙人的血沾在我的身上了！”黑影人发出一阵哀号，随即卷起一股黑色旋风消失了。

包围着罗西的黑风和黑剑也随之消失了。

“蓝琦，你怎么了？”罗西急忙去扶蓝琦。蓝琦却紧紧闭着眼睛，龙人血从她的身上汩汩流了出来。

在树精金纸令的指引下，罗西和朋友们知道了魔书城堡就在禁地，他们赶回了禁地。禁地里，邪恶的白脚黑蜘蛛又来袭击罗西和朋友们，罗西手拿蓝星宝剑和桑多斯奋勇地与白脚黑蜘蛛搏斗，最后顺利闯入了魔书城堡。

“蓝琦！”一声惊呼传了过来，原来是阿布和桑多斯匆匆赶了来，阿布扑到蓝琦的身旁，眼泪涌了出来，“蓝琦，你怎么了？”

罗西忙着把树精的绿露倒在了蓝琦的伤口上——血止住了。

蓝琦缓缓地睁开了眼睛，她看到阿布哭着不停地叫喊着：“蓝琦！蓝琦！你快看看我呀……”

蓝琦苍白的脸上浮现出一个虚弱的笑……

皮纳从巨石后面挣扎着爬了出来，一瘸一拐地爬到了蓝琦的身边，它的脸呈现出痛苦和懊悔的神色：“这一切都怪我，如果我没有拿走红石护身符，黑影人就不能够伤害到你们……”皮纳伸出它的两只穿着靴子的脚抽打着自己，“都是我的错……都是我的错……”

桑多斯已经忍不住嚷嚷了起来：“什么？！这一切都是你这小子造成的？你为什么要这样做？我们可都是你的朋友……”

血又从皮纳的伤口上流了出来……

蓝琦的脸越来越苍白……

罗西连忙阻止住桑多斯：“现在不是争吵的时候，我们必须要救蓝琦和皮纳，还有书虫儿村庄的人们！”

“我知道，我知道。可是你知道我一激动起来就想嚷嚷。”桑多斯挠了挠自己的头，“的确得好好想想办法，可是我得先弄清楚情况。这只黑猫究竟是谁？它为什么要这样做？”

“我不是黑猫……我也不叫皮纳，我叫纳恩……我是书虫儿村庄的人……”皮纳断断续续地说，它内疚地把事情的经过说了一遍，然后就躺在地上不停地喘着气。

罗西和阿布忙着把树精的绿露滴在蓝琦和皮纳的伤口上，可是他们俩还是越来越虚弱了。阿布急得眼泪直落了下来。

桑多斯用一只手抚弄着下巴，皱着眉头不停地踱来踱去：“这真是个难题，我得好好想想……也许……哦！对了！魔书！只有魔书才能解救受害的人！皮纳由一个人变成了一只黑猫，那是黑衣巫师们的咒语，找到魔书，制伏黑影人才能解除咒语。而蓝琦是被黑衣巫师的黑电光所伤的，也只有魔书上才有解救的办法！”桑多斯一边说一边用力地点点头。

“我们现在必须马上去魔书城堡！”罗西毫不犹豫地说。

“可是，我们怎么去？”阿布苦恼地问，“蓝琦和皮纳受伤了，我们飞不了，时间又快来不及了……”阿布看着桑多斯摇了摇头。

“这个……也许，也许我能帮上点忙。”桑多斯支支吾吾地说，“事实上，必要的时候，我是能飞的，也许还可以带上一个小不点儿，比如说你。”桑多斯指着阿布说。

“可是你说你不会飞的，什么时候都要罗西背着你飞呀？”阿布不解地问。

“不要再问我这个敏感的问题，小鬼！否则，等我带你飞的时候，你会觉得我飞得可不那么安稳！”桑多斯凶巴巴地说，“我只不过有时候想偷偷懒而已，对于我这么聪明的人来说，飞行并不是很困难的事，但是谁想在大海上那么费力地飞呢，既然罗西可以背着我？”

桑多斯瞪了一眼阿布，阿布吓得不敢说话了。

蓝琦和皮纳看上去很虚弱，时间更加紧迫了。

“好！那就这样，我带着蓝琦和皮纳飞，桑多斯你带阿布飞，我们马上赶到魔书城堡！”罗西握紧了手里的蓝星宝剑果断地说，“我们现在剩下的时间不多了！”

罗西把百鸟锦衣拿出来披在了身上，然后把蓝琦和皮纳放到了背上。桑多斯也拿出了他的水晶球，开始念起了咒语。

“嗖——”一道亮光划过，两个身影腾空而起，直飞向高空，只留下了那一地凌乱破碎的巨石。

这时，从远处飘过来一个黑影——那就是黑影人。他站立在刚才发生过激烈争斗的那块乱石地上，恶狠狠地说：“可恶的龙人血，又让这群家伙逃走了！”

一个谦卑的声音问道：“主人，我们该怎么办？”

“魔书可没有那么容易得到！传说中的魔书城堡里机关重重，十分危险。既然那小子逃出了我的手掌，要自己去拿魔书，那么我正好利用他去冒那些险，等到他拿到魔书，我再下手去抢，到时候，魔书依然是属于我的！”一个声音恶狠狠地回答道。

“主人，您真是太英明了，让他们去冒险，而我们到时候坐享其成。”谦卑的声音谄媚地说。

“哈哈哈！魔书最终是我的！世界最终也是我的！”黑影人抬起头来仰天大笑，可怕的笑声在凌乱的巨石堆里回响。

但是一丝疑惑还是从那张很像纳罗尔的脸上掠过……

第十六章 魔书城堡

森林里，一道巨大的篱墙高高耸立着，投下一片巨大的阴影，它由无数荆棘和利刺编织成，棕黑色的荆棘闪着幽幽的寒光，阴森可怖——这就是禁地。

“嗖”的一声，罗西他们正好落在禁地前，阴影瞬间就笼罩了他们。

“我们必须赶快进魔书城堡取到魔书，否则就来不及了。”罗西说，他担忧地看着小龙女蓝琦和皮纳——他们俩闭着眼睛，看起来很虚弱。

桑多斯很担心地说：“根据我的经验，魔书城堡里一定很危险，所以我想还是不要把他们俩带进去，否则……”

“我也是这样想，我们还是先把他们安置好，就我们三个人进去取魔书。”罗西语气很坚定地说。

他们把蓝琦和皮纳安排在了离禁地稍远的一棵参天大树下，蓝琦和皮纳一直在昏睡着，似乎已经失去了知觉——这让他们三个人很担心。

“快走！”罗西向禁地的篱墙飞奔而去。

篱墙前，一个硕大的阴影直逼过来，阴郁而恐怖。

罗西握着蓝星宝剑，把篱墙上的荆棘砍开了一个洞。当他们向里面看去，赫然看到了那些硕大无朋的白脚黑蜘蛛。它们的眼睛闪着可怕的蓝黑色幽光，恶狠狠地瞪视着他们。

“哦，天哪！我的脚好像有点不听使唤了，我的眼睛，这是不是幻觉……”桑多斯哆嗦的声音嘟哝着。

阿布则在反复地问："蜘蛛……可怕的黑蜘蛛，不知道它们算不算虫子，如果、如果它们不是虫子我就不用怕了，因为我是银箭精灵……"

黑蜘蛛们一群群向他们三个人冲了过来，掀起了地上厚厚的尘土……

桑多斯眼见这种阵势，向后退缩了几步，对阿布说："可爱的孩子，我可以确保黑蜘蛛绝对不是虫子，它们只是一种动物，但是却不是虫子，我相信你的银箭绝对可以对付它们。"

冲在那群黑蜘蛛最前面的那只硕大的黑蜘蛛有两条腿是残缺的，它的眼中闪射出仇恨的怒火，嘴里发出一阵阵"嘶嘶嘶"的低哑的吼叫声——它就是被罗西砍去了脚的那只黑蜘蛛。

桑多斯和阿布看到它那可怕的眼神，也不由吓了一跳。

为首的黑蜘蛛发出一声声嘶力竭的吼叫声，所有的黑蜘蛛眼里突然喷射出一道道幽蓝的寒光，直射向罗西他们。接着，它们全都气势汹汹地狂奔而来。

只一会儿，黑蜘蛛就已经包围了他们。

黑蜘蛛猛扑向罗西，张开巨口就直向他咬了过来。罗西轻轻一闪，躲过了它恶狠狠的进攻。扑了个空的黑蜘蛛恼羞成怒，调转头来，从嘴里喷出一股又粗又长的蜘蛛丝，飞射向罗西，想要缠住他的手。

罗西早就有了防备，等到蜘蛛丝扑来时，他用蓝星宝剑一划，一股剑风把蜘蛛丝引向前，正好紧紧裹在了后面另一只正想偷偷扑上来咬他的黑蜘蛛的脖子上，结实的蜘蛛丝缠得那只黑蜘蛛喘不过气来，发出一阵阵粗重的喘气声……

再说，阿布听到桑多斯说黑蜘蛛不是虫子，勇气大增，不断拔出他的银箭，频频向黑蜘蛛们射出去。锋利的银箭带着一阵阵的呼啸声连连击中目标，许多黑蜘蛛发出阵阵哀号倒在了地上。

而桑多斯则东躲西窜，一会儿跑到罗西后面，一会儿窜过来藏在阿布旁边，躲避着黑蜘蛛的进攻，嘴里还不停地念叨着："天哪，我真不知道自己为什么要来跟着受这些苦，冒这些险？本来我可以拿着我的财宝走得远远的，过着安宁的生活，不用担惊受怕，为什么？谁能告诉我究竟是为什么？我自己已经不明白了……”

当桑多斯看到罗西机智地把断脚黑蜘蛛的蜘蛛丝引了缠住另一只黑蜘蛛的时候，他不由又鼓起了兴趣：“看来这一招是非常管用的，至少现在我可以试一试。”

说着，桑多斯就故意在黑蜘蛛面前窜来窜去，做着各种各样的怪模样，惹得黑蜘蛛恼怒不已，频频向他喷出蜘蛛丝。而他则趁机躲开，让那些蜘蛛丝缠在了别的黑蜘蛛的身上，这还真让他对付了许多黑蜘蛛，被蜘蛛丝缠住的黑蜘蛛们费力地拉扯着，有的摔倒了，有的不能动弹，有的则累得晕头转向……

“哈哈，虽然我三百岁了，但是仍然身轻如燕啊！”桑多斯得意地大笑起来。

罗西他们和黑蜘蛛厮杀，顿时，禁地里尘土滚滚，杀声震耳，不时地听到黑蜘蛛发出的号叫声……

在一番激烈的厮杀之后，他们三个人终于冲到了那刻着红色符咒的黑色书屋面前——这就是魔书城堡。

魔书城堡外面的红色符咒仍然在汩汩流淌着，像血河在奔涌，桑多斯和阿布看得目瞪口呆，而当他们冲上那又长又高的阶梯时，那些凶恶的黑蜘蛛就再也不敢跟上来了。

“什么？我们现在必须要进这幢可怕的城堡？”桑多斯惊疑地问。

城堡里，阴森的气息直扑而来。

“是的，没有别的选择！”罗西冲向了城堡上那道高大而阴郁的黑门。

大门霍然打开，里面黑浪翻腾，大厅里那些黑色石柱上的水纹正在源源不断地奔涌而下。更可怕的是，那些黑石柱上的黑色石蛇全都在蹿动着，阴冷的眼睛瞪视着他们，仿佛随时都会向他们扑过来！

“啊——”看到这种情景，桑多斯和阿布情不自禁发出一声惊呼，不由自主地倒抽了一口凉气。

“天哪！我真不敢相信我的眼睛！也许我又作了一个错误的决定。”桑多斯闭起了眼睛向后倒退。

“现在无论什么情况，我们已经别无选择！”罗西纵身跃进了滚滚黑浪中。

看着还在阶梯下守候着、虎视眈眈的黑蜘蛛，桑多斯和阿布也只好纵身跃进了黑浪中。

骤然间，所有的黑蛇全都向他们游来，围成一个圆圈，包围住了他们。黑蛇昂着头，眼睛泛着幽光，仿佛一把把利剑直逼向他们。

突然，所有黑蛇不约而同地张开了大嘴，从嘴里喷射出一道道火焰，直向罗西他们三个人扑来。

三个人大吃一惊！可是包围重重，已经无处可以逃脱！

火焰已经冲到眼前了，桑多斯和阿布闭上了眼睛……

可是，奇迹发生了。那些黑蛇喷出的火焰才一触到他们周围，罗西的金衣服和阿布的绿衣服就泛起道道金光和绿光，闪烁着，飞溅出无数颗美丽的星星，环绕在他们周围，使得黑蛇喷出的火焰根本无法靠近他们。

“是‘翡翠霞光’和‘金缕玉衣’！”罗西高兴地叫了起来，“树精灵的宝衣能够抵挡火焰！”

桑多斯这才松了一口气：“我还以为我已经老命不保了呢。”

黑蛇看火焰不能伤害他们，就围在他们身旁，并不离开，而黑石柱上流下的黑流却不停地掀起风浪，大浪席卷而来，把他们抛起到浪尖，又摔下来……

这时，黑蛇们纷纷发出一阵阵低声的私语，似乎在密谋着什么。

“我的天哪！”桑多斯尖叫起来，“它们就要进攻我们了！我听懂了它们的话！”

果然，黑蛇游动着向他们逼近，包围圈越来越小，猛然间，它们全都蹿起来，直扑向他们三个人！

就在这危急的时刻，罗西无意间触到了腰上的锦袋——那是在幽灵城里哭泣的画像托尔斯给他的。

“这是一个隐形的锦袋，你可以用它来装东西，装进袋里的东西会隐形……”托尔斯的话在他耳边响起。

罗西立即打开锦袋，念起了咒语。一瞬间，那些扑过来的黑蛇全都钻进了锦袋里化为乌有，而那些疯狂咆哮着的黑浪也冲进了锦袋里，消失了。

他们落在了地上，一个宽大的、有无数黑色石柱的大厅，四周空荡荡的。

罗西连忙扎紧了锦袋的口。

桑多斯坐在地上一个劲地喘着粗气，惊魂未定。

阿布也吓得直瞪着眼睛。

就在这宽大的大厅里，右边正是那道红门，上面刻着一些金色的字符。

“这里只有两个入口，如果黑门通向关押黑魔头的地方，那么也许魔书城堡的入口就是这个红门。”罗西带着桑多斯和阿布向红门走了过去，有一股强劲的风从红门里袭来。红门里伸出一只巨大的红手狠狠地砸了过来。他急忙拉着桑多斯和阿布向旁边一闪。幸亏他们躲得及时，否则就被击中了。

桑多斯趴在地上，吓得脸色苍白：“这、这是怎么回事？”

罗西看着门上那些金色的字符，说：“进去也许需要通行证，必须要解开这些金色的字符。”

他惊讶地发现红门上的金色字符非常像已经失传了的斯诺文字！罗西仔细一看，果然正是树精王国的智者奥多爷爷传授给他的斯诺文字！

他凝神注视着那一行行奇特的金字，一瞬间，他感到脑海中，那些斯诺文字符正在不停地蹿动，接着那些绿色的智慧光点就开始跳跃起来，围绕着那些字符不停地飞舞，并且带着那些字符开始在他的脑海中飞窜着排列起来，他忽然读懂了红门上那些金色的字。

“通向我心中的不是权力和欲望……不是仇恨和贪婪……只有爱和勇敢……才能获得真正的智慧和快乐……”罗西轻声地读出了门上的字符。

奇迹再一次发生了！当他读完了那些金色字符，红门突然隆隆巨响着，缓缓打开了。

“我明白了，这些金字符是开启红门的钥匙！”桑多斯尖叫起来。

“快走吧！”罗西向红门里冲了进去，桑多斯和阿布也跟着跑了进去。

红门里是一条长长的通道，地面上铺着一些各式各样奇形怪状的石子，两边的墙壁凸凹不平，有一些火把安插在高高的柄台上。

“我想现在不应该有什么危险了吧！那就让我先带路吧！”桑多斯眼看再没有什么怪兽出现，自告奋勇地抢在了前面带路。

罗西和阿布跟在了后面。

通道里真的很寂静，没有什么异样的声音。可是……为什么会这么静……静得让人感到恐怖……他们向前走着，心里不由得又充满了疑问。

“啊！”一声尖厉刺耳的惊叫突然间响了起来。罗西和阿布吓了一跳。

是桑多斯。他站在地上像是变成了石块一样，一动不动。

罗西和阿布诧异地看着他，不知道发生了什么事。当他们看清楚的时候，他们也呆住了。

只见从地面那些奇怪的石头上正伸出一只只手，牢牢地抓住了桑多斯的脚，使他根本不能动弹。

罗西和阿布刚想拉着桑多斯往后退，可是他们发现已经迟了，在他们的脚下，其他的石头里也伸出了一只只手抓紧了他们的脚，他们也不能动弹了！

而更可怕的是，墙壁上也不断地钻出无数只手向他们伸了过来，想要牢牢地抓紧他们！

不一会儿，他们三个人的脚、手、身子、腰，全都被一只只手紧紧抓住了。从地道顶上伸出的手还把他们高高地抓了起来。

桑多斯和阿布忍不住尖叫起来：“放开我！放开我！”

他们用力挣扎着，可是越想挣脱，就被抓得越紧，最后他们都不能动弹了。

突然，地上的石子开始蹿动起来，地面开始下陷，罗西他们看到地上逐渐出现了一个黑暗的大洞，除了那些抓住他们的手臂以外，他们现在无所依赖了，而如果这些手一松，他们将坠入这个深洞里，后果真不敢想象……

地洞越来越深，而抓住他们的手却在一点点放松，罗西感到绝望了……

就在这时，一个金色的小人儿突然从罗西的背包里蹿出来了：“主人，你需要我的帮助吗？”

是古怪镇上可拉给的药末。

“不要问我它们有什么用处，到时候你自然会知道……”可拉的声音在罗西的耳边响起。

“我们需要从这些手里面逃出去。”罗西急切地说。

“这并不难。”金色的小人儿看起来不紧不慢地，“可是现在我最想做的事是唱一首歌。”接着，这小人儿就开始唱起一首奇怪而难听的歌。

桑多斯急得嚷嚷起来：“你不能救了我们再唱吗？要知道你唱得可太难听了！”

这句话可惹恼了小人儿，他吹胡子瞪眼睛地穿过那些想抓住他的手，蹿到了桑多斯的耳边尖叫起来：“什么？你竟敢说我唱得难听？”

那些手开始放松了，罗西他们三个人感到自己正在一点点下滑，而小人儿却还在生气地喋喋不休……

桑多斯连忙说：“不，不，不，我的意思是说你唱得太好听了，如果在这样的情景唱歌，那可是太浪费了，我真不想沉到这个洞里去，不能听到你那么美妙的歌声，会成为我终生的遗憾的……”

小人儿这才露出了笑容：“这样的话我比较爱听。”

那些手骤然松开了，罗西他们三个人一齐坠落下去。

小人儿这才大吃一惊，停止了歌唱，快速地飞旋着，从他的身上撒下了许多闪烁着金光的粉末，只见那些手一碰到粉末，顿时就缩小着，缩小着……最后又全都缩回到了地面的石子里和墙壁里了。

罗西、阿布和桑多斯也终于落下来了，但是不是落在了黑洞里，而是地面上，因为地上的黑洞在碰到金粉后也重新合了起来。

三个人这才长长地舒了一口气，而那个金色的小人儿早已经又蹿回到罗西的背包里呼呼大睡了。

“我不知道，自己是否还有勇气再走下去。”桑多斯愁眉

苦脸地说，“也许后面还有更可怕的东西等着我们。”

“不，桑多斯，无论遇到什么我们都要坚持下去，蓝琦、皮纳、书虫儿村庄的人们都在等着我们，我们不能退缩。”罗西把坐在地上已经不想再往前走的桑多斯拉了起来。

“是啊，蓝琦和皮纳还有伤，我们可不能不救他们。”阿布担忧地说。

“好吧，好吧，我知道就是这样的结局，难道我说说都不行吗？”桑多斯不情愿地站了起来。

他们穿过地道，又继续往前走，在一个圆形的隧道口停住了。

“好像这里是唯一的入口，我们应该进去吗？”桑多斯朝里面看了看，可是黑乎乎的，什么都看不到，“说实话，这一次我可不愿意再往前冲了，你们知道刚才我已经足够勇敢了……”

“我来吧。”罗西紧握住蓝星宝剑钻进了隧道口里。他刚想试探一下该怎样走，但是还没有等他站稳，脚下一滑，身子立即倾倒在隧道里，一股强大的力量突然间从隧道的另一头传输过来，他不由自主地就随着那圆形的滑道飞速地向前滑去。而桑多斯和阿布刚把头往前一探，也立即被吸进了隧道里，在滑道里飞快地向前冲去。

“啊——”空荡荡的隧道里回荡着他们惊恐的尖叫声……

飞速下降，骤然上升，疯狂地旋转，左右地摇摆……不知道过了多久，他们被猛然抛了起来，从圆形的隧道口里像箭一样射了出来。

一个巨大的大厅出现在他们面前。大厅里站立着许多人，每个人的手里都拿着寒光闪闪的刀剑，大厅的另一头是一道石门，上面刻着一些很奇怪的图案。

“啊——”桑多斯又尖叫起来。

可是那些人都一动不动——那只是一些塑像。

当桑多斯看清楚的时候才松了一口气：“我的天哪，我还以为又要闯关了。”

突然，一道灿烂的紫色光芒划过了大厅，大厅里顿时光彩熠熠。他们循着光源看去，在一个高台上，竟然有一颗硕大无朋的紫色宝石，放射出夺目的光。

“这是真的吗？”桑多斯激动地叫了起来，“这么大的宝石，我从来没有见过，现在我是真的要发财了……”说着，就向那块宝石冲了过去。

罗西一把抓住了他：“不要去，这里的东西我们最好都不要动，还是想办法先通过这个大厅。”

“什么？你说什么？你让我不要管那么珍贵、那么大的一块宝石？你是不是疯了？”桑多斯嚷了起来，一下子挣脱了罗西就向高台冲了过去。

桑多斯奋力向高台上爬，可是却怎么也上不去，累得他满头大汗：“阿布，快来帮帮我，你可以飞到上面去，帮我拿到那块宝石，否则我是不会走的。”

阿布看了看罗西，罗西无奈地摇了摇头。阿布飞到了高台上，伸出手拿起了那块紫宝石，向桑多斯飞去。

“太好了！”桑多斯高兴得蹦了起来。

然而，就在宝石被拿到的同时……

轰隆，轰隆……一阵阵巨响在大厅里回荡着……

罗西他们惊恐地睁大眼睛，只看到大厅里所有的塑像全都动了起来。那是一些穿黑色衣服和白色长裙的塑像，穿黑衣的全都是男武士，手里拿着刀，而穿白色长裙的全都是一些美丽的女子，手里持着长剑。他们的脸上全都没有表情，只是举起了手里的兵器，向他们三个人一步步逼近……

桑多斯和阿布吓得全都愣住了。

“快闪开！”罗西大叫起来，手里握着蓝星宝剑向他们俩冲过去。

塑像们瞬间就把他们团团围住，挥舞着刀剑砍了过来。

罗西握着蓝星宝剑抵挡着进攻，阿布则把宝石塞到了桑多斯的怀里，拔出银箭连连发射，不时还用他的铁头把一个个塑像撞翻在地。桑多斯因为手里拿着那块宝石，遭到了塑像的围攻，他只好不停地躲闪在罗西和阿布的身后，发出一阵阵的尖叫声。塑像们越聚越多，不一会儿就把他们围得严严实实，尽管三个人想冲出去，可是塑像们的刀剑挥舞得密不透风，包围圈越缩越小，而他们三个人也累得不停地喘着粗气。

“进攻！”一个为首的黑衣武士大喊了一声，只见所有的塑像全都奔跑着向他们冲了过去，气势汹汹，势不可挡。桑多斯脚一软，一下子坐在了地上。罗西也感到已经抵挡不住了……

忽然，一阵美妙无比的音乐若有若无地飘了过来，像一阵轻柔的清风拂过，带来无限的清凉和惬意。塑像们听到音乐全都骤然停了下来，凝神静听起来。

那声音越来越响，越来越靠近……

“噌！”从隧道的圆洞里钻出了一个人，竟然是蓝琦！她的手里正在弹拨着在树精王国里得到的那把金竖琴，美丽的金色音符从金竖琴里飘了出来，在空中缭绕着……

“蓝琦！”阿布、罗西和桑多斯几乎不敢相信自己的眼睛。

只见蓝琦拨动琴弦的速度骤然加快，音乐的节奏也越来越快，金色的音符蹦蹦跳跳地在塑像们的头顶上窜来窜去。渐渐地，塑像们全都随着音乐扭动了起来，毫无表情的脸上也露出了欣喜的神色。

蓝琦的音乐越来越欢快，只见为首的黑衣武士把手里的刀一扔，就开始随着音乐跳起了舞。其他的塑像也纷纷把刀剑扔在了地上，开始兴高采烈地跳了起来。最后，黑衣武士和穿白色长裙的女子们一对对跳起了欢快的舞蹈。

看着这奇特的情景，罗西、阿布和桑多斯都愣在了那里。

“快把紫宝石放在原来的地方。”蓝琦一边弹着琴，一边高声对他们说。

桑多斯听到这话，不情愿地握紧了手里的紫宝石。

“我支持不了多久了……”蓝琦说，果然，她苍白的脸上渗出了许多汗珠。

桑多斯只好拿出了宝石，阿布抱着紫宝石飞到了高台上，放回到原来的位置。

一瞬间，那些正在跳舞的塑像全都静止了下来，又变成了一尊尊一动不动的塑像。蓝琦的音乐这时也戛然而止。

罗西和阿布激动地冲过去扶住蓝琦：“你是怎么赶来的？”

蓝琦无力地摇了摇头：“来不及说这么多了，你们赶快去找魔书，我先留在这里……”

三个人对视了一眼，用力地点了点头，飞跑着穿过大厅，向石门奔去。

他们刚跑到石门面前，石门就“轰隆隆”地霍然打开，呈现在他们面前的是一个硕大无朋的书库，数不清的各式各样的书在那高得看不到顶的书架上密密麻麻地排列着。尽管罗西从小在以爱书而著称的书虫儿村庄长大，他也不由得被这个庞大的书库惊呆了。

“欢迎你们……”一个声音在大厅里响起，那是一个听起来有些顽皮的声音——但是他们却什么人都没有看到。

阿布飞到一个巨大的红木书柜后面，声音好像是从那里传出来的。

但是当他把脑袋刚一探到书柜后面，就发出“啊”的一声尖叫，接着，“扑通”一声，阿布栽了几个跟斗，从上面直摔下来。

罗西大吃一惊，急忙跑过去接住了阿布：“怎么了？”

“一、一只大虫子……”阿布脸色苍白。

“啊，不用这样怕我，我可是一个可爱而博学的虫子，准确地说，我是一个精灵，一个书精灵。”书柜后面传出来那个声音，接着一个身子探了出来。金色的身体，金色的眼睛，蓝色的犄角，还有一副红色宽边的眼镜——是书精灵皮卡！

“皮卡！”罗西激动地叫了起来。

“哦，是的，是我。可是小伙子，你不用这么激动嘛，我不习惯别人对我过于热烈的感情，毕竟我已经是个老者……”皮卡抱着一本书，手里拿着一支蓝色的羽毛笔走了出来。

“可是我们太需要你的帮助了，我们需要得到魔书去拯救书虫儿村庄！”罗西几步跑到了书精灵的面前。

“我知道，小伙子，这些我都知道……”皮卡眨了眨眼睛。

“你都知道？”罗西三个人不解地齐声问道。

“你们看！”皮卡伸手一指，在书库的一面墙上，挂着一面银镜，上面正映出他们在“祭神鸟国”拿到百鸟锦衣的情景。

“这是装魔书的银匣子里的一块银镜，所以我一直看到了你们的经历……”皮卡用一只手弹了弹手里书本上的灰尘。

“我们能得到魔书吗？”三个人急切地问道。

皮卡脸上露出一丝顽皮的笑意：“当然，因为你们的经历证明了你们是有资格得到这本魔书的。”

说着，只见皮卡把手里的羽毛笔往空中一扔，那支蓝色的羽毛笔就在空中自己飞舞起来，龙飞凤舞地写起了字，一会儿空中就划出了一行闪着光的蓝色字符，罗西看清了那是斯诺文字：魔书的首领。

接着那行字符就流动成为一个光环，向书库正中的一个紧锁着的水晶小书柜飘了过去，字符光环环绕着套在了书柜中的那本书上，把那本书从水晶小书柜里带了出来，飞越过无数个各式各样的书柜，直飞到了他们面前。

那是一本封面刻着金色字符的古老的书，上面还有一些奇特的图案，正是他们在进入银匣子里的迷离幻境中，看到黑衣巫师们制造的那本魔书！

罗西、阿布、桑多斯激动得都说不出话来。

皮卡的脸上露出了一个顽皮而可爱的笑容。

“哈哈哈哈！”一阵震耳的狂笑声在他们的身后响了起来。所有人都震惊地转过了身，在他们的身后，一个巨大的黑影威逼过来——竟然是黑影人！

“哈哈哈，这正是我想要的东西！我等了那么多年，终于要如愿以偿得到魔书了！”黑影人狂笑着向魔书扑了过去。

皮卡见此情景，用羽毛笔轻轻一挥，魔书立即飞升起来，飞到了他的手中。

“快拿给我！可恶的书虫子！”黑影人恶狠狠地狂叫着扑向了皮卡！

“我不会给你的！我绝不会再让魔书落入到恶魔的手中！”皮卡语气坚定地说。

“小虫子，你以为你能难倒我吗？告诉你吧！你的命运是掌握在我的手中的！”黑影人的眼中闪着可怕的凶光，他从他宽大的衣袖里拿出了一根拐杖。他举起来对着书精灵皮卡一挥，从拐杖里喷出一股黑雾一下子包裹住了皮卡。皮卡的红框眼镜掉了下来，昏昏沉沉地从半空中栽下来。黑影人趁机冲上去想抢皮卡手中的魔书。

"快、快接住……"已经快要昏迷的皮卡奋力把魔书向罗西一掷，他自己重重地摔在了地上，黑影人扑了个空。

魔书落到了罗西的手里。

黑影人转过身恶狠狠地瞪着罗西："小子，快把魔书拿给我！要知道现在你的护身符受了我的魔咒，已经没有用了，我随时都可以把你捏成粉末！"

罗西紧张地想着对策：魔书是所有黑衣巫师共同做成的，而黑影人一直想要霸占它来使自己具有超强的魔力，所以，这本魔书本身的力量一定大过了黑影人的力量，只要自己拿着魔书，就一定能对付黑影人……

想到这里，罗西高声念着魔书封面上的字，魔书一下子翻开了……

黑影人看到罗西竟然会读斯诺文字，并且打开了魔书，不由大吃一惊："什、什么？你、你竟然会、会黑衣巫师的文、文字？"

——黑影人不得不提防，如果罗西懂得斯诺文字，这意味着罗西可以主宰这本魔书，并且还可以再次把他关进那个黑瓶子里。

"罗西，你听我说，我们可以做一个交易。"黑影人努力使脸上挤出一个笑容，"我给你大笔的财宝，而你只要把这本书给我，我不会伤害你的……"

"我不需要你的财宝！"罗西坚定地说，"我必须救出书虫儿村庄的人们！"

"你何必这么固执呢？"黑影人一步步向罗西逼近，"要知道你的祖先这样做的结果就是被赶出了村庄……"

"你胡说！"

"我没有骗你，不信你看……"黑影人的拐杖向书库中的那面银镜一指，银镜晃动着，显出了一幅画面：那是一个破败的小村庄，但是仍然可以看得出就是书虫儿村庄。许多人站立在一片废墟上，他们的对面是一个老人、一对青年夫妇和一个孩子。

"你们必须走！"银镜里的人们对他们对面的那户人家说。

"可是，是我们拯救了村庄……"老人无力地说。

“不行！只要你们留在这里，我们就有可能还会有灾难！”人群高声叫喊着。

“格塔斯！你们一家必须走！”一阵阵的吼声在回荡着。

罗西不由一震：“难道这就是传说中三百年前拯救了村庄、又被赶走的格塔斯一家？”

年轻女人抱着孩子流泪了，老人也老泪纵横，年轻男子咬了咬牙说：“好吧，我们走……”带着其他人转身一步步离开了村庄。

罗西看呆了，一阵阵冰冷的寒意从四周向他包围而来。

“这就是你的祖先，罗西，他们拯救了村庄，可是你看他们得到了什么样的命运？”黑影人阴森森的声音响了起来，“你还记得吗？可是村里人把你从禁地里赶走的……”

罗西愣住了，这一切——都是真的？

“把魔书交给我吧！这是一桩合算的交易，而且我会解除你的护身符的魔咒的，那可是你妈妈留给你的东西……”黑影人一脸狞笑。

“为什么？为什么会是这样？”罗西觉得不敢相信，黑影人趁着他在发呆，一步步逼近他。

“罗西！”桑多斯和阿布着急地叫了起来。

罗西感到自己的心在茫然地飘荡着，他不明白……

就在这时，他忽然想起最后一次梦境中，红石护身符里金色人像对他说的话：“孩子，不要有仇恨……不要有仇恨……要有爱……”

那声音越来越响，在他的脑海里回响，一阵阵温暖重又袭来……

黑影人猛地扑了过来，猛然惊醒过来的罗西一闪身，黑影人又扑了个空。

“我决不会和你做交易！”罗西斩钉截铁地说。

“那我就杀了你的朋友们！”黑影人恶狠狠地说，他拿出了一个黑口袋，一抖，里面掉出了两个人——是蓝琦和皮纳。

罗西急切地想冲过去，可是黑影人却拦在了他的面前。

“小子，告诉你吧，你的护身符里藏着一个秘密……如果你照我说的做，把魔书乖乖地交给我，我就把红石护身符的魔咒

解除，它关系到你的身世……”

“身世？我的身世？”罗西惊讶得瞪大了眼睛。

“是的，只要你答应我的条件，我就可以告诉你这个秘密，何必为那些不相干的人做牺牲呢……”黑影人眼里寒光闪闪。

“身世……我的身世……”罗西喃喃地念叨着。

“罗西，已经快没有时间了！”桑多斯躲在一个书柜背后尖声叫道。

“不要仇恨……不要仇恨……要有爱……”金色人像的话语在罗西的耳畔一直在回响。罗西心里立刻拿定了主意，绝不能被黑影人所诱惑。

这时，躺在地上的皮纳醒了过来，它看着眼前的情景，嘴里喃喃地叫着：“爸爸……爸爸……”

黑影人听到了皮纳的叫声，一丝疑惑从他的脸上掠过……

罗西紧张地翻着魔书，寻找着制伏黑影人的办法。

突然，一个阴森的声音响起来了：“把那只黑猫抓过来！”

黑影人飘到皮纳面前一把抓住了它。

阴森的声音又响起来了：“罗西，如果你不把魔书给我，我就杀了这只黑猫！”

罗西愣住了。

皮纳在黑影人的手里挣扎着，嘴里叫喊着：“爸爸……爸爸……”

黑影人的眼中充满了困惑……

一个谦卑的声音低语着：“为什么……为什么……我的心里觉得这只黑猫和我有什么关系……”

“住嘴！我命令你快杀了它！”阴森的声音厉声叫喊着。

黑影人举起了手直指向躺在地上的皮纳……

“住手！”罗西和阿布叫着冲了过来。

罗西手里的蓝星宝剑挥过去削下了黑影人的衣袖，而阿布的银箭飞出来正好一箭射下了黑影人的帽兜。那张酷似纳罗尔的脸露了出来，同时，宽大的黑袖飘落下来，黑影人手臂上一个圆环形的蓝黑色斑点也显露了出来——那正是纳罗尔身上的记号。

皮纳睁大眼睛看着黑影人的脸和手，张大了嘴。

“爸爸！爸爸！”皮纳突然不顾一切地从地上歪歪倒倒地爬了起来，向黑影人扑过去。它一把抱住了黑影人的腿，用力摇晃着：“爸爸，难道你认不出我了吗？我是纳恩呀！爸爸！你怎么会变成了这个样子？”

黑影人脸上的肌肉抖动着，皮纳的叫喊似乎把他带到了一种他很熟悉又很陌生的感觉中，一些记忆的碎片在他的脑海中不断地闪现着……

“该死！我就知道这只黑猫会坏我的事！”阴森的声音恶狠狠地说，“快，杀了它！”

那个谦卑的声音不停地反复问着：“我是谁……我究竟是谁……为什么我感到他们和我有什么关系……”

“你是我的爸爸呀！我是纳恩，你是我的爸爸纳罗尔！”皮纳激动地叫喊着。

黑影人呆立着，感到很茫然……

“记住……树精王国智者奥多的话……”蓝琦挣扎着断断续续地说。

“如果黑影人失去了他寄生的身体，他就容易被制伏了。”奥多的话仿佛在大家的耳边响了起来。

皮纳紧紧抓住黑影人，反反复复大声叫喊着：“你不是黑影人！你是我的爸爸！你叫纳罗尔！”

谦卑的声音低声念叨着：“是的……是有这样的记忆……”

“住嘴！别忘了你身上的黑魔字交易！我是你的主人！你必须照我说的去做！快！动手杀死他们！”阴森的声音厉声呵斥道。

黑影人茫然地掀起了自己身上的衣服，在他的胸口上刻着一片奇形怪状的字符——那正是纳罗尔出卖自己的黑魔字交易！

“快……快除掉他身上的黑魔字……”蓝琦用微弱的声音说。

就在这时，罗西翻到了魔书上刻着金色字符的一页纸，那正是那名年轻英俊的黑衣巫师格里恩刻下来的。

看到罗西翻到这一页的时候，那阴森的声音发出一阵低吼：“你看到了吧！这就是我们的交易！你必须遵从我的命令！”

谦卑的声音说了一句：“是的，主人。”就猛然向罗西扑了过来！

罗西连忙握着蓝星宝剑抵挡，却被黑影人一掌打落在地上，黑影人扑上来就想抢罗西手里的魔书，他用力地捏住了罗西的脖子，阿布和桑多斯冲过来，都被他狠狠地击倒在一边。

“快除掉黑魔字……”蓝琦的声音越来越小。

皮纳不顾一切地冲过去，紧紧抱住黑影人的脚不停地叫：“爸爸！爸爸！”黑影人有点愣住了，罗西趁机挣脱了黑影人。

罗西挣扎着拾起了蓝星宝剑，趁着黑影人不注意，一下子扑了过去，把蓝星宝剑刺在了黑影人胸口那块刻满了黑魔字的地方。蓝星宝剑的蓝光一划而过，顿时，一股黑色的浊流从黑影人的胸口奔涌着流淌了下来……

黑影人顿时呆愣愣地看着皮纳，以谦卑的声音低语着：“纳恩……你是我的儿子纳恩？”

“是的，爸爸，我是纳恩！”皮纳叫喊着，眼泪从脸上流了下来。

“是的……我是叫纳罗尔……我想起来了……”谦卑的声音颤抖着说。

“住嘴！你是我的仆人！你必须服从我！”阴森的声音尖叫起来。

黑影人胸口的黑流奔涌着，渐渐地，那些奇怪的黑魔字都消失了。

“不，我不是你的仆人了，我是纳罗尔！”谦卑的声音高声叫了起来，“我不会再听从你的命令！你快离开我！”

“你竟敢背叛我！我不会离开你的！我要惩罚你！”阴森的声音气急败坏地怒吼起来。

顿时，只见黑影人打起自己来，纳罗尔的声音传了出来：“你快出来！你快离开我！”

罗西紧张地查看着魔书上的内容。

那个阴森的声音发出尖利的怪叫声：“没有人敢违抗黑魔头的交易！我是你的主人！纳罗尔，你休想摆脱我！我不会饶过

你的……”

罗西终于看完了格里恩的咒语……

“以正义的名义……我宣布光明将永远是胜者……邪恶在阳光下无处逃遁……它的归宿将是黑暗……”罗西高声地宣读着魔书上的内容。

只见魔书上金色的字符飞旋着从书上钻了出来，围绕着黑影人旋转，放出道道金灿灿的光芒。黑影人开始扭曲挣扎，发出了一阵阵可怕的嚎叫声……

黑影人撕扯着，逐渐分离开。纳罗尔挣扎着挣脱了出来跌倒在地上，而只剩下了一个黑色半透明的恐怖的黑影子。

“好吧……我不会罢休的……我会再来抢夺属于我的东西……”那个影子掀起一股黑风就想要逃跑……

“嗖——”随着一阵尖利的呼啸声，黑影子从石门口夺路而出……

“罗西，我诅咒你，没有我，没有了红石护身符，你永远也找不到你身世的秘密……”那个黑影子狂叫的声音传来，阴森的叫声在整个书库里回荡着……

黑影人消失了。

罗西的手中紧紧抱着魔书。

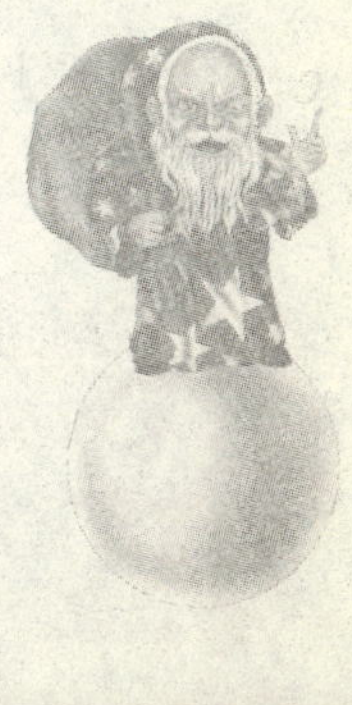

第十七章 被拯救的幸福村庄

“滴答，滴答……”书库里的墙钟快速地走着，只有最后十分钟了！

“快！快回去拯救书虫儿村庄！”蓝琦和桑多斯对着罗西叫喊起来。

罗西看了他们一眼：“我一定会马上赶回来的，你们要多保重！”

罗西飞快地向书库外面跑去，当他站在黑色书屋的门口时，那些可怕的白脚黑蜘蛛凶恶地瞪视着他，快速地挥动着它们又粗又长的脚纷纷围拢过来，眼里闪烁着寒光，仿佛马上就要直扑过来……

罗西穿上百鸟锦衣，当黑蜘蛛们猛扑上来时，他拍打着百鸟锦衣的翅膀腾空而起，只剩下那些恼怒不已的黑蜘蛛在地面上“嘶嘶嘶”地狂叫着……

罗西奋力向书虫儿村庄飞去，飞过加那亚瀑布，他看到浓密的黑雾仍然笼罩在碧潭上，四周枝叶凋零，他感到心骤然缩紧了，他紧紧抱着手里的魔书加速了飞翔……

罗西落在了书虫儿村庄的大门前。村庄里一片死寂，村庄的上空黑雾重重，而大门上那个可怖的骷髅标志狰狞地瞪视着他！

不能再犹豫了！罗西打开了魔书，一阵风吹过，魔书自动翻到了一页纸页上，那上面用七彩的字写着一段话。

“希望和光明……终于会划破黑暗……当爱和勇气重

生……就能拯救世界……爱的力量……永恒之光……”罗西高声读出了书页上的内容。

随着罗西的话音，魔书的书页上放射出夺目的光芒，一些七彩的字符从书中飘了出来，像星星一样闪烁着，汇集成一条七彩的河流，向书虫儿村庄飘去……

当那七彩字符飘过大门的时候，大门上的骷髅标志扭曲着，挣扎着，渐渐地化为乌有。七彩字符明亮耀眼的光芒美丽无比，飘荡着划过天空，笼罩在大门上的黑雾被光芒刺穿，碎裂成碎片，一点点地消失了……

七彩字符的河流继续向前飘荡着，像一条绚丽的光带在书虫儿村庄的上空蜿蜒流淌。罗西紧跟着七彩光，向村庄里飞去。

七彩字符在村庄的上空飘过，与笼罩在村庄上空的黑雾相撞在一起。七彩字符绽放出道道光芒，直刺向那又浓又厚的黑雾。黑雾颤抖着，蜷缩着，垂死挣扎着抵抗那些明亮绚烂的光。七彩字符骤然间幻化成无数把各种色彩的利刃，在黑雾间游走，蹿动，那些利刃划过黑雾，伴随着一道道七彩光芒，那些黑雾顿时被利刃击得支离破碎，成为一块块的碎片，飘浮在空中到处逃窜。七彩字符的光芒穿透黑雾，向书虫儿村庄的地面照耀下去，那些美丽的七彩光旋转着，像一条条飘逸轻灵的缎带流淌向地面……

罗西紧紧跟在七彩字符的后面。七彩字符直刺向那一幢幢书屋门头上的、变成了石像的人们头上那一个个狰狞可怖的黑色骷髅头像。那些骷髅头像在光环的包围下，惊惧地大睁着如同黑洞一样的眼睛，不停地扭曲着，挣扎着，最后纷纷发出阴森恐怖的嚎叫声：“啊——啊——啊——”

罗西紧盯着那些黑色骷髅头像，它们被七彩光芒击中，尖叫着纷纷从书屋的门头上和石像们的头上飘了起来，整个天空中，只见到无数个黑色骷髅头像飘来飘去，东逃西窜。而七彩字符并不放过它们，飞速围绕着它们旋转，紧紧地缠住了它们，在黑色骷髅头像的尖叫声中，只看到它们一点点地分崩离析，碎裂成为一片片碎片，悬浮在空中，然后，在七彩字符夺目光芒的照耀下，黑色一点点褪去，碎片渐渐地变得越来越淡，就好像只是一块块碎影，最后，彻底地消失在了天空中。

阳光终于穿过了黑雾照耀着书虫儿村庄。罗西惊讶地发现一切都在慢慢地发生变化，灰暗阴沉的村庄仿佛从沉睡中苏醒过来了……

所有被黑雾笼罩、黯然失色的书屋表面那层黑色的尘埃逐渐褪去，呈现出它们原来美丽的模样。那本蓝地烫金字的“书”上面，歪歪斜斜的两个字“历史”绽放出了金色的光芒；而桃红色地嵌银灰字的“美食书”上面那些各式各样美味的烧饼、蛋糕、烤全羊、银餐具盛着的鲜美的汤又仿佛散发出了香味；而那本翠绿色字的“森林大全”上面各种小鹿、飞鸟、雄鹰、老虎仿佛又在墙上活蹦乱跳了……

整个村庄都在恢复它原来的模样……

罗西看到站在青石板小路上的霍奇动了动嘴，把他那大张的嘴闭了起来，用力眨了眨那双瞪得又大又圆的眼睛，接着，又扭动起身子——霍奇活过来了！他不再是一个石像了！

“这是怎么一回事？我、我好像是在做梦一样……”霍奇低声嘀咕着，“为什么我的全身都是酸疼的，就好像站了一百年似的……”

而在路边的一幢书屋前，正在抽烟的基姆伯伯的石像也开始动了起来，那些变成了石头圆圈的烟圈开始晃动、变幻着，最后终于又成为了一个个轻飘飘的烟圈袅袅地向上升腾起来。而基姆伯伯扭了扭身子，他皱了皱眉头，用手捋了捋长长的白胡须，喃喃地说：“不可能，这好像是一个噩梦，可是为什么我就像睡了很久似的……”

浇水的丹尼醒过来，拾起了地上的水壶开始浇树。而那棵硬邦邦的石头树也活了过来，重新焕发出娇嫩的翠绿色，树枝轻轻拂着丹尼的手。

基妮奶奶书屋的花园里，杰瑞爷爷那群变成了小石猫的小猫也醒过来了，它们又开始在花园里横冲直撞。由石像重新变成了人的基妮奶奶又愤怒地挥着大棒子追赶着这群让她头疼的小猫。

“快离开这里，你们这群可恶的小猫！”基妮奶奶尖叫着，而在对面的书屋里，杰瑞爷爷看到这一情景，不知所措地躲在窗帘后面直叹气。

基妮奶奶花园里的奇花异草都重新恢复了生命力，每当小猫们一碰到娃娃草，它们就发出一阵阵尖叫，微风吹过，银铃花又开始轻声歌唱……

村庄里又开始热热闹闹起来了，笑声、叫声、聊天声……充满了生气。

尼波家的书屋里，尼波又在一个劲儿地梳头，嘴里还念叨着："我一定要做一个最漂亮的发型，让大家都知道我是这村里最美的女孩子……"

厨师巴多的书屋里又飘出了一阵阵点心的香味，巴多费劲儿地从椅子下钻出来，去照看他的点心。

村长迪诺的金书屋里，迪克也醒了过来，眼里充满了困惑，而迪诺村长复活过来，却在恼怒地吼叫着……

罗西飞快地奔向了西莫多爷爷的书屋。当他站在了书屋面前的时候，他看到那些倒在地上的绿篱又重新竖立起来，地上的枝叶纷纷又回到了绿篱上。

罗西直奔向地下室，他急切地盼望着看到西莫多爷爷。

藏书室的大门敞开着，当罗西冲进去的时候，西莫多爷爷笑吟吟地看着他。罗西一下子扑到了西莫多爷爷的怀里："西莫多爷爷！"

"孩子，我就知道你能办到，因为你勇敢而有爱心。"西莫多爷爷慈祥地微笑着，久违的温暖又重新回到了罗西的心里。

"你的朋友们呢？"西莫多爷爷问。

"他们遇到了很多危险和困难，蓝琦和皮纳还受了伤……"罗西想起好朋友们，心里很难过。

"村庄已经得到拯救了，孩子，现在你的朋友们需要你的帮助，快去吧！"西莫多爷爷的眼里充满了爱意。

"嗯，我马上就去，爷爷，你要保重自己！"

罗西抱着魔书跑出了书屋，一拍百鸟锦衣的翅膀，直飞向禁地。

而那些七彩字符跟在他的后面，像云彩一样向前飘荡着……

禁地到了。

只见那些七彩的字符环绕在禁地的上空，当罗西钻进了那道荆棘篱笆的时候，他又看到了那些可怕而凶恶的白脚黑蜘蛛！它们正睁着那充满凶光的眼睛恶狠狠地瞪视着他，一步步向他逼近，仿佛随时都会向他扑过来！

罗西不由握紧了蓝星宝剑……

就在这时，七彩字符的光芒也照到了黑蜘蛛的身上，那些黑蜘蛛眼中露出惊恐的神色，发出一阵阵嘶哑低沉的号叫，接着，转过身就向四处逃窜而去……

罗西急忙冲进了黑色书屋，他用尽全力冲进了书精灵皮卡的书库。

书库的地上，躺着受伤的蓝琦、皮纳和虚弱的纳罗尔，而书精灵皮卡也在昏睡，桑多斯手忙脚乱地不知所措，阿布则一个劲儿地哭：“你们快醒过来呀！”

“哎呀，你终于回来了，我正在这里忙得头晕眼花的。”桑多斯一看到罗西就嚷了起来，“你得快些救他们，我看情形可不太妙……”

“我该怎么办？”罗西焦急地问。

“我可帮不了你什么忙，也许只有那只虫子知道。”桑多斯指了指昏睡的书精灵，“它毕竟是一只千年虫，而且还读过很多书，而我从来都不爱读书。”

“可是它在昏睡！”罗西扑到皮卡面前，皮卡似乎没有什么反应。

“所以你必须唤醒它，时间可不多了。”桑多斯皱着眉说。

罗西起初很焦虑，但是他闭上眼睛细细冥想，顿时，银匣子里的经历一幕幕地闪现在他脑海里：在制造书精灵的时候，黑衣巫师格里恩为皮卡曾做过的金色的正义烙印，代表了智慧和快乐，也许，这是一个唤醒书精灵的方法。

罗西急忙翻到了那页由格里恩刻下金色字符的书页，轻轻地念了起来：“苏醒吧……如果邪恶之光笼罩着你……但是智慧会使你勇敢……邪恶终被战胜……”

骤然间，只见书精灵皮卡身上刻着的金色字符绽放出道道金光，围着它不停地飞旋，并且发出一阵阵奇怪而悦耳的歌声——皮卡慢慢睁开了眼睛，它醒过来了！

皮卡眨了眨眼："你唤醒了我？要知道三百年来，我都没有睡过了，只有黑魔头才能使我昏睡……"

阿布的哭声又传来了："蓝琦，蓝琦……"

"我该怎样才能把他们救醒？"罗西急切地看着皮卡，"用魔书吗？"

"孩子，魔书虽然魔力强大，但是它也不是万能的。"皮卡语重心长地说，"现在你必须靠自己的力量来救醒他们……"

罗西看着皮卡，一路上的经历在他的眼前不断地闪现而过，"要有爱……不要有仇恨……"金色人像的话语又在他的耳边响起，罗西感到心里豁然开朗，罗西一想起朋友们一路上相处的情景和对他的帮助，热泪也流了下来，那泪水里是他对朋友们的爱和深切的情感……

罗西感到斯诺文字又在自己的脑海中蹿动，天哪，那竟是属于他自己的咒语！

罗西轻轻地念了起来："以爱的名义……我们坚信将战胜一切邪恶和灾难……因为有爱与我们一路相随……真诚的友谊是我们的力量……永远的朋友……我们生命的力量……"

顿时，那些泪水从罗西的手里向空中流淌起来，变成了一串串水做的字符，而那字符正是罗西念出的咒语！字符向蓝琦和皮纳流去，字符轻抚着蓝琦的伤口，奇迹出现了！蓝琦的伤口一点点愈合了，那件美丽的龙人银衣上银蓝色的龙人血也逐渐消失了……

那泪水字符又流到了皮纳的面前，轻抚着皮纳身上的伤口，那伤口也慢慢合拢。接着，字符环绕着皮纳的四只黑靴子开始飞旋，不一会儿，那四只黑靴子就被融化了，成为一道道黑流从皮纳的脚上流走了。躺在地上的皮纳慢慢发生了变化，先是脚由猫脚变成了人的脚和手，接着身子也变成了人，最后，头也变成了人——他果然是纳恩！

纳恩从地上蹿了起来，高兴地大叫："我变成人了！我不再是一只黑猫了！"

泪水字符又流向了虚弱地倒在地上的纳罗尔，纳罗尔也慢慢睁开了眼睛……

蓝琦从地上一跃而起，脸上又带着那似笑非笑的表情：

“这么说，我又欠你一条龙命了？怎么回事，我蓝琦是最怕欠人情的！”

阿布则高兴地抱住了蓝琦，高声叫着：“蓝琦！你终于醒过来了！”

纳恩也向纳罗尔扑了过去：“爸爸！爸爸！你终于不被黑魔头控制了！”

桑多斯看到这里，一个劲地抽鼻子：“你们不要这样嘛，弄得我鼻子总是酸酸的，我好像有点感动啊！”

书精灵皮卡高兴地说：“啊，这真是一个美好的结局，就像所有让人感动的故事的结尾一样，我喜欢这样。”

罗西疑惑不解地转向了皮卡：“书精灵，我不明白，你代表着智慧和正义，而黑魔头是邪恶的象征，为什么你们却同时在禁地里呢？”

书精灵皮卡沉思了一会儿说：“这可是一个深奥的问题。孩子，我只能告诉你的是，正义和邪恶、光明和黑暗，它们是随时都在相伴相生的，这是一个漫长的过程，要不停地战斗，可以说，不仅是现在，以前、将来都会是这个样子。现在我这样说，你也许并不能完全明白，但是孩子，你们寻找魔书的经历就是一个最好的证明，每当你们战胜邪恶，你们就得到了爱和光明，不是吗？”

所有的人都点了点头。

桑多斯看了看书库墙上的那面银镜，银镜里显示出书虫儿村庄热闹的场景，街上人们走来走去，大声地互相问好……

“那么说，你是知道我们所经历的一切的？”桑多斯指了指银镜。

“是的。”书精灵皮卡点了点头，“所有的一切我都知道。”

“为什么你不帮帮我们呢？”桑多斯看起来有点愤愤不平。

“我必须待在这里看守着魔书，而且，我所能说的就是，人生的一切都是一个过程，没有人能代替你，你必须自己去经历，如果你们不经历这一切，你们就无法得到魔书。”皮卡用手抚了抚它的翘鼻子，顽皮地眨了眨眼睛，尽管它在说这么严肃的话题。接着，它又转向了罗西，“孩子，你还会有使命的，你所经历的一切只是你生命的一部分而已。”

“好了，你们该回村庄去了。”皮卡一挥手，“让魔书重回原位。”

那支羽毛笔又飞了过来，在空中龙飞凤舞地写了一行字，是“回到原位”。那行字飘到了罗西手里的魔书旁，像绳索一样扎紧了魔书，字符开始流动，魔书立即从罗西的手里飞出，直飞进了水晶书库里。

“小孩，也许你会想和我多待一会儿？”皮卡蹿到阿布面前，一脸坏笑地说。

“不！我可不愿意！你是一条虫子！”阿布尖叫起来。

皮卡滑稽地耸了耸肩：“我以为无论谁都会喜欢我的，这可让我有些难过。”

“我们快回去吧！”纳恩在催促着，外面的流浪让他非常想念书虫儿村庄。

大家都同意了。

骤然间，书库的大门洞开，书精灵皮卡把他们送出了大门。皮卡郑重地说：“我希望你们忘记见过我的事，因为这是一个秘密——书精灵的存在不应该再被别的人知道。你们不要再向任何人提起。”

所有的人都点了点头。

当他们站在了黑色书屋的阶梯上的时候，他们惊讶地发现禁地里竟然已经是另外一副模样：尽管四周仍然是荆棘围成的篱笆，可是篱笆里已长出绿茵茵的草，而那些可怕的白脚黑蜘蛛已经毫无踪影了。那幢黑书屋已经变得崭新，上面红色的字符色彩鲜艳明亮，在阳光下闪着灿烂的光。

书虫儿村庄里，罗西带着小伙伴们来到了西莫多爷爷的书屋面前，西莫多爷爷已经笑容满面地迎接着他们。

“爷爷！”阿布高兴地飞了过去。

西莫多爷爷慈爱地笑了。

桑多斯也跑了过去，开心地说：“老主人，我终于又见到您了。”

西莫多爷爷微笑着说：“桑多斯，如果我没有猜错的话，你一定帮了他们很多忙，尽管你不是那么情愿。”

“哦，您真是太了解我了。要知道那么多危险……”桑多斯想起来经历的一切，不由自主地打了个冷战。

一股浓香从书屋里飘了出来。桑多斯用力地耸耸鼻子：“是什么东西？如果我的鼻子没有出问题的话，这一定是一顿美味！”

“是的，我为你们准备了一顿丰盛的饭菜。”西莫多爷爷笑盈盈地说。

桑多斯立即就往里蹿。阿布飞到桑多斯的面前：“你是我见过的最馋的人。”

桑多斯恼怒地说：“好吧，小家伙，我告诉你，在禁地里，你射的那些黑蜘蛛都是虫子，而且都是很可怕的大虫子，当时我是骗你的，看你以后还敢说我！”

“啊——”阿布发出一声尖厉的惊叫。

“桑多斯！”西莫多爷爷责怪地看了一眼桑多斯，“你可已经有三百岁了！”

就这样，大家吵吵闹闹地走进了书屋里。

而与此同时，纳罗尔又悄悄地溜回到了禁地，在那棵老树下费力地挖掘着。然而，当他满头大汗地挖到那个装宝藏的箱子，打开看时，他发现里面全都是一块块的乱石头和一些奇怪的虫子。

“天哪，这些财宝都是假的？我真不敢相信！”纳罗尔沮丧地坐在了地上。

这天夜晚，是罗西回到村庄的第一个夜晚，他回到小屋里想起书精灵皮卡的话：“孩子，你还会有使命的，你所经历的一切只是你生命的一部分而已。”

“小子，告诉你吧，你的护身符里藏着一个秘密……如果你照我说的做，把魔书乖乖地交给我，我就把红石护身符的魔咒解除，它关系到你的身世……”

黑魔头的声音也在他的耳边回荡。

“护身符里到底藏着什么秘密？”罗西忍不住在心里呼唤着。这时，他看到了一个身穿黑袍的人影匆匆走进了西莫多爷爷的书屋——那是迪诺村长。

为什么迪诺村长深夜又要来找西莫多爷爷？难道又会有什么事发生？罗西感到心里一阵紧张。这时，他看到，在深蓝色的夜空里，金色人像在对他微笑着，他的心里又充满了勇气……

图书在版编目（CIP）数据

魔书重现/汤萍著.-北京:作家出版社,2008.11
（魔界系列）
ISBN 978-7-5063-4429-6

Ⅰ.魔… Ⅱ.汤… Ⅲ.儿童文学-长篇小说-中国-当代 Ⅳ.I287.45

中国版本图书馆 CIP 数据核字（2008）第 155282 号

魔书重现

作　　者：汤　萍
责任编辑：王淑丽
封面绘画：魏　宾
人物造型：刘　军　魏　宾
插　　图：刘　军
装帧设计：曹全弘
出版发行：作家出版社
社址：北京农展馆南里 10 号　　**邮码**：100125
电话传真：86-10-65930756（出版发行部）
86-10-65004079（总编室）
86-10-65015116（邮购部）
E-mail：zuojia@zuojia.net.cn
http://www.zuojia.net.cn
印刷：紫恒印装有限公司
成品尺寸：152×230
字数：150 千
印张：15　　**插页**：7
印数：001-10000
版次：2008 年 11 月第 1 版
印次：2008 年 11 月第 1 次印刷
ISBN 978-7-5063-4429-6
定价：23.00 元

作家版图书，版权所有，侵权必究。
作家版图书，印装错误可随时退换。